科幻小说合集

离开地球表面

LEAVE EARTH

凌晨 作品

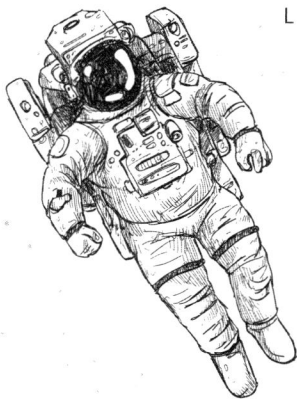

中国文联出版社
http://www.clapnet.cn

图书在版编目（CIP）数据

离开地球表面 / 凌晨著 . -- 北京 ： 中国文联出版社， 2016.7

ISBN 978-7-5190-1894-8

Ⅰ．①离… Ⅱ．①凌… Ⅲ．①短篇小说－小说集－中国－当代

Ⅳ．① I247.7

中国版本图书馆 CIP 数据核字（2016）第 190345 号

离开地球表面

作　　者：凌　晨

出 版 人：朱　庆

终 审 人：朱彦玲　　　　　　　　　复 审 人：刘　旭

责任编辑：王　萌　　　　　　　　　责任校对：李　昂

封面设计：仙境设计　　　　　　　　责任印制：陈　晨

出版发行：中国文联出版社

地　　址：北京市朝阳区农展馆南里 10 号，100125

电　　话：010-85923039（咨询）85923000（编务）85923020（邮购）

传　　真：010-85923000（总编室），010-85923020（发行部）

网　　址：http://www.clapnet.cn　　http://www.claplus.cn

E － mail：clap@clapnet.cn　　　　wangm@clapnet.cn

印　　刷：北京联兴盛业印刷股份有限公司

装　　订：北京联兴盛业印刷股份有限公司

法律顾问：北京天驰君泰律师事务所徐波律师

本书如有破损、缺页、装订错误，请与本社联系调换

开　　本：880×1230　　　　　　　1/32

字　　数：200 千字　　　　　　　　印　张：10

版　　次：2016 年 7 月第 1 版　　　印　次：2016 年 7 月第 1 次印刷

书　　号：ISBN 978-7-5190-1894-8

定　　价：36.00 元

序

凝固的记忆

　　凌晨的科幻作品，有些我简直熟悉得不能再熟悉了，甚至可以逐字逐句地予以剖析。这项工作，有机会我一定会做。但在这里，考虑到选集的篇幅和读者的时间，同时也为了避免剧透，就不列那么多一二三了。

　　对于作家或者作品，有些人喜欢定义，科幻界也不例外。其实也不好说"滥用定义"这一行为就多么拙劣，因为到位的定义自然能起到良好的标签作用——不谦虚地说，我对好友杨平的科幻作品的定义就是明证。但对同是好友的凌晨，我却很难给出类似的定义。多年以来，凌晨在科幻文学领域中，单就文本书写的不断尝试与探索，似乎就从未止步过。

　　2005年我的作品集《时空死结》出版，凌晨曾为我写过一篇题为《流转时空中的传奇》的评论，内有如下字句："星河一直努力实践着对于各种叙述方式的尝试，并乐此不疲。对于他，没有什么既定的创作模式，获取创作的乐趣和读者的认同就是成功。"当时我就觉得，把其中的"星河"换作"凌晨"，"他"换作"她"，这一判述似乎同样成立，甚至还能更准确地表达出一位作者的创作历程。而现在，我的这种感觉更加强烈。

不断尝试，不停变换，不问结果，是凌晨科幻创作的一个显著特征。对语词行文的悉心镌刻与把玩，是凌晨科幻创作的另一个显著特征。流畅、轻盈、飘逸、娴熟……你可以慷慨地将这些形容词赋予任何一位写小美文的女性作家，但是，对于充斥了钢铁与塑料的科幻舞台，想要在描摹宇宙星空和庞大机器的同时还能继续浸透这种味道，的确就不那么容易了。

还是上述评论里的话："故事颇具想象力，而流畅的叙述中时刻可以看到作者灵动的思绪。"至少就"流畅的叙述"而言，完全可以作为对凌晨科幻创作的表述。凌晨的语言，除了流畅之外，每每还要刻意修饰，有时华丽得近乎铺张，往往张扬到不易掌控的地步，难免有失从容，鲜为识者所取。

篇幅所限，凌晨科幻创作的诸多特征，无暇一一顾及，诸如喜欢哲学思考，喜欢追逐时尚，以及对部分题材的格外偏爱（比如本书中的宇航与星空，就是凌晨科幻创作的重要部分），等等。但有一点特别值得一提，那就是凌晨在科幻创作中所流露出的细腻感觉。

似乎一说起女性创作，就少不了诸如"细腻"之类的描述。其实不然。凌晨科幻创作中这种独特的细腻，似乎并非来自当下的内心感觉，更多的是源自精神层面的零星记忆。

事实上，从凌晨的科幻作品里，时常可以看到各式各样的童年记忆。这种回忆，不似其他作家那般系统、完整与具体地回溯，而是一种凝固在心灵中零散而模糊的印象，一种少女般的微妙心绪与情怀。这种非画面式的色彩流淌，更像融于血液、骨髓甚至基因里的符号性标志，绝非常规器官组织所能承载。

类似的记忆我自己也有。如今岁数大了，事情多了，很多东西都淡忘了，但有些记忆却难以磨灭。比如凌晨告诉我，她的第一篇作品是我推荐发表的，对此我已毫无印象。但假如真有其事，那篇作品必定就是《信使》，因为该作令我印象深刻。同样的，还有很多事情我也都不会忘记——我的生日，凌晨背着我偷偷操持，最终成为北京科幻界的一场盛会；成都世界科幻大会会毕，凌晨为大家联系旅游出行，在烈日下奔波不止。此外还有许多许多，不胜枚举。所有这些，我永远都不会忘记。我还能从凌晨的记忆里看到昔日的自己。据说她第一次见到我，我穿着一套米色的西服，从她的文字里，我依稀能看到自己年轻时的模样。

在《流转时空中的传奇》里还有这样的字句："一定程度上，星河的生活方式和处世态度代表了上个世纪九十年代的一群科幻人。他们挑战具有统治性地位的事物或者人，富于叛逆感，迷恋科学，与现实保持一定距离，恪守独立和开拓意识，追求先锋思想。"而事实上，凌晨自己也是这一激情澎湃、生机勃勃的集体中的重要一员。在科幻界的女性尚属凤毛麟角之际，凌晨就以她的作品，以及她的真诚，敲开了这个在传统意义上隶属男性的城堡的大门。

回想许多年前的科幻聚会，大家席地而坐，纵论古今，探讨理念，指点文字，虽然全都局限于缜密理性的思维领域，没有如今年轻人这么多的嬉笑玩耍起哄折腾，但依旧让我们领略到生命与青春的无限精彩。记忆中的每一个日子都是晴空万里，阳光明媚，犹如一幅展现纯净世界的画面；而每一次相聚，都宛若酷夏中一场场畅快淋漓的纵情狂欢。

2016 年 7 月初

目　录

天　隼

高尚情操，这仅仅是一个词呢，还是奉献出自己幸福的人才
会有的一种感觉？

——（英）高尔斯华绥

1

任飞扬重新打开标号"TS-4"的文件夹，那些他已读了无数
遍的文字又一次扑面而来，刹那间将他带回过去。

地球有雨，这是外星世界所不及的。坐在你家四合院的北房
中，看春雨滴下屋檐，夜在雨声里一点点消融。你的神情朦朦胧
胧，仿佛那盏中世纪的油灯。我们的影子在墙间呢喃细语，你我
默默听着雨声，偶尔相视一笑。不知不觉，已是拂晓，轻启窗扉，

雨雾和着槐花的幽香飘进油灯袅袅余烟的间隙，而拂动窗棂的翠竹又生了新叶，露珠从叶尖滚落，一滴滴滴入我的梦境。

舒鸿，春天是地球最明亮美丽的季节，恍然如土星的光环般灿烂。我们骑自行车巡游大学校园，天湛蓝蓝，风暖洋洋，云轻飘飘，草地上深紫的二月兰一片片盈盈含笑。我坐在你单车的大梁上，长发扫动你的脸颊。

你吟诵古诗："登高壮观天地间，大江茫茫去不还。黄云万里动风色，白波九道流雪山……"我也爱这首诗，我渴望尽快到三万六千公里高度的空间岛上去体会诗中的豪迈气势。我和你抢着背诵，看谁记得最多。单车穿过满是牙白丁香和殷红海棠的树林，读书的学生在清朝的古塔旁、在透明的玻璃钢房屋里望着我们。我们像风一样，那些急急从我们嘴里吐出的诗句便像风中古塔檐铃的歌声。

这就是地球的春天，和你共度的第一个春天。舒鸿，我一辈子都不会忘记了。

夏天我将从宇航学院毕业，我要到太空中去，到你身边去。但我不会要你照顾，我要做得比你更好。从懂事起，我就在为飞往太空的那一天做准备，我相信自己一定能行。可是校园里的喇叭在不停广播宇航报告会的地点、时间，主讲人的名字一遍遍地被提起，舒鸿——舒鸿——舒鸿，提醒我你是一位杰出的宇航员，而我只是个还没毕业的学生。

舒鸿，你并不洪亮的声音压住了会场上一千五百人的掌声。学生们在楼上鼓掌，在走廊里鼓掌，在礼堂外鼓掌。他们为你的每个问题激动，为你的每段话叫好。站在台侧，看着台下黑压压的人群，我为你自豪，我更为我们选择的事业自豪！那一刻，我的心狂跳不止，我的血液也随之沸腾。舒鸿，我的朋友，我的爱人，我的老师，我真想冲过去拥抱你，告诉所有人我对你的爱和敬慕。舒鸿，你犹如一只翱翔天宇的雄鹰，我要追上你，和你在太空中并肩齐飞，我要像你那样成为优秀的宇航员，把一生奉献给壮丽的太空，奉现给造福全人类的宇航事业。

金星坍塌的城市群带给我难以忘怀的悲凉，当我重返地球母亲的怀抱中时，真有种说不尽的感慨喟叹。舒鸿特地从训练基地赶来和我相聚，听我讲述我这处女航的所见所闻。坐在乡间旧式砖房的屋顶，屋前树木葱郁的枝叶轻拂我们的额头。舒鸿弹起本地的四弦琴，在琴声中夕阳悄至，晚霞映红了绿树灰瓦。雄伟的都市会衰败，繁荣的文明会灭迹，没有千万年的不朽，但我们却可以永远坐下去，坐到化为尘埃。

明天舒鸿将返回月球基地了。眼泪慢慢掉落，我没有擦，这是我第一次流泪。在金星黑暗的地下隧道中探索时，我是唯一没有胆怯的人，可是明天舒鸿要去月球，再过一个星期，他将远赴火星外的小行星带，我的泪水缓缓滑落，在他清越的琴声中。

"天隼号"与控制中心中断联系的时候，我守在通讯处不敢离开，提心吊胆地等待着"天隼号"的消息。我的生命已经和你连接在了一起，舒鸿，你知道吗？自从"天隼号"启程前往小行星带，我每时每刻都关心着它。不仅仅因为这是首次载人穿越小行星带，更因为你是"天隼号"的船长，你身上寄托着人类进入类木行星区域的希望。

任飞扬给我送来了"天隼号"的模型，他说你绝不会出问题。他的声音肯定而沉稳，就像他那个人一样。舒鸿，你这个好朋友闪闪发光的礼物精致逼真，它仿佛一只真正的鹰隼似的随时要飞走，它仿佛就是你的化身。

这几天宇航局就木星考察计划进行了大范围讨论。我那篇关于土星环的论文恰在此时获得了"天体研究奖"，同事们笑我已经走得太远。如果我的思想比行动快，那是因为有你的推动。舒鸿，你曾经对那篇论文提出过许多意见，这个奖也是属于你的。当我眺望土星那微微闪烁的光环时，我想和你一起在它上面散步该多好。我们坐在最外圈的光环上，让缓慢转动的光环带着我们绕过金黄的土星。宇宙用它博大的臂膀包围着我们，我们像它的孩子，我们就是它的孩子啊……

我无法描述再次见到舒鸿的喜悦心情，但愿我能把他的一言一行都铭刻于心。全世界都在谈论"天隼号"，谈论人类将登上木星的那一天。而舒鸿并不在意，他的目光已经越过土星，穿透天王、海王与冥王三颗远日行星，跨过太阳系的边缘，投入半人马星座。

关于我那个土星环的梦想，他喜欢极了，他甚至正经八百地建议宇航局在土星环上修建酒店，而且还抽空学起了空间建筑设计。他对设计的事是如此入迷，我不得不强拖着把他从基建处拉到颁奖大会会场，那里的人们正焦急地等待着他领取奖章，类似的奖章他已经有十四枚了。他把所有的奖章都戴上照了张非常神气的照片，那些奖章在他衣襟上闪闪发亮，几乎要淹没他了。

因为金星的事我也得到了一枚奖章，我把它寄给了中学时代的老师袁征，她是我这个孤儿世界上唯一的亲人，是她鼓励我走上通往宇宙的道路。奖金也悉数交给老师处理，她全部捐献给教育机构办学，并按我的要求未留姓名。这件事情让我和舒鸿都非常开心，我们甚至希望从月球的望远镜里看到地球上的那个学校，那个在最贫困、最偏远的山区却名叫"太空之星"的学校。

航天中心总是灯火通明，前往月球的航天飞机即将起飞。我几乎要迟到了。昨夜梦见舒鸿，我便不肯早醒。他驾驶"天隼号"前往木星后，我常常梦到他，梦到他的笑容，他的笑容总是灿烂而温暖，仿佛阳光。

就在这时我听到了"天隼号"要返回的消息，也听到了舒鸿的声音，中心所有的视屏刹那间都调出了舒鸿的图像，他平静地说他感到累了。我有点迷惑，舒鸿的脸上淡淡洒着冷漠，这种表情我从没见过。

他怎么了？也许是长途旅行太疲劳，整整两年，连控制中心的人都倦烦了，何况他曾五个月单独面对木星。

我一定要尽快见到他。我要告诉他，由于我在火星考察中的优秀表现，我刚被评为宇航局本年度的先进工作者。

……

　　盛大的欢迎仪式后是无数的荣誉、鲜花、掌声和赞美，舒鸿恢复了他那生气勃勃的笑容，他成了公众的宠儿、媒体的焦点。全球每个电视频道都想拉他上节目，记者像苍蝇般围绕着他，同时也盯上了我。我极其厌烦，而舒鸿却和这帮人称兄道弟。

　　……

　　无论如何我明天一定要回月球去。我不习惯华丽的服饰，也不习惯灯火辉煌的各种晚会，更不习惯人们看待我的态度。我首先是一名宇航员，其次才是舒鸿的未婚妻。我的事业和成绩可不是因为舒鸿才得到的。

　　舒鸿，你太沉浸于社交活动，你醒醒吧，你的助手们都回基地了，停止炫耀你的成功吧，否则，别人就要超过你了。我希望你永远是飞得最高、飞得最远的那一只鹰啊！

　　……

　　杯子从我手中掉下，停顿在半空，水洒了出来，一滴滴飘浮在杯子周围。所有东西都完好如初，只是我的心已碎裂，碎成万千片无法收拾。我不知道是怎么离开舒鸿的，我多想和他痛快淋漓地吵一架，但他总是一副理所当然的样子。他反对我参加土星探测计划，他要我和他一起到地球去，还说离开他我将一事无成。他在轻描淡写的语言中流露出对我工作能力和事业心的鄙视，他更瞧不起其他人。基地的所有人都在议论他的傲慢张狂，他却认为那是妒嫉和中伤。他不再关心训练、"天隼号"和土星环，他要放弃宇航员生涯，他说他想尝试另一种生活。这种生活由豪华办公室、高薪、阳光假日和精美的饮食组成，稳定、优雅且轻松。

这不是我熟悉我爱的那个舒鸿，那个舒鸿不会如此轻易就满足，不会依恋舒适的生活环境，不会到处指手划脚。那个舒鸿把航天当作生命，把同事当作兄弟，把名利视为粪土……

这个舒鸿如何与那个舒鸿合为一体？

笔在我手中颤抖，舒鸿越来越像个陌生人。如果坚强的信念可以崩溃，如果真诚的誓言可以丢弃，如果……如果过去的舒鸿真的失去，我不愿意想，我宁愿不想。我要努力追回过去的舒鸿，但我不会放弃事业。如果舒鸿下定决心和太空分裂，那么，那么……

我希望那么后的事永不要发生。

2

覆膜的纸页渐渐模糊，任飞扬无法继续读下去。他捂住酸涩的眼睛稍稍休息。现在纸上淡蓝色的文字清楚了，那文字出自流云之手，清秀娟丽。他能够体会字里行间的意思，但却说不出来，巨大的郁闷与悲伤堵塞他的胸口，让他无从辨析理清自己纷乱而凄凉的感受。

液晶墙显示着时间。任飞扬坐在对面看着它。数字从 1 递增到 60，进 1，从 1 递增到 60，进 1，数字缓慢而呆板地变动着。时间变得无法忍受的迟钝、沉重，仿佛一把生锈的铁刀在撕割他。那把刀子一点一点嵌进他的身体，缓慢而剧烈的痛苦一点点侵蚀进他的血液，直入骨髓。由于恐惧，他的身体开始收缩抽搐。还有意识，他的意识还停留在"天隼号"爆炸的时候。因为没有氧气做助燃剂，爆炸产生的火光很快就消失了，耀眼的光团留在他的视网膜上，久久不能消散。

他急忙低下头，光团还在那里。他把目光集中到日记上，光团模糊了，但流云的字在晃动，那不是字，是他的意识。他依旧在颠簸的"天隼号"上，周围一切都在晃动，晃动，包括流云，还有她周围几个人表情各异的脸。很多次，任飞扬试图抓住她或是驾驶台，看上去那并不像虚幻的只存于他记忆中的图像。当然那只是图像，心理医生提醒过他要竭力克服幻觉，回到现实中来。

现实是，流云死了。

但是他多么想抓住她，好像抓住她就能抓住"天隼号"，抓住这条漂亮得让全人类都为之骄傲的飞船。这飞船原本是舒鸿的，在他驾驶下，飞船似乎都有了生命，好像随时会说话一样。任飞扬不太喜欢这种感觉，飞船就是飞船，只是一种交通工具。当"天隼号"永远地失去了，他才发现这飞船已经和他的生命融合在了一起，代表着青春的梦想、意气风发的舒鸿和无数激动紧张的太空之夜。

任飞扬伸出手。

十平方米的房间中央放着一张桌子，这是唯一的家具。任飞扬坐在桌边，抱着那本覆膜的日记，面对墙壁上涂了冷光材料的液晶时钟。

舒鸿背叛，"天隼号"爆炸，流云死亡，我看到一切，但我竟然无法挽救。

任飞扬的手停在半空，除了空气他什么也抓不到，他可以抓住的东西全都消失了。

　　本来他可以劝阻舒鸿的懦弱行为。不错，在舒鸿那不可一世的骄傲表情下掩藏着胆怯，否则一向冲在前面如箭般锐利的舒鸿怎么会在事业达到巅峰时见好就收？作为舒鸿的好朋友和多次太空任务的助手，他应当尽力挽救舒鸿，而不是缄默。他可以揭露头儿们对舒鸿的纵容，他们在媒体上声称舒鸿身体不适，让成包大大写着舒鸿名字的慰问品和信件涌进宇航局的专用信箱，而见到舒鸿的宇航员一致认为他比任何时候都健康。揭露也许可以刺激舒鸿恢复信心，但他却瞻前顾后，在极度苦闷中跑去火星参加强化训练，等他再回到基地时，舒鸿已投入了地球的怀抱并且从此杳无音讯。

　　还有流云。如果……

　　任飞扬的胳膊无力地垂下，如果他不接任"天隼号"船长的职务，也许一切都不会发生，流云也不会死。但他怎能拒绝这个任命呢？他要和"天隼号"一起飞，他要比舒鸿飞得更远，他要证明不会再有人像舒鸿一样半途而废。然而，美好的愿望竟然无法变成美好的结果，只给他留下深深的遗憾与愧疚。他是个不合格的宇航员，不称职的船长啊！

　　他记得舒鸿第一次提起流云时那欢欣的表情。等他终于见到照片外的流云——一个眼睛含笑、容颜开朗的大女孩儿，已经是在九个月以后的宇航学院的毕业典礼上了。

　　他和舒鸿是学院的嘉宾。那天阳光灿烂，云淡风轻，毛白杨和法国梧桐给校园投下簇簇浓郁，到处是红白相间的七叶香，花的芬芳里毕业生们低低絮语，年轻的头颅凑在一起，仿佛商议采花的蜜蜂。"我一定要上天！"流云的声音清脆爽利，态度坚决，"但绝不和你在一起，我不要你照顾。"舒鸿大笑："有志气！好！我绝不挑选一名宇航学院的女毕业生做助手。"

任飞扬奇怪这些往事还历历在目。那一天像七里香一般甜蜜、芳香和美好，尤其是在宇航局局长亲自把优秀毕业生的奖状递到流云手里的时候。

流云是宇航学院第一个得到这奖状的女性，她做了简短的发言，再三表示太空中不应当有性别歧视，她将以实际行动证明女性和男性的工作能力相当。她后来果然证实了自己的誓言，成为最优秀的太空人之一。

是的，这些我全都记得，我记得当我成为"天隼号"船长时，你第一个要求加入我的工作小组。流云，你从未和舒鸿在一艘飞船上共事，而"天隼号"宛如舒鸿的影子。望着你极力掩藏思念与担忧的眼睛，我只怕你不能承担任务。流云！我本想抚慰你失去舒鸿的寂寞，充实你没有舒鸿的生活，我尽一切努力想照顾好你，可是……我实在是错了，我根本不了解在你那纤细温柔的外表下的坚强和责任心。

流云！

提坦星 [1] 的千里冰原突然展现在任飞扬面前。冰屑纷飞，钻头在滋滋作响，耳机中传来激动的声音。声音！回荡在"天隼号"的舱室。有人狂笑，刺耳的尖叫震动舱壁。流云睁大眼睛，握紧手中的武器。武器！金属外壳闪亮！激光切开了紧锁的舱门，键盘飞快地敲动，搜索不到被修改的指令，汗珠顺着他的前额淌落。流云在另一台电脑上寻找，她找到了！救生舱归我们了，但真的要弃船吗？

瞬间黑暗，电火花四处闪烁，气温渐渐下降，得立刻穿上恒温服。在应急灯的照射下，流云的脸上是不可抗拒的坚定。

"不能丢下高林！他再怎么说也是我们的同志，我去找他！"

流云的身影消失在狭长的走廊里。他想跟上去保护她，但是秦明摔倒在地，他不得不留下照顾伤员。

流云！秦明！还有高林！默念着"天隼号"船员的名字，任飞扬只觉得心如刀绞。他们上船时全是那么生龙活虎。他们轻易就把生命交付给了他，而他却让他们经历了灾难和死亡！

天啊！我都做了些什么！日记贴紧任飞扬的心脏，他一时间几乎窒息，心脏不能跳动，血液无法流淌。

不知什么时候，赵律师出现在任飞扬面前，打断了他的思绪。

律师轻轻从任飞扬怀中抽走日记。任飞扬惊惧地抬起头。

"归还的时间到了。"律师的声音柔和得仿佛在哄一个孩子，他向门口努嘴。"局里的人一直在等着。"

任飞扬望着那覆膜的本子，他再也见不到它了，带走它就像带走他剩余的生命。他现在什么都没有了，除了美好与酸楚夹杂的回忆。他只恨自己没有和"天隼号"共赴劫难。

律师走到门口，一只看不见的手接过日记。日记在任飞扬的视野里永远消失了，他控制不了哀伤，扭过头去。律师面对他的背影，那瘦得几乎可以数清每块脊椎骨的背影，缓慢地说："那飞船的事故不应由你一个人负责，我确信。"

任飞扬没答话。

"死了两个人，但那是意外。如果你善于辩解，你甚至不会受到任何处罚。"律师继续道。

3

"'天隼号'的爆炸是近五十年来最严重的航天事故，而你却幸存下来。"调查者已经积累了足够多的资料，看上去他十分疲倦，眼圈发青，但这并不影响他严厉的态度。他的年青女助手神情严肃，不苟言笑，短短的头发拢于耳后，在灯光下的侧影有些像流云。

"是的，我是幸存者……"同伴的声音又一次响起，惊惧而尖利。任飞扬甩甩头，没有用，那声音一直在他耳边回荡，一声比一声响。"'天隼号'装了土卫六的海洋样品，包括冰块和深层海水，还有大气标本。我们用特制的合金陶瓷防护装置盛放样品。"

那场景又出现了，恶心、头晕、呕吐，伴随着奇异的幻觉。

"是谁出主意把样品器放在探测火箭里的？"

"流云。"

"作为船长，你反对她的提议，坚持不经基地允许就不行，是这样吗？"

"是的。我从那时开始就犯错误了。我认为高林的过敏反应很正常，而且探测火箭只剩下一枚了，用掉了会影响对小行星 467号的考察。"

"飞船上的其他人是怎么想的？"

"我让他们相信我是正确的,我们的防护措施几乎完美。可是……"

助手接通电话,小声道:"秦明又被送进急救室了。处长,医院不敢保证能救活他。"她的脸上掠过一丝怜悯。

第三个人,他曾经的希望。在漫长的归途中,任飞扬一直祈祷秦明活下来,活下来,因为秦明是优秀的机械师,因为他失去了飞船和太多同伴,因为秦明身体里还流着流云的血液。而现在,不,没有现在了……

黑色,到处是空旷无限的黑色。任飞扬四下环顾,他回到太空了。地球只是一颗晶亮的石头,在他目力所及的尽头孤独寂静地飘浮着。他周围空无一物,只有步行缆绳在他腰间闪烁。他吊在虚空之中,什么也抓不到,生命就指望那绳子是否结实了。

闪光,沿着那绳子跳跃,绳索爆裂,松散开……

任飞扬摔倒在地板上。

"天隼号"事故听证会上,调查者出示了一份证明:"这是基地的 B-4371 编号命令,同意'天隼号'使用探测火箭送走样品器的方案。此时'天隼号'上的船员已经出现了程度不同的眩晕、头痛和思维游移。流云给众人进行了镇定治疗。以下是任飞扬接到命令后的行动程序。他和秦明将样品器装入火箭,火箭按照基地的要求向火卫三发射,留待进一步研究。流云和高林负责清洗飞船。流云为了安全起见,请求在进入火星基地前对飞船进行检疫,基地批准'天隼号'在费罗迪曼太空垃圾站停靠等待医疗救援飞船。任飞扬改变飞船航向，在调整船体姿态时外部传感器17号卡死。秦明出舱修理，当他要修好传感器时，腰上系的步行缆绳突然断裂，他掉在飞船左翼的太阳能收集板下的沟槽内并被夹在那里。任飞扬将飞船交给高林驾驶，自己和流云去抢救秦明，他们用了四个小时才把秦明救回飞船。这是秦明的医疗记录，他受伤严重，并且大面积出血。流云为他输了血。"

"她是万能血型，她一定会这么做！"联合委员会中的一个委员感慨道。

调查者继续道："随后发生的事情有些混乱，秦明、任飞扬和救生舱的电脑各有一套说词。而且救生舱的电脑记录并不完全，秦明至今仍昏迷在医院里，任飞扬的精神又遭受了严重打击。"

"我们要你调查的结果。"委员会主席示意调查者说重点。

"高林这时候陷入了歇斯底里和恐惧中。他拒绝执行基地命令，并试图恢复原航线。遭到任飞扬反对后，高林锁死了控制室的门，切断了与基地的通讯联络。任飞扬几次想打开控制室的门都没有成功。高林更改操作指令，严重扰乱了主电脑的工作。"

"高林这个胆小鬼！亏他还和流云一起参加过金星探险呢。"一位女性委员愤然道。

"你不能加入主观看法。"另一个委员提醒他。

"当然，你们是公正的。"调查者希望会议能快些结束。"天隼号"的立体投影飘浮在他面前，让他想到了"天隼号"爆炸的悲惨情形。他咳嗽一声，继续叙述："这种情况下，任飞扬决定使用武器。发动机的冷却系统工作物质阻塞，引起连锁反应。流云安顿好秦明后便到动力室清理发动机。高林被任飞扬击伤后开启了飞船紧急自毁系统。任飞扬只顾追高林,没有及时关闭自毁系统。精神处于崩溃状态的高林趁机拆除了保险器,使主电脑完全瘫痪。流云在动力室遭到了高林的袭击,高林把同事当成了异星怪兽,根本无法理喻。任飞扬赶到和流云一起制服了高林。他们想恢复主电脑工作但没有成功,飞船已处于毁灭边缘。流云及时开启了救生程序。流云认为应该把关在控制室里的高林也带走。她让任飞扬把秦明和贵重资料先送上救生舱,自己不顾一切地回去寻找高林,但是流云再也没有回来。救生舱在飞船出事前自动弹射出飞船,‘天隼号’随即就爆炸了。”

调查者停顿了片刻,他环视四周闭路视屏中的每一张脸,慢慢说道:“你们手里的资料,包括任飞扬、秦明的证词,搜寻飞船的证明材料和专家关于‘天隼号’事故的技术分析报告,‘天隼号’事故的过程大致就是这样。它的发生,与自然、机械、人为因素都有关系。”他陈述完后,关闭了投影器。“天隼号”投影消失了,他沉郁的心情稍好了一点。

会议室里一片寂静,委员们低头看着自己手上的资料,有几个甚至暂时离开了网络。

“我参加了流云从土星环返回的欢迎仪式,还给她颁过奖,她是最接近土星的人。”终于有一位委员开了口,“她很年轻,失去她是无法弥补的。我记得曾有人提议由她负责‘天隼号’的这次任务,她坚决果断而又不失女性的细致温柔。”

“我们没有宇宙飞船的船长是女性。”另一位委员说,“当然,流云是最好的宇航员，我们要给她最高的荣誉和最隆重的葬礼。"

"事情已经过去九个月了，希望能尽快了结。宇航局认为不能再拖了。"公诉人表情冷漠，"任飞扬优柔寡断，负有不可推卸的责任。"

"我还以为让任飞扬接替舒鸿担任'天隼号'船长是个好主意呢。"那位女性委员说，"他一贯表现都很好。"

"任飞扬现在的情况极不稳定，我请求延期对他的起诉。他曾是优秀的宇航员，请委员会考虑这一点，我们培养一名宇航员不容易。"赵律师恳切地说。

"我们当然要考虑任飞扬以前的成绩。但是我们必须依照《太空法》处理。"主席的声音坚定，不容反驳。

调查者插话道："对不起，依我看，就算再让任飞扬飞，他也飞不上天了。当我们告诉他秦明的事时，他就彻底垮了。"

2095 年 11 月，任飞扬因失职罪等罪责被判处十年有期徒刑。他拒绝了赵律师上诉的提议。同年 10 月，宇航局为流云举行了盛大的葬礼和隆重的表彰仪式，刚刚从死神那里逃脱的秦明也参加了这一仪式。

4

2099 年。

盛夏正午的山脊仿佛要被烤熟的土豆，零星的树荫遮盖不了山坡裸露的黄褐土地。山谷间的河道被泥沙差不多填平了，河床上只有几股断断续续的混沌水流在近 40℃的阳光下蒸发着。

"您不应该到这儿来。"监管员对身边的乘客抱怨道，又把车内的温度再调低了一些。飞车在离地面平均两米的高度迅捷滑行，喷射出的气浪使他们来的路上尘土沙石四溅。"这鬼地方不是人待的。"监管员又抱怨道。

乘客已经上了年龄，花白卷发和玳瑁色眼镜使她平添了几分威仪。她没有理会监管员，窗外的景色吸引了她。山谷突然变得开阔，出现了一片小小的翠绿平原，平原两侧的山坡筑起一道道石坝，坝上的树木错落有致，几座简易房屋分布在平原上。

"经过这么多年的努力，我们总算把沙漠挡在山那边了。"监管员不无骄傲，"他在 8 号地，您坐稳。"

飞车一个急转弯，乘客被突如其来的离心力压迫得紧贴在椅子上。她有点头晕，心脏急剧跳动着，一直马不停蹄地赶路，她累了，简直疲惫不堪，要是能歇一歇该多好。这可不行，她提醒自己，竭力睁大双眼，在见到任飞扬以前说什么也不能倒下。

任飞扬，念着这个名字，流云清澈的眸子便闪现在眼前。"如果我回不来，请您把东西交给任飞扬吧，他会处理的。"乘客想起了流云的音容，鼻津一酸。她心爱的学生，心爱的女儿的要求怎么能拒绝呢？不管任飞扬在什么地方，找到他多么不容易，她也要完成流云最后的心愿。

更何况她的人生之路快要走到尽头了。

车子突然停住，乘客向前倾倒，监管员一把扶住了她。"这就是 8 号地。"监管员放低车身，"您等着，我去把他找来。"

乘客动了动身体，监管员制止她："对不起，我不能让您下车，外头太热了。"

"不是有人还在外面干活吗？"乘客推开监管员，"他们不怕热吗？"

衣服被汗水粘在身上，乘客呼吸不畅，她小心地挪动脚步，极力保持着身体的平衡。砂土堆砌的田垄松散硌脚，她的鞋子几次陷进沙石中去。田垄两边被一畦畦白色的塑料护膜覆盖，很多地方嫩绿的小苗冲破护膜，俏生生地挺立在热辣的阳光下。十几个人正在护膜间忙碌，他们都低弯了身子，蓝色工作服反射着刺目的阳光。

乘客想走近些看清他们在做什么，但是她迈不动腿，她只觉得关节仿佛都锈死了，僵痛得无法动弹。

"5731！5731……"监管员喊了好几遍，才有一个人直起腰，从地里走过来，戴了胶皮套的手上还拿着万用剪刀。

"有人来看你了。"监管员指指乘客，"特意从北京来的。"

"任飞扬！你还好吗？我是袁征呀！"乘客一下子认出了他，尽管他的面容已经苍老，黝黑的皮肤上布满细密的皱纹，下垂的嘴角使他整张脸有一种哀愁的表情，但乘客还是认出了他。

袁征？任飞扬站在田垄下不知所措。这是个遥远的名字，似乎和许多他宁愿遗忘的事情联系在一起。

"我是流云的中学老师袁征，记得吗？流云带你到我家来玩过。我家就在国子监旁边，是个四合院。记得吗？"

　　流云已经死去四年了。那年在北京集训地碰见她，她说要去看老师，她没有别的亲人。任飞扬陪她去，一路不敢提起舒鸿的名字。袁老师站在四合院的影壁旁笑，院子的葡萄架下摆了几口布满绿锈的金鱼缸。隔壁是红墙绿树包围的国子监，四百年前那里的朗朗读书声仿佛还在空中回荡。

　　那是永远也不可能忘记的事，相反，随着时间的推移每一件都变得格外清晰。只要那事件中有流云的存在，而流云是和"天隼号"，和舒鸿连在一起的。刹那间，心海荡起几丝涟漪，任飞扬清晰地感到思念的灼痛，感到懊丧和愧疚。

　　"我记不太清楚了。"他回答，面部表情毫无变化。

　　"袁老师是特意来找你的。"监管员在一旁说，"袁老师的身体可不大好。"

　　"上年纪了。"袁征的白发在阳光下闪亮，她微微一笑，"总算见到你了。有样东西要交给你，是流云的嘱托，我恐怕完成不了了。"说着，她从背囊中取出一个小包，递给任飞扬。

　　任飞扬迟疑地接过来，望望监管员，监管员点点头。

　　包不大，淡绿色防护袋下装着一个规则的长方体。袁征示意任飞扬打开袋子看看。他拆开防护袋，里面是航天部门专用的小号邮递盒，盒子上工工整整写着"烦交舒鸿亲收"。

　　那是他熟悉的流云的笔迹。任飞扬只觉眼前一片眩晕，握着盒子的手不住发抖。

　　"这是……"他没注意到自己的说话声也在发抖。这意外如一颗陨石，以无比迅猛的速度敲击他的神经结，令他不能思考，不能反应。

"流云想找到舒鸿，但她的工作太忙了。你是他的好朋友，你一定能找到他。"袁征神色黯然，"这是流云最后的心愿了。"

任飞扬盯着盒子上的名字，那不是字，那分明是流云的脸，舒鸿站在她身后，他们的脸慢慢重合在一起。见到他又能怎样呢？流云？不是和他吵了一架又一架，不是流着眼泪说事业和舒鸿间别无选择吗？他挫伤的岂止是你的自信，还有你的尊严，难道你还不肯放弃吗？

"你能做到吧？"袁征问，她想听见任飞扬坚定的回答。但是所有的声音突然从她耳边消失，接着，炙热的阳光在她视网膜上一闪，她便什么也看不到了。

5

2101 年春天。东北劳动教育监管中心。

"5731 号，让我看看你的出狱证明。哟，十年的刑期你用五年就服完了，你挺不简单的嘛。都做了什么？"监管中心这个戴眼镜的工作人员打量着面前还穿着囚服的任飞扬，一副不信任的表情。

"我参加了绿化营。"

"是吗？那可是吃力不讨好的差事。"他一边翻看着服刑人员资料一边说，"嘿！你改良的柳杉树种在莫乌格沙漠成活率达87％。莫乌格沙漠？那块最顽固的沙漠？！"这个工作人员不由自主地站起身，刚才的懈怠一扫而光。"以前你是宇航员？"电脑继续显示任飞扬的档案，"噢！想不到您在地面上也这么出色！"

任飞扬摇摇头，他不想提从前的事了，他现在不过是个普通囚犯。"手续什么时候可以办完？"他有些不耐烦，他已经等不及了，一年多来他总想着流云的心愿，尽管他害怕再次见到舒鸿，但也许这是他唯一还能为流云做的事。

"马上。"那名工作人员急忙回答。这么迫近地和宇航员接触令他没想到。怎么从来没有人告诉他5731号就是曾经考察过木星所有卫星的任飞扬呢，他要能早点知道该多好。

那名工作人员把各种证件装进一个纸袋递到任飞扬手上，"给我签个名吧。"他不知从哪儿变出一支笔来，"就写到这儿好了。"他指指身上雪白的衬衫。

任飞扬慢吞吞地看了他一眼，没有接笔。前宇航员把纸袋夹在腋下，提起自己的旅行包，径直向外走。"等等！"那名工作人员喊，只见任飞扬瘦削的后背抖动着。

监管中心主任和一个人站在大门口，这个人任飞扬依稀面熟，但是叫不出名字。任飞扬理理刚换上的崭新衣服，他还不大适应这种时装款式，身上的每一个部位都不太舒服。

"任飞扬！任头儿！"那人主动招呼着，"宇航局派我来接你回去。"

这是"天隼号"的另一个幸存者，秦明！这个人是秦明！

未来在任飞扬眼前一闪，他看见深邃幽暗的太空，他看见深蓝的地球和金黄的木星，他看见在空旷的星际间散落着无数"天隼号"的碎片。

"不！"任飞扬脱口而出，"不！"他叫道，"不！我不会回去！"

"任头儿，这回可不是舒鸿扔给你的那种破烂货，基地要建造一种新的天隼 II 型飞船。局里希望你能驾驶。"

"我比较喜欢种树。"任飞扬与秦明擦肩而过，声音冷淡。

"任头儿！不管以前发生了什么，我还愿意当你的助手！我认为你是个好船长！"秦明大声喊。

但是任飞扬头也不回，只顾往前走。

6

这张脸好似夏日晴朗天空的月亮般恬静优雅。多年来我又一次看见，清晰地看见，就在我身边。我有点不明白，我记得流云已经死了，所有人都这么说。可是我感到她飘动的长发拂扫我的面颊，我闻到了七里香馥郁的气味。

不，她不会是那个流云，不会的。流云在"天隼号"上梳的是短发，齐耳贴着头皮的短发。我惊惧地转过头，她突然就消失了，周围只有布满信号板和各种管线的走廊，长长的走廊。有脚步声，我走向那声音。嘿，熟悉的面孔纷至沓来，交叠着映入我的视野。我应该记得他们的名字，但我发不出声音，我的嗓子被一团咸腥的什么东西堵住了，我想拥抱他们。当我走近他们的时候，短发的流云回眸一笑，我也笑了笑，可我只是在抽动嘴角，我忘了该怎么笑。他们突然消失了，舒鸿从我背后冲出来，满脸的不在乎。火光，船体一段段碎裂开来，所有东西都在崩溃，恐惧和颤栗再次控制了我，刹那间自己也随它坠入无边无涯的黑暗……

任飞扬惊睁双眼，阳光明媚，四周沙堡林立。这些沙堡高大雄壮，如断塔残屋，又似猛禽怪兽，错落有致地排列在一起。飞行摩托车和它们相比，如同一只小昆虫般微不足道。

任飞扬摘下汗湿的头盔，蔚蓝晶莹的天空从他头顶铺展延伸，太阳在沙堡缝隙间闪烁，空气干燥而清新。这是一个戈壁滩的早晨，他的西部旅途已进入第五天。

刚刚只是一场梦。任飞扬跳下车，活动活动麻木的手脚。几只沙漠蜥蜴大摇大摆地从他面前爬过。望着它们灰白的鳞片，任飞扬的心却仍然停留在梦境中。往事，不管相隔多少时间依旧清晰如昨，依旧折磨着他的情感与理智。

他曾经希望永远留在绿化营。绿化营的生活平静而单调，只有从五十公里外的发射场不时升空的火箭提醒他人类正进行着规模宏大的宇宙空间开发。当他看见那腾空飞跃的火箭时，常常情不自禁地计算它的速度和质量，从而判断航天技术的发展水平。火箭轰鸣着划过长空，留下耀眼的轨迹，他既无法堵塞听力也无法封闭眼睛，只有用不断地垦荒和耕耘忘却过去。他几乎就要成功了，当他捧着亲手在显微镜下改造了基因的树苗走向苗圃时，他差不多以为自己就是个种树的，从不曾上过天，从不曾指挥过宇宙飞船。

可是袁征送来了流云的遗物。袁征死在他的怀里，表情平静安宁。她不仅仅是来请求他的帮助，她更是要帮助他。从袁征的脸上，任飞扬刹那间明白了她远赴荒凉东北的深意。往事既然存在，就不能遗忘，不能逃避啊。

　　离开监狱后，任飞扬一直在寻找舒鸿，虽然见到舒鸿会十分尴尬难堪，但他不愿辜负流云和袁征。一年多来他跑遍了大半个地球，从航天局的退休同事到舒鸿爷爷一辈的亲戚他都问过了，在太空城工作的父亲和在宇航学院读书的弟弟也被他动员起来，但是哪里都找不到舒鸿，他似乎从这个星球上蒸发了。

　　任飞扬想穿过岁月迷雾看清当年舒鸿离开宇航局去向的种种努力均告徒劳。国家怎么会让一名功勋卓著的宇航员销声匿迹呢？尽管这宇航员后来的表现实在差劲。也许直接去找宇航局局长可以弄清楚，但任飞扬不能去，因为他是个失职的宇航员，五年的监狱生涯并不能挽救"天隼号"和它的船员。他很清楚，怀着愧疚和伤痛是无法上天的。找到舒鸿后，他就回莫乌格沙漠去继续种树，这是他还能为社会做的一点益事。

　　沙石滚动，风从沙丘的豁口吹来。站在沙风之中，任飞扬心头添了几丝苍凉。半个月前，他终于发现了一点舒鸿的线索，便冒冒失失地上了路。他总对自己说，绝不放弃任何希望，舒鸿就算死了也要找到坟墓才行。当然，舒鸿是不会死的，依他的个性，这会儿多半正在什么地方边喝茶边玩网络游戏呢，他可是最会享受生命的。

　　想到舒鸿，任飞扬就会感到痛心和气愤。他摇摇头想忘记这个名字，擦净头盔里的汗碱，重新戴好头盔。太阳已经爬到了沙塔的顶部，风开始热起来。他回到飞车上。

　　沙丘的城市渐渐被任飞扬甩在身后，广阔的戈壁滩展现在他面前。

7

许许多多挟带冰雪的小溪在这里融汇成一条大河。大河缓慢地流动着，两岸渐渐出现了苇子、红柳和胡杨，树木越来越密集，在河流拐弯的地方，形成了一大片绿洲。

任飞扬停下车，这是一个地图上未标出的绿洲，从地理环境来看它是不该存在的。他看见的是一片葱郁的森林，甚至有几种树木他从未见过。

天空蔚蓝明净，河水清莹透澈，绿色铺陈河滩，一切都是那么静谧安详。站在河边，任飞扬感到从未有过的孤独。他所有的朋友都在天上，在天上忙碌着。这六年中他们已经把人类的活动范围扩展到了海王星区域。而他呢？他都干了些什么呢？

任飞扬徒步走进森林。听着脚下枯枝和落叶的声音，他仔细观察着各种植物的分布与生长情况，不时做一些记录。只有在工作中他才能忘记过去，但他没有新发现的雀跃激动，他感觉自己的心已经僵死了。

地势渐渐倾斜，他走到一道山坡上。满山坡的二月兰正在微风中盛放，像是一架紫色的屏风挡住了他的视线。

任飞扬一时愣住了。

在那些花儿之中，树立着一块白色墓碑。

任飞扬隐隐猜到了什么，不，不可能，他绝对猜错了。他极不情愿地移动着脚，心里希望永远也不要走到墓碑那儿。但是那东西越来越近了，那是一整块天然水晶石，在紫莹莹的花海中格外醒目。

素白的水晶石上刻了一行字。

任飞扬握紧胸口，失望、沮丧、哀伤、悲凉，千般情绪在他心底交汇。他转过头，但那行字仍在眼前。

他无法迟疑，大步奔到墓碑前。

素白的水晶石上只刻了四个字——舒鸿之墓。

他并没有看错。他竟然真的找到了舒鸿的坟墓。但他不能相信，舒鸿就这样死了吗？那个生气勃勃，像朝阳一样的青年，那个总是和成功相伴，嘴角带着自信微笑的青年，真的就这样死了，葬在这茫茫戈壁的砂土下了吗？

所有的怨恨突然失去了意义。是的，他曾经怨恨过舒鸿，恨那个抛弃了事业、抛弃了流云的舒鸿，恨使他被木星吓破了胆的舒鸿，恨同事把对舒鸿的崇敬变为鄙视时自己无法为朋友辩护……他恨得不想再提起这个名字。

但舒鸿仍然存在于他的记忆。望着墓碑上的四个字，与舒鸿同队集训的日子、并肩飞行的日子，清晰浮现在眼前，任飞扬甚至听到了他轻快有力的脚步声，听到他激昂高亢的歌声……

舒鸿！任飞扬心底呼喊着。舒鸿！他想大声叫，但喊不出来，一股深深的疲惫席卷了他。他再也不需要天南地北地寻找了，绷紧的神经突然放松，松弛得叫他一点气力也没有，瘫坐在地上。这是他最不愿看到的结局，流云和舒鸿全都死了，和他生命曾紧密相连的两个人永远也见不到了。

在任飞扬面前，水晶反射着太阳的光辉，璀璨夺目。这光芒如此刺眼，任飞扬不得不转过头去。这一刹那他突然想起最后见到舒鸿的情景，在舒鸿的眼睛中似乎有些未曾说出的话语。

舒鸿要说什么？他为什么要到这里来？他，为什么会死？为什么默默无闻地葬在这里……许多问题潮水般涌进任飞扬的心里。

他站起身，山坡下一条弯弯曲曲的石板小路消失在修剪齐整的灌木丛中。到处是人工的痕迹。他向小路跑过去，他要知道一切，他要搞清楚十二年前舒鸿离开太空的原因。

他不顾一切地奔跑着。

小路尽头是一栋白色的房子。任飞扬使劲敲打那紧闭的房门。

"告诉我，舒鸿怎么死的？告诉我！舒鸿的事！舒鸿……"

房门过了许久才打开。任飞扬看见一位身着丧服的维吾尔族老人。

8

房间里播放着电子合成的声音，这是一支情绪激越的曲子，和这个布置得肃重庄严的房间不太协调。老人放下银制雕花的茶壶，悠悠叹了口气，道："他们半个月前全都走了，没有谁还能留下，除了我。我从小就住这儿。我是个孤老头子，你瞧，他们走了，留下这么一座大房子。我不走，我看房子，继续做我的花匠，也陪着舒鸿。他这么个好小伙子，一个人待在岗子上，怪孤单的。"

"您……您认识舒鸿？"

"怎么会不认识？十几年了，大家全围着他转。好些大人物，我记不清他们的官衔了，还常来看他，医生换了一拨又一拨。哎！可怜啊，舒鸿的身体还是烂掉了。"

"烂掉了？"

"我记不住那些古怪的医疗名词。谁也不愿往舒鸿身上瞧，那简直不是人的身体，他的脸最后也烂掉了。可是那小伙子真坚强，什么时候都没有伤心过，没把自己当病人看。他工作起来简直玩命，还抽空组织歌咏比赛、诗歌朗诵会什么的让大家开心。在他身体还能活动的时候，他带我种下一山坡的二月兰。那花可真美，一年四季总开不败，每个见到的人都喜欢。"

过去隐约露出了一些轮廓，任飞扬半惊半疑。"后来呢？"

"后来，舒鸿让他们把自己的脑子取出来，他们不肯。舒鸿很坚决，他说趁着他的脑子还没有烂掉，他想再多做些事。他们拗不过，只好照办了。哎……你没见过那架式，舒鸿的脑子泡在一个透明的罐子里，上面插满了营养管、电极、探针什么的。可是我敢打赌，世界上再也找不到那么美丽的脑子了。我每天都要看一看他，他脑子上的那些褶皱就和雪山融化的冰水一样清澈。"

"他那样还能工作吗？"任飞扬的声音哽咽。

"怎么不能？我听他们说，他的智慧和经验是无人能替代的。他是第一个进入木星深层引力区域的人。我想木星一定离这儿挺远的。"

是很远！舒鸿，航天局修改了木星考察方案，重新设计了星际考察飞船，开始利用小行星带的资源改造火星环境……这些成果里你有多少贡献？你在这个无人知晓的地方，与可怕的病魔进行着生死搏斗。天啊，舒鸿，为什么不告诉我实情？！你在木星究竟遭遇到了什么？！

茶水从倾斜的茶杯里流到地上，任飞扬没有注意，他紧握茶杯的手不住颤抖。"他们都是哪些人？"任飞扬竭力克制着哀伤与心悸，他想知道所有关于舒鸿的事情。

"让我想想，国家宇航局、国家医疗急救中心、太空医学研究院……"老人扳着手指数着，忽然停下，直瞪着任飞扬，"你真是舒鸿的朋友？"

"我当然是！您刚才不是看过我的证件了吗？我叫任飞扬，舒鸿也许提起过我。"

"任飞扬？任飞扬……那个'天隼号'的船长？"

"正是我。您知道'天隼号'的事？"

"谁不知道呢？关于那条船，每个人都不好受。"老人拿起桌上的一个镜框轻轻拭擦，镜框里正嵌着一幅"天隼号"的立体照片，"那时候舒鸿还有身子，他叫我把他抱到山坡上，就在那些二月兰里坐了一夜。"

我了解，我尝到过同样的痛苦，这全是因为我！因为我的错误！我对不起你！任飞扬抱住头，过往撕裂着他的心，他仿佛又重新经历了"天隼号"爆炸的瞬间。

音乐忽然停下来，屋子里静寂得有些可怕，仿佛幽暗的太空。任飞扬放开手，老人拍拍他的肩，安慰道："这事不能全怪你，太空里的事，谁算得到呢？"

"可是，我……"

"你跟我来。"老人站起身。

这是二楼的一个大房间，房间里空荡荡的什么也没有。老人
打开窗帘，阳光顿时充满了每一堵墙壁，使这个纤尘不染的地方
有了生气。老人示意任飞扬向窗外看。

窗外是一片葱郁的绿色。远处，冰河显现出翠玉般的透明光泽。
再远处，苍青的山脉连绵不断，山顶还有皑皑的积雪，戈壁变成
狭长的灰色带镶嵌于山水之间。大自然用神奇的手在窗外做了一
幅巨大的画，它无边无涯，色彩绚丽，洋溢着蓬勃的朝气和旺盛
的生命力。

任飞扬一时忘记身处何方。

"所有东西都搬走了，但我记得它们的位置。仪器放在这里，
柜子在那边……"老人来回走动，絮叨着，"舒鸿最后两年就住在
这儿。"

任飞扬转过头，空寂的房间一下子变得温暖而亲切。他睁大
了眼睛，在墙壁和地板上到处都有舒鸿生存的痕迹，舒鸿的气息。

那支曲子又响了起来，非洲皮鼓的节拍与太阳风掀动地球大
气层的声音混在一起，非常激烈。

"他常说，如果他有身体，像任飞扬那么强壮的话，他无论如
何也要回到太空中去。"

"他是这么说的？"

"是的，他说过。"老人环顾房间中的每个角落，"他虽然只有

一个脑子，可这阳光、雪山、树木、河流，他全能看见，全能感受得到。对我们大家来说，他是个真正的人，一个顶天立地的汉子！"

任飞扬嘘唏不已，但他还是有些疑惑，"宇航局可以给他造个身体，这应该能做到。"

似乎过了很久，老人才回答："他们试过，但不行。他的脑子像他的身体一样不断变异。对了，变异，他们用的是这个词。他变异的脑子常发出奇怪的射线什么的，好几个护士受到了辐射污染。"老人停顿了一下，他无法确切地告诉任飞扬当时的情形，他看出对方正处于极度的悲伤中，便拿不准该把事情说到哪种程度。

"后来呢？"任飞扬非要打破沙锅问到底。

"死了一个人。"老人尽量淡化事实，"舒鸿想控制脑子的异化过程，大家都帮他，可是失败了。那个怪东西通过网络控制了西部输油管道，我不知它是怎么干的，但它肯定想得到更多。舒鸿和它斗了差不多一年，上个月他的异化过程突然加剧，那个怪东西闯进了国防部的控制系统。舒鸿及时制止了它，而自己也牺牲了。"

任飞扬糊涂了，"牺牲？舒鸿战胜了他变异的脑子吗？您是说……舒鸿是自杀的？"

"自杀？那是懦夫的行为！"老人激动，"舒鸿是个真正的勇士！他知道谁也不忍心切断营养供给，而那是防止他脑子变异的最有效方法，他知道没人能下手，于是就自己干了……"

老人再也说不下去了，他扶住墙壁，哆嗦着大口喘气。

任飞扬惊呆了。舒鸿！舒鸿！你怎能如此？！你竟能如此！！

全都明白了。舒鸿还是那个舒鸿，那个他熟悉的舒鸿，那个绝不胆怯困难、绝不动摇理想、绝不放弃事业的舒鸿！舒鸿欺骗了太空的伙伴们，包括流云，那一定是怕自身的遭遇挫伤他们的勇气，打击他们的自信，肯定是这样的！回忆过去，舒鸿所有的行为都清楚了，多年的怀疑一扫而光，一切怨责都不复存在了，在任飞扬心底，只有对死者无限的钦佩与怀念。舒鸿以名誉的牺牲来换取宇航员们征服土星的勇气，他做到了。十二年来，他一直被宇航员们当作"被荣誉征服的自私自利的家伙"，他作为反面教材激励了一代年轻宇航员。

舒鸿！我到现在才发现真相，我是多么愚蠢与轻率！而你，你宁可忍受委屈，连流云都隐瞒，你心里想的全是别人啊！

巨大的悲痛淹没了任飞扬，他真想大哭一场，为了舒鸿，为了这十二年来舒鸿吃的苦，为了他丢掉的"天隼号"，那飞船是舒鸿的珍爱，竟然在他手里毁灭了！

音乐陡然变化了旋律，它的活泼和热烈实在不合任飞扬的心情。"您能让这曲子停下来吗？"他无法忍耐了。

"我从来没让它停下来。"老人解释，"这是舒鸿写的曲子。"

"舒鸿的曲子？"

"是的。他写的。他写完的第二天就牺牲了。这曲子就叫《天隼》。"

天隼！隼疾驰如风，天隼在浩渺无穷的太空展开它矫健的双翼，它无所畏惧，它怀着对生命无尽的爱，怀着对未知世界的美好期待飞翔。

这不止是音乐，这是舒鸿心灵的旋律！"天隼号"虽然不复存在，但天隼存活着，存活在这音乐的每一个音符里。

　　舒鸿！任飞扬克制着眼中的泪水，这音乐里到处是舒鸿的影子。他怕自己就要当着老人痛哭了，急忙说："我一直在找舒鸿，我有东西要给他。"

9

　　二月兰一片片紫莹莹地开着，环绕着舒鸿。水晶墓碑在黄昏的静穆天光中悄然矗立，那仿佛是舒鸿沉默的身影。

　　打开防护袋，任飞扬取出那个邮递盒。

　　流云，他在心底温柔地呼唤着，流云，我替你送到了，我把你的心意传达给他了。我们所有人都误解了他，他其实从未改变，他比我们想象的更坚强执着，他值得你爱！

　　任飞扬拆去盒子上的胶钉，里面装着一块褐色的石头，附卡上写着：

舒鸿：

　　　　这块小小的石头来自土星环。

　　　　在那里我停留了五天。

　　　　我梦到你也来了。

　　　　你一定会来，你会回到太空来的，我相信。

　　　　　　　　　　　　　　　　　　　　　　　　——流云

　　舒鸿！你这个傻瓜！她相信你！她爱你！你不该对流云隐瞒啊！哪怕你只剩一个头颅，哪怕你只存留一丝气息在人间，她还是照样会爱你的。她对你的爱绝不会因为你没有身体而减少。舒鸿！你这个笨蛋！

　　但是他感到了舒鸿浓重的爱，那份深沉的情怀出乎他的意料。拒绝爱人的眷恋，拒绝朋友的牵挂，只是为了让对方毫无羁绊地去追求理想。舒鸿宁愿孤独地迎接死亡。

　　任飞扬心潮翻滚，舒鸿！舒鸿！呼唤这个名字，如同呼唤"天隼号"的归来，呼唤地球从月平线上升起，呼唤火星观测站的回应，呼唤鲜活的生命和热烈的爱情……

　　他扶住墓碑，水晶冰凉而光滑。他慢慢抚摸着墓碑，抚摸着墓碑上的字，水晶在他手下渐渐温暖。死者仿佛在这温暖中复活了，微笑着站在他面前，不止是舒鸿，还有流云。他们的气息从花儿里飘起，从泥土中升起，从那块来自土星环的石头上浮起。这气息环抱着他，让任飞扬重新看到他们。他们年轻的容颜美丽纯洁，他们的表情欣喜而满足。那是终于相聚的满足，那是将全部生命奉现给事业的满足，那是从未曾有过怀疑和畏惧的心灵的满足。

　　望着他们，任飞扬感到一股激流奔涌在身体里，冲击着他僵死的心灵，使他灵魂深处高筑的堤坝一处处崩裂。舒鸿的曲子又一次在他耳边回响，他听见隼的鼓翼之声，这只猛禽急速刺向苍穹，搅起一股急骤的风。天空已出现明亮的金星，稍后，那里便密布繁星。舒鸿和流云化为一道耀眼的光芒穿过群星，向他目力不及的遥远世界飞去。

那个世界神秘奇特，那曾是他追求的、魂牵梦绕之地！原来，真正胆怯的是他，动摇了理想、放弃了事业的人是他自己！任飞扬陡然一惊，他曾是舒鸿的助手，他了解舒鸿的理论体系和工作方法。他和流云一样是宇航学院的优秀毕业生，有着极其丰富的实践经验。这一切，就因为"天隼号"的事而付之东流了吗？他不敢回到太空中去，不敢直面自己的失败，不正是懦夫的行为吗？对于他，究竟什么样的生活才更有意义呢？

不知不觉中任飞扬挺直了脊背，他感到四肢充满了力量。老人一直看着他，好像一夜春风吹开了积雪，他的面容舒展了，像有只看不见的手抹平了他脸上的皱纹和抑郁，取而代之的是青春的自信和坦荡。

任飞扬将那颗来自土星环的石头埋在墓碑下，连同那张卡片。

在他离去之刻，他轻轻摘下一枝二月兰，别在衣襟上。

10

"月球宇航基地负责人收文件 210349 号。经过十个月的训练治疗，任飞扬已全面恢复，达到 A 级宇航员标准，可以参加飞行任务。太空医学研究院康复中心发。"

良久，负责人的目光又落到了《月球新闻》这份电子早报上。报纸已是连续第五天在头版报道舒鸿的事迹。

窗外，地球正冉冉升起。云雾缭绕之处是亚洲雄伟的高原和山脉，那里是鹰的故乡，那里有一块水晶墓碑永远璀璨晶莹。

负责人拿起书写笔，直接在显示屏上对文件做了批示。他写道："欢迎归队！"

【注释】

[1] 提坦星：又称为泰坦星，即土卫六，是环绕土星运行的一颗卫星，是土星卫星中最大的一个，也是太阳系第二大的卫星。

水星的黎明

1

"若彤失去比赛资格了！"丹迪恩的图像模糊地抖动着，他那张络腮胡子脸上的沮丧却十分清晰。

"要紧的是赶快找到她！"监控中心主任冲丹嚷。

"我一直在长城空间站等你的命令。"丹迪恩抱怨，"可你们连个大致方位都不能告诉我。"

"水星区域，只能是那一带了。"主任说，"我们的巡逻救援队马上赶到那里去。"

"若彤怎么会去那里？那是禁飞区！"丹迪恩道。

"我不知道！这该死的太阳风又把通讯线路搞得乱七八糟！"主任对丹迪恩难看的脸失去了耐心，"你要英雄救美就赶快！"

关闭通讯器，丹迪恩揉揉眼睛。自从飞行器监控中心的深空跟踪站失去若彤的信号后，他便一直在计算若彤的飞行轨迹，猜测她迷路的地方。但是监控中心否认了一个又一个可能，只剩下水星区域。

丹迪恩站起身，他必须参加救援工作。是他鼓励若彤参加太空飞艇比赛的，他不能对若彤的生死置之不理。"我得走了。"他对身后的空间站站长打了个手势。

"若彤不会真的在水星上吧？"站长问。

"在那里总比掉进太阳好。"丹迪恩苦笑。

2

黑暗中传来自动检索系统极轻微的启动声。"一、二、三、四……"若彤默数，估计已经跳过了太空摇滚与潮汐音乐，便下了停止命令。思维反馈非常灵敏，检索系统立刻停住了。这一回停在了中国民歌上，随机抽到的歌曲是《茉莉花》。

"好一朵茉莉花，好一朵茉莉花，满园花开雪也白不过它。我有心摘一朵，送给别人家，又怕明年不发芽……"

轻柔而欢快的声音瞬间充满了小小的舱室。若彤松了口气，这歌真好。第一次听到这首歌是在丹迪恩的船坞里，丹迪恩就在她的耳边随着歌声轻轻哼唱。听到这旋律，若彤又再次感受到丹那坚实有力的怀抱。虽然他最终还是为了另一个姑娘离开了她，而那姑娘除了双明亮的大眼睛外几乎一无所长。可是若彤依然会常想起丹，想到他时心里还有几丝甜美的温暖，到底没有哪个男人像丹那样陪了她三年之久。

　　歌声戛然而止，船舱重新陷入寂静。若彤扭动扭动脖颈，她必须重新开始，而每次开始都是痛苦不堪的经历。她移动左手，抓住光敏探针。探针制作成护耳的样子，非常精致，所有细微的针头都隐藏在毛绒绒的人工狐皮下。若彤小心戴好，深吸口气，发出启动命令。她深信自己已经习惯了这种启动的方式，但是当电磁脉冲刺激到她的大脑皮层时，她还是疼得几乎要从椅子上掉下来。她使劲咬住下唇，双手紧紧抓牢安全带，"不许哭！"她大声警告自己，"不许哭！太空飞艇赛手不能为这个哭！"

　　但她并不是真的太空飞艇赛手。二十小时前，她已经丧失了比赛资格，而下一次资格赛要等到五个地球年之后。当她终于确定自己无论如何也不能在规定时间内到达那四个记时点时，她简直要疯了。她还一心一意想参加第150届奥运会呢，这下子什么都完了。

　　脉冲在五毫秒的紊乱后稳定了，"红霞号"太空飞艇的所有数据迅速掠过若彤眼前。若彤倒吸一口凉气，她没有判断错，飞艇的确是一头扎在了水星的陨石坑里。

3

　　"你真的要去？"女友蓝宝石般的大眼睛中全是惊异。她的图像在通讯屏幕上打晃，但是那一双眼睛着实漂亮，连太阳风的肆虐也没能减损它的魅力。

"是的，我要去。"丹迪恩戴好头盔。

"丹，你告诉过我你已经离开她了。"

"当然，可我不能坐在一边看着。如果没有我，她还在太空城安安静静地做调音师呢！"

"这话我都听腻了！你还有什么亏欠她的？你给了她'红霞号'，全太阳系飞艇设计大赛的冠军船！"女友接过丹的话。

"我说过多少次了，那飞艇是若彤自己设计的，我不过是在制造上帮了点忙。"每当有人向他询问"红霞号"，丹就头痛，因为怎么解释还是有很多人不肯相信，他们认定"红霞号"主要由丹迪恩设计制造，若彤只是沾了他的光。

黄色指示灯亮了。"都准备妥当，我要走了。"丹闷闷地说。他想着在水星附近徘徊的若彤，没有心情解释。

"丹迪恩！"女友叫道，"我一直在看实况转播。她太争强好胜，一心要抄近道，所以才会迷路，应该让她吃苦头！"

"她吃的苦比我们任何人都多！"丹不喜欢女友的看法。他伸手关机。

"丹！"女友急忙阻止他，"我知道你不想听，可我还得说！你怎么知道若彤不幸福呢？她并不需要同情和怜悯！"

丹已经走了。

4

2768 米相对高度的陨石坑，内部像白杨树干一般癫癫疤疤，布满了奇形怪状的石头。幸好有这些石头遮挡了部份寒气，"红霞号"才能在水星凌晨的冰冷中坚持近三个小时。但是黎明到来后，地表的温度会迅速上升，最终在午后达到 973 摄氏度的可怕高度，这个温度也是太阳系所有行星表面最高的。当然，由于一个水星日等于 176 个地球日，所以若彤有 89 个地球日来考虑并采取实际行动摆脱困境。否则，她会被强烈的太阳光晒成木乃伊，甚至连木乃伊都做不成，肉体会蒸发为离子态。

这都怪她非要在比赛中拿冠军不可。其实只要进入前十名就能直接参加这个项目的奥运会决赛，但她要干就想干得最好，冠军是她唯一的目标。为此她整整准备了三年，其中一年她全都花在了设计"红霞号"上。虽然这艘飞艇是和丹分歧的开始，但她无法不为自己的作品骄傲。对于发生过的一切，她从来都无怨无悔。

可现在她有些后悔了。若彤叹气，自信不是坏事，但是自信得过了头也不是好事。

已经取得资格赛前的飞艇设计大赛一等奖的若彤从未想过自己会失去比赛资格。尽管媒体对她褒贬各半，人们也是半赞誉半看热闹，若彤仍然坚持当初的决心。她辞去了太空城里报酬优厚

的调音师工作，离开了那间狭小拥挤的调音室。她并不想出风头
当明星，只是想换一种方式生活。

"换一种生活并没有错，若彤。"她叫着自己的名字，"但你太
自信了。"若彤自语道。她和金星轨道的最后一个深空跟踪站失去
联系已经四周了。四周来，若彤一遍遍细致地核对程序和飞行数
据，什么毛病也没有发现，反而被光敏探针和思维反馈系统弄得
头疼欲裂。她设计的路线从理论上来讲一点问题都没有，是通过
所有记时点的最短路线。虽然这条线路的金星段离水星轨道近了
些，但尚在水星引力范围以外。若彤清楚水星区域为人类非活动
区，只有少数装备精良的专业科学考察飞船和无人空间探测器到
达过那里。科学家们在水星上立了块证明登陆的牌子，采集样品
后就匆匆走了。

"可能我的确不适合当飞艇赛手。"若彤继续自语，"我居然迷
路到水星上来了。"和跟踪站联系中断一周时，她的精神最脆弱，
几近崩溃边缘。后来飞艇无可挽回地向水星奔去，若彤反倒镇定
了。严重的太阳辐射使"红霞号"犹如在下着暴风雨的海洋之中，
把飞船的定位系统破坏得体无完肤。这时若彤再也没有能力调整
飞船姿态了，况且飞船的燃料非常有限。太空飞艇为了速度可以
牺牲一切，包括燃料和食品。何况每个记时点都设在补给太空站
上，只要到达记时点就万事大吉。谁料到会有个叫若彤的女人抛
弃了参考路线而迷路呢。

"我知道以前的太空飞艇比赛没出过这种事。每个选手都很刻
板地执行组委会提供的参考路线。可是，连组委会都认为那只是

参考路线，并非最佳方案。所以我并不认为自己的做法错了。"

　　仪器显示太阳质子流密度在逐渐加大，水星的黎明就要到了。随着太阳升起，质子流的数值还将继续增加，最后变成一股狂烈的电磁龙卷风。若彤停止录音，按住太阳穴揉了几下。必须赶快想办法，办法在哪儿呢？"红霞号"的通讯设备因太阳辐射而被破坏，无法向太空搜救队求救。要飞离水星也不大可能，飞艇没有那么多燃料，虽然惯性导航定位器还好好的。而且水星的强磁场也在不断干扰着飞艇设备的运行。

　　降落到陨石坑的三个小时中，若彤一直都在思考这个问题。没有软着陆装置的"红霞号"在降落时舱体受损，损伤的程度如同一艘博物馆里的三桅船丢了桅杆。出舱查看是不可能的，若彤只好把全部的怨气发泄在水星表面地形图和水星磁场与引力场图上。这两种图都经过二十四年前"水星人3号"空间探测器的修订。但是对于手头没有任何科学仪器的若彤，研究水星磁场简直是天方夜谭。

　　"也许我该把天体物理那门课拿下来。"若彤又对录音机说话了，这么做仿佛是对着一个亲切的朋友倾诉。"可它并不妨碍我取得驾驶飞艇的执照，所以我才没有选。"没选的还有天体历史学、小行星学以及太空文学。若彤把时间都花在了微机械和微电子上，当然，还有必要的体育锻炼。其实体育锻炼是排在第一位的，尤其是反应能力和敏捷度，考官们特别重视这些。

　　"现在我得为在太空学校里的懒惰受惩罚了。"若彤叹气，"没人有我这样的运气能到水星上来。可是我什么也干不了。可是我得干点什么才行！我不能坐在这儿等死！"若彤停止感叹，大声说着。声音非常坚定有力，把她自己都吓了一跳。这么多年来她一直开心快乐地活着，常常让判定她会在抑郁中早死的人目瞪口呆，她怎么能轻易地完蛋呢。

得有想象力，若彤的思绪在电脑中飞行，整个飞船的三维图像瞬间一览无余。记得你写过科幻小说，若彤，你肯定会有办法。飞船的一块装饰板突然变成丹迪恩的脸，他的嘴张成一个 V 字形，大大的 V 字形。

"胜利，成功！"丹迪恩把她的手放在自己嘴唇上，"这就是 V！永远属于你的字！"若彤不禁抚摸嘴唇，V，多么可爱的形状啊。她的思绪轻轻飘落在水星地表情况分析资料上——"水星极地附近永久背阴区域中存在水冰，但至今仍无可能开发利用。"

水冰！若彤心里一跳，她急忙把整份资料都浏览了一遍。"水星人 3 号"考察了水星全部极地，并绘制了详细的水冰位置图。它真棒！应该颁给它一枚勋章才对。可是那机器自水星归来后就进了博物馆，和水星的展台一样落满灰尘。

有主意了，若彤急忙进行可行性分析，幸亏电脑从不考虑给它的东西是否荒唐可笑。含有硫等挥发性物质的水冰将成为若彤的临时急冻箱，如果她能够及时到达的话。

"可能生存性 68%，希望很大。期盼希望何尝不是一种幸福。"若彤说，"我非常幸运能生在这个时代。"她把录音嵌在《茉莉花》的歌曲中。

若彤以前很少用语音装置，她不想给人留下一个唠唠叨叨的长舌妇的形象。但是迷路后，她的话一下子多了起来。

5

电脑准备起飞完毕。若彤在虚拟的飞艇操纵台上按下启动键。她的一位同学曾嘲笑过她，说飞船真实还是虚拟对她都毫无意义，她为此揍了这个家伙，把他打翻在地。后来没谁再敢蔑视若彤想成为一个太空飞艇选手的决心。

"红霞号"艰难地挣扎着，石块在它周围滚动。若彤监视着所有开关和阀门，随时调整电子流的强弱。飞艇像个暮年的老人，不停地喘息哆嗦，终于从陨石坑里升起。若彤测量方位，把飞艇掉个头，向水星的南极飞去。

一束耀眼的阳光照到飞艇上，似乎穿透了舱壁，穿透了若彤的身体。她挺直了背。水星的日出开始了！她将是第一个看到水星清晨的地球人，这多少挽回些失去比赛资格的沮丧。飞船的外部光学仪器全都被太阳的强光毁了，光敏探针映射到若彤脑中的只是红外和紫外两套空间扫描记录仪加工还原后的景像。虽然如此，若彤还是能感受到那景像的壮美。

巨大的环形山密布在荒芜的原野上，一个紧挨着一个。山丘和低谷交错纵横，时常有陡峭的悬崖从山丘的褶皱处露出。阳光正从地平线下缓缓照射到浅紫色的天穹上，天穹上一直明亮的蓝色行星和它的卫星失去了光芒。日冕在熊熊燃烧，喷出大团大团的璀璨火焰，那是太阳的耀斑。光在悬崖和山谷间流淌，岩石顿

时生气勃勃，仿佛马上就会孕育出花草。稀薄的大气对光线起不
到什么阻挡作用，阳光从天边直射开来，扫过大半个天空。天空
顿时清亮透澈了，和浩淼的太空似乎仅有一层薄纱相隔。

"红霞号"穿过阳光，它就像一只银色的梭子，把光线一根根
织在一起，织成一幅巨大的光幕。光幕覆盖之下，铺满大地的阴
影迅速后退。暗绿色的原野渐渐生动清晰起来，大块小块的绿色
岩石就像大群小群的地球森林。没有含铁元素的红色沙漠，也没
有侵蚀性的硫酸云。在水星清澈透明的晨曦中飞过，若彤感觉自
己是一只鸟。

6

长城空间站已经远远地甩在身后，那是最接近太阳的科学空
间观测站。两个中国人在站上十年如一日地工作着。作为空间站
维修工的丹迪恩跑遍了每一座空间站，但他最喜欢这两个中国人，
他常拿他们做例子鼓励若彤。

早知道有今天的事，就不把若彤带进飞艇这一行了，丹心想。
成为太空飞艇冠军的确是受人尊崇的荣誉，可是若彤也不应该为
这荣誉送上自己的性命。她做事的执着和狂热都出乎他意料，就
像她超前的飞艇设计理念，他真是无法忍受她。

丹正以最快速度飞奔水星，但他还是害怕会迟到。"红霞号"
只是艘轻便的小飞艇，不像他驾驶的维修飞船，又大又厚实。他
理解若彤改变传统飞行路线的做法，"红霞号"虽然设计精巧新颖，

可没有足够的经费把它造成性能最好的飞艇，要想取得优胜，若彤非找新路不可。想到他们筹集经费的艰难，丹迪恩就不禁痛恨人们的偏见。没人相信若彤会赢，就像没人相信"红霞号"真是出于若彤之手一样。

若彤是为了证明自己的实力而放手一搏。丹突然明白了若彤的想法，女友说得对，若彤不需要怜悯和同情。丹打开全部通讯通道，搜寻着每个电波，他渴望能听到若彤的声音，那总是充满自信的声音。

若彤，回答我吧！丹在心里大声呼喊着。

7

若彤的身体被甩向地板，幸好安全带还算牢固，把她拽回坐椅。"红霞号"拖着半残的躯体终于跌跌撞撞地奔到极地，一头栽在离水星南极点还有 127 公里处的地方。碎石和冰屑在它周围乱飞，这回它不可能飞起来了。

测量了周围环境的温度、湿度以及变化率，若彤觉得降落地十分理想，这真是不幸中的万幸。她让飞船急剧地摆动，好下沉得更深些。当飞船陷入冰层有十米深时，她停了下来。飞船已经整体嵌进冰层中，再也动弹不了了。这永久背阴的冰层中温度只有零下六十度。五十分钟后，飞艇就会被冰层完全冻结，她的生命由此得到暂时的保存。

若彤关闭了飞船的所有设备，除了通讯系统。它早就无法接收任何信号了，但是还可以把她的信号送出去。她选择了《茉莉花》。迟早会有人收到的，会有人来救她。

歌声轻轻飘起。她恍然又回到了丹迪恩的船坞。

"白色的茉莉花，什么是白色？"

"白色是雪的颜色。"

"雪是什么样的？"

"小小的，很冰凉，放在手里就化了。"

"那么红色是什么？"她故意问，很少有人真的能给她描述出颜色。

丹迪恩忽然握住她的手，她感觉到热，非常的热。"是你名字的颜色。若彤，就是你的颜色，你就是红色的。"

黎明渐渐消失了，水星漫长而炎热的白日正在她的飞艇外开始。太阳在水星的天空往后走着，那是因为水星公转比自转快的缘故。阳光下的地表温度正逼近两百摄氏度，水星在这热力下沸腾，沐浴着其他行星永远也得不到的光明。

若彤取下光敏探针和思维反馈器。三十年来，她从未得到过视觉细胞的生命一直依靠着它们，现在她不需要了。但是有朝一日她还会再用，她还没有得到太空飞艇赛的冠军呢。

坐在绝对的黑暗之中，若彤却感觉到心灵在冰层外飞，在光明的世界里飞。

飞鸟的天空

翟在出发前又一次走进 F147 室。按照他的嘱咐，这间舱室一直给菀保存着。其实菀的东西很少，在标准配给外只有两盒颜料和一壁的画。当菀开始把颜料泼洒在舱壁上时，看守差点殴打她。

没人相信德巴特星的殖民区还会有正常人活下来，实际上也没有。那地方彻底完蛋了，在它的矿产被雷格斯公司不分日夜地开采了四百年以后。翟带人在德巴特星过筛子似的搜寻了一遍，结果只找到了二十九个殖民地的幸存者，全部是智商在 50 以下的基因缺陷者，包括菀。

菀的画静静占据着墙。那里有许多线条和色块，从不同角度可以看出不同的画面——蓝色的花朵、红色的枝叶、绿色的云霞、紫色的山峦，还有河流和沟谷。不管哪种场景，总有金色的鸟儿在其中飞动。它们在花朵间飞，在云霞中飞，在色块与线条间飞。

翟不知道那是什么鸟，他从没见过，德巴特星上也没有。它们那么明亮，翟甚至不敢多看，怕眼睛受不了。菀用色出人意料地复杂和鲜艳，画面因此特别绚丽。做为"太空游侠号"的副船长，翟自认为游历了大半个银河系，所有变幻莫测的天象都看腻了，但是见到菀的画时，他还是呆住了。

当时翟的心情十分沮丧，雷格斯公司取消了对"太空游侠号"的资助，他妻子要随公司技术小组的人一起撤走。翟无法阻止她，像她怎么劝说翟也不肯离开飞船一样。在赛义人的自由贸易港他们分了手，彼此说了很多祝福对方前程似锦的话，说了又说，直到黯然无语。翟第一次喝了酒，赛义人的酒浓烈如火，一点点烧着翟的心。回到船上时正遇到看守要处理菀的失态，翟才注意到菀。那是一个瘦小苍白，生着翘鼻子的女孩儿，按德巴特的年龄计算她仅仅十七岁。医学报告指出菀有三组染色体的基因存在缺失段，语言和行动为五级障碍。

翟让菀继续画她的画，他想让每一个生命都自由地不受拘束，尽管他那时对自由的理解就是不为雷格斯公司做事。菀见到谁都紧张得要死，只有在画画的时候她才能放松下来。这时她的那些笨拙和迟钝都消失了，她甚至不害怕开口和翟聊天，尽管她发出的是声音而不是语言。要和菀交谈是困难的，但翟还是竭力抽时间陪她，常常弄了一身的油彩。翟看着菀的画渐渐占据了整个F147室的墙壁，那些耀眼的飞鸟挟着光芒在他心灵里飞，鼓动他的情感，他体会到了自由的喜悦。

　　翟轻轻抚摸菀的画。这画有一种特别清亮的透明质感，因为菀在颜料里加了德巴特星上的矿物，那是几种无色的粉末，装在不同的小口袋里。翟搞不清楚菀是如何清晰地分辨它们的。她从不肯让翟看调配颜料的过程。调配颜料时翟如果靠近，她就急忙惊惶失措地站起身，拼命遮住颜料罐，咿咿呀呀地叫着，苍白的脸一下子通红通红。真是个奇怪的孩子，翟叹息。

　　德巴特的幸存者多多少少都有一些能力和他们的智力不符，如计算能力、音乐能力、心灵感应力，等等。如果不是因为德巴特矿区连锁爆炸事故引起生态环境的急剧恶化，导致矿区关闭，也许他们会生活得很好。但是一切都毁坏了，幸存者们像玻璃一样脆弱。如果不是"太空游侠号"赶到，他们都得死在阴暗潮湿的矿井里。他救了菀，命中注定他必须保护她。

　　"翟，出发。"耳机里传来船长简短的命令，翟的目光在画上留恋片刻，然后毫不犹豫地转过身，大踏步走了出去。

　　翟启动战机，突击队员们秩序井然地坐在机舱中。和菀的离别是在五年前。五年，想起来竟然还和昨天一样。

　　"德巴特人的表现公司总部很重视，我们要对他们进行隔离研究和治疗。"红发医生面无表情。

　　船长点头道："我把他们平安送到了，怎么做就是你们的事了。"他有些疲倦，但还是热情地邀请医生留下共进晚餐。结果，餐桌上医生吐露了类似的事件在其他矿区也发生了。他说话时船长看着翟，翟只觉心惊胆跳。

　　所有的德巴特人都被带往医生的飞船，飞船将把他们送到艾伯萨星上去，那里有雷格斯公司专门为他们建立的医疗基地。

　　菀死活也不肯出舱。她那天画的画是灰白色的，画里所有的色彩都死了。翟亲自把她送到医生面前，还有那幅灰白的画，医生对画比对人感兴趣。

　　"待她好一点。"翟嘱咐。

　　"当然。"医生心不在焉地答应，眼睛直盯着画。

　　菀紧紧抓着翟的衣袖，满脸恐惧。"我会来看你的。菀，我保证。"翟把菀的手交到医生手里。他第一次为自己说谎而胆怯，他根本不知道"太空游侠号"还能否返回艾伯萨星。

　　当艾伯萨星在视野里成为一粒微尘时，翟将十五例矿区事故报告交到船长手里。这些报告全有着相似之处——安全疏忽、爆炸、连锁反应、生态系统恶化、居民大规模死亡、幸存者下一代基因出现遗传性缺陷。由于矿区多在银河系的偏远角落，信息不畅，事故往往发生很久才被外界所知。"太空游侠号"到达时，事故发生了已经二十个德巴特年。

　　"您从中看出了什么？"他问船长。

　　"我们会弄明白的。可我们还有很多事要做。"船长不置可否。

　　"他们不会有事吧？"翟担忧，菀灰白的画始终在他眼前飘荡。

　　"他们？"船长的淡褐色瞳孔深不可测。

　　"菀他们，会不会成为阴谋的牺牲品？"

船长没说话，捏着唇边鱼须状的胡子沉思。翟感到隐隐的不安，那一瞬间他心里的菀就像她画中的鸟，正躺在落花的地上无力地等待死亡。翟的内心绞成麻花样的疼。

翟把手放在胸膛上，心咚咚跳着。那份因菀而起的绞痛还在，心脏每跳一下就痛一下。

"有七处双金属塔，你们抽签吧。"将军的脸终于出现在战机通迅屏幕里。将军的表情轻松，而他身边的船长却一脸肃重。

翟抽到 5 号。

"是我带你到叛逆者中间来的。翟，如果你后悔还来得及。"船长的声音少有的温和。

翟摇头。

"你才三十岁。"船长嘀咕，"在任何一个航天港都能找到好工作。"

"为雷格斯公司工作？"翟耸耸肩，很是轻蔑。周围的人都笑了。

"别轻敌，翟，千万别轻敌。"船长的褐色眼眸中闪过关切。

翟点头，他做了个胜利的手势。

攻击纳斯兰亚特星球的舰队将这颗星球的防御网撕开一条狭长的口子，翟的小分队和其他十四个小分队一起杀进纳斯兰亚特的大气层。船长教他的技术使他像一条游鱼一样敏捷，他的战机不可阻挡地接近攻击目标——隐藏于密林深处的 5 号双金属塔。

翟寻找着可以停机的地方。突然，两架帝国战斗机从塔后冲出来。翟做了一个超低空的大转弯，飞到敌机后面。在一场快速而花样百出的追逐后，两架敌机撞到了一起。翟喘了口气，回头看突击队员们一个个脸色青紫。

但是战机一停下，翟的部下就恢复了生机，跟随他冲进塔楼。他们搜寻着任何有价值的东西，重兵防守的金属塔一定藏着什么秘密。

翟似乎又一次置身于德巴特的矿区，筛沙子似的清理每一个地方。他感到菀的气息，飞鸟的气息。循着那气息他找到了塔中心的一间密室。

翟一眼就看见房间墙上的画，一副完全写实风格的画——城市高楼林立的背景，"太空游侠号"停在他的身后，他站在画面最前方，身边是离别多年的妻子。翟有几秒完全愣住了，他从没对菀讲过妻子的事，因为那是段伤心的记忆。但他们在菀的画里站在了一起。他们头顶上空是巨大的星球，一个明亮闪光的星球，他们周围有金色的鸟儿在自由飞翔。妻子又留了长发，就像当年他们相爱时一样。

翟急忙寻找菀。她的身体蜷缩在一起，被一层鳞片状硬壳包裹着，她的脸也渐渐要被壳吞没了。

"菀！"翟惊呼。

菀快长在一起的眼睛困难地张开，她牵动嘴唇笑起来，艰难地道："画。"第一次，翟听见菀说出一个完整的字。

翟急忙回答："画得很好！菀，他们究竟对你干了些什么？"

"画！"菀重复，"给你。"她伸不出手，只能轻微地动动下巴。

她的下巴已经和锁骨连在一起,硬壳延伸了上来。"我,在等……你。"

"我知道!"翟想抓住她,阻止她的变异。但她的脸已经模糊了。硬壳突然之间就聚拢,菀变成了一个光滑的球,掉到地板上滚起来。翟急忙跑上前抱紧它。

"至今我们也没弄明白德巴特人的变异原因和后果。可能是他们的本质,也可能是雷格斯公司对他们施加的改造,我们还要继续观察。关于菀……"

"我要亲自照顾她。"翟坚决地说。

将军一挑粗大的眉毛,道:"嘿,小伙子,你真让我们为难。好吧,看在你打仗还不坏的份上。"将军的图像边出现了一个繁华的太空城市群,"我们的基地到了。你将为此感到自豪。"

船长在将军身边微笑道:"翟,你干得不错,'太空游侠号'是你的了。"翟很少看见他笑,但船长是真的笑了。

一架飞车给翟领航,让他将"太空游侠号"稳稳地降落在机场上。翟已迫不及待,他抱起菀,快步走下飞船。科研人员应该在等着他了,他要将菀尽快恢复原状。

"翟!"他听见一个熟悉的声音。然后,他看见妻子站在那儿,长发在人造的微风里飘动。翟迟疑片刻,走到她身边。

"我是来接菀的,也来接你。"她说,声音依然悦耳动听。

翟揉揉眼睛,不错,站在他身边的正是他的妻子。"你的公司呢?"翟想起当初那些没完没了的争吵。

　　"公司没有那么美丽的天空。"她微笑，指指头顶。

　　翟抬起头，巨大的星球悬挂在太空城的透明天穹上，那是一个明亮的闪光的星球，金色的鸟儿陆续飞过他们头顶的天空，鸟儿的翅膀扇动空气，扇动星光。翟又一次看到了密室中菀的画，他自己已经在画中了。

　　翟把菀抱得更紧了。他终于知道了雷格斯公司制造基因缺陷者的目的了。他紧紧握住妻子的手。妻子的手比前几年粗糙，却有力了。

　　飞鸟越来越多，在他们上空组成一片片流动的灿烂云霞。

燃烧的星星——火星实习报告

报告1："探索4号"太空站
《太空生活》杂志新闻部主任收阅

主任，我按照您的安排登上了运输飞船"月光号"，随同一船物资以及三位科学家前往火星。当然，您知道，旅程中飞船乘客必须休眠。所以直到快要抵达目的地时，我才有机会认识我的旅伴——"探索4号"火星太空站的新站长察俄霍尼，火星土壤专业的研究生唐棠和机械专家查尔尼。

察俄尼霍个头矮小，面目可憎，棕红色的头发稀疏地盖在他头顶。他说话、动作都很快，表现出充沛的精力。从休眠中醒来还不到四小时，我就知道了他的家族宇航史和他本人在宇航学院的种种轶事趣闻，以及他和现任"探索4号"站长施威

特之间宝贵的友谊。这种友谊，察俄霍尼说是依靠矛盾和摩擦才
得以加深的。

唐棠则是位体态纤细，如风中之柳的年轻女孩子，她皮肤白皙，
眼睛清绿得如同翡翠。她不大说话，安静得像只小猫。我认为像
她这样的女子是不该跑到火星去研究什么土壤的。她身上一定有
故事。

至于查尔尼，我没有见到他，他的休眠器出了问题。休眠器
的生命维护系统都还好好地运转着，但就是打不开。察俄霍尼把
解除休眠程序重复了一遍又一遍，后来只好沮丧地放弃。这真是
件悲伤的事，虽然在休眠中死去的可能性极小，但查尔尼的休眠
器还是可能成为他自己的棺材。

这事打击了察俄霍尼，使他极为烦恼。但当"探索4号"出
现在我们的视野中时，他还是抖擞精神，整理服饰，很体面地带
我们登上了火星太空站。

"探索4号"原本是一艘大型科学考察飞船，历经七个月航行
到达火星后按计划不再返航，留在火星轨道上成为火星的同步卫
星。同时，也为前往火星进行科学考察工作的科学家们提供了一
个落脚点。经过五个火星年的建设，"探索4号"已经成为火星地
面考察工作的大本营，和位于月球的国际联合太空署火星开发总
局一起协同指挥火星的地面活动。

开发火星一直是人类的梦想。早在二十世纪就有人提出了种
种利用火星的计划，而最大胆的莫过于"改造火星"计划。那时
宇航技术刚刚起步，这个想法只当成痴人说梦。然而，宇航技术

经过了近百年的跨越式发展，人类在地月间修造了大型太空城市，在月球上建立了基地，制造和发射航天器的成本大大下降，而且人类的地球保护意识越来越强烈，在这样的形势下，"改造火星"计划终于被提上太空总署的日程表。

改造火星是个及其复杂的过程，计划共分五大步，用一百年左右的时间完成。为此进行了大量的可行性分析，近一米厚的报告收藏在太空开发局的档案库里。简单地说，这计划第一步将用核炸弹轰炸火星两极的冰冠。火星的冰冠是由固体二氧化碳组成的，核轰炸将使干冰溶化，二氧化碳被释放，从而引起小规模温室效应，提高大气温度。进而移入在低温、低压条件下能生存的植物。这些植物吸入二氧化碳，生产氧气，从而大大改善火星的大气结构。火星的大气层会加厚，温暖升高又有氧气，无疑将会是一个人间天堂。虽然火星的体积只有地球的 0.15 倍，但这仍会让负担过重的地球得到喘息的机会。更重要的是，这将是人类主动征服改造行星的开始。

施威特做为"探索 4 号"的第一任站长，对整个改造计划如数家珍。施威特决心为这宏大的计划贡献终身，自登上"探索 4 号"，足足十个地球年他都不曾离开。所以宇航员们不再惧怕的种种太空病毫不客气地袭击了他。在他的健康监测指数下降了四十点后，太空局就派察俄霍尼接替他的位置。

我早就听说了施威特的大名，但见到的不过是个神志憔悴，走起路来笨拙不堪的普通人。他驼背，行动起来有一种特别的迟缓，证明长期的太空生活已经使他的肌肉松弛萎缩了。

　　察俄霍尼和施威特这两个老朋友在空间站的接待室见面。接待室有一面很大的舷窗，窗外是空间站正在扩建的舱室。在红色的火星与一望无际的漆黑宇宙背景上，这舱室银白的衍架闪闪发光。景色非常迷人。

　　"你好！老朋友，还记得我吗？"察俄霍尼热情地拥抱对方，并指指我们，"干嘛非要在全面考察火星后才能准确制定核弹轰击点呢？害得这么年青漂亮的孩子要把青春耗费在火星这块不毛之地上。"

　　"哪个是《太空生活》杂志的实习生？"施威特挣脱开察俄霍尼的怀抱问。他的不满明白无误地写在脸上。我赶紧上前介绍自己。

　　"从来没有这种先例！月球太空基地简直在乱弹琴！小子，你是学新闻的吧！"他眉头紧皱。

　　"实际上，我向察俄霍尼站长解释过了，我曾经是个宇航员，有飞船驾驶执照。"我接受这个实习任务到太空局报到以后，一直就被局里那些官僚的嘲笑和不解包围着，但我没有失去耐心。"《太空生活》是最大的宇航杂志，我非常珍惜得到这个工作机会，我不会给您添麻烦的。"

　　"是嘛？"施威特一挑浓眉，转向唐棠，"你是那个火星土壤学的研究生，也是来实习的？哼！我看你们的实习作业都很难完成。你们以为火星是什么地方？天堂吗？其实糟糕透了！狂风、红尘，冷得要死。"施威特的话里充满了威胁。我看他其实是在妒嫉，如果可以继续留在"探索4号"上，他肯定愿意拿自己的一切来交换。

"算了吧，老朋友。"察俄霍尼亲热地挽起施威特的胳膊，替我们解了围，"这一路上他们都做着可怕的恶梦，休眠已经把他们的神经弄得有点迟钝了。"他转而非常关切地说："我想你也很辛苦了，那就让我们尽快去办理交接工作吧。哦，对了，还有查尔尼，那可怜的家伙休眠器打不开了，弄不好他要随你一起回去。"

实习生　闻详

报告2:变成火星人
《太空生活》杂志新闻部主任收阅

主任，很高兴您对我的第一份实习报告还满意。按照您的要求，我更多地去关注人而不是具体的科学技术。但是，说实话，在火星上一个宇航员比一个新闻记者更受欢迎。我也逐渐回忆起当年驾驶飞船在地球和月球之间穿梭的乐趣了。

察俄霍尼安排我去9号火星考察站实习，这纯粹为了省事，因为唐棠将要去那里。这样察用一个登陆舱就把我们两人打发到了火星上。施威特则在我们登上太空站的第五天驾驶"月光号"，带着各种火星样品和仍在熟睡的查尔尼返回月球。

我第一次踏上火星的土地是在日落时分。由于火星大气层稀薄，西坠的太阳比地球上更清晰耀眼。大气将阳光漫反射或者吸收，使太阳周围如现宝光，熠熠生辉。远处，火星山脉高耸刺天，

峰峦起伏。近处，赤红的山壁之下，是一组三个半圆形的蔚蓝色
穹顶建筑。我眼前的一切犹如画卷，壮丽而气势磅礴。这景象让
我为之留恋赞叹，就连唐棠也激动起来。

9号站的所有成员都放下手里的工作欢迎我们。他们总共有
三个人。站长柏松，四十九岁，长着宽阔平坦的额头、刀样锋利
的眉毛、一双深陷于眼窝深处的褐色眼睛。那眼睛总是目光四射，
炯炯有神。而且他个子很高，魁梧而健壮。站在他面前，我觉得
自己的心脏总紧张地快跳。他说话不多，但言出必行。

另外两个人是性格活泼的加诺和婆婆妈妈的李兴容。

加诺只有二十八岁，大胆无忌，他甚至敢把察俄霍尼叫"和
稀泥的"。他生了张娃娃般的圆脸，中分的头发总有一绺淘气地搭
在眼睛上。他的眼睛也是圆圆的，眼里总带着笑意。好像这世界
上没有什么可以难住他，仿佛所有事情在他看来都是游戏，好玩
得不得了。

李兴容的个性恰好和加诺相反，他一丝不苟地执行着各种条
例，总担心会发生意外。他的制服口袋里永远塞满了以防万一的
工具和零件。他比柏松矮半个头，国字脸、剑眉、星目，外表和
所有图片中标准的东方人一模一样。他出现时吓了我一跳，我以
为是画册上的人成了精走出来了呢。

我最开始猜想他是个机器人，要不怎么可能长得这么端正。
后来我终于忍不住，低声问加诺："他是哪种型号的？"

"型号？"加诺不解。

"李兴荣啊！"

"什么？！"加诺张大了嘴傻看着我，仿佛我是个怪物，随即大笑。"你怎么可以这样想？天啊！李兴荣，李兴荣，闻详怀疑你是机器人！"我一下子窘得脸色通红，恨不得钻到桌子底下去。

"是因为我的脸吧？"李兴容并不生气，似乎已经习惯别人有如此的猜测了。"我整过容。那是在金星计划中，我丢掉了脸，局里不得不为我重新做了一个。"他轻描淡写地说。

直觉告诉我，李兴容的故事会很精彩。我一定要知道更多关于他的事情。

写到这里，我觉得有必要向您介绍一下9号站的情况。9号考察站由三个半圆形站房构成。三个站房直径分别为四十二米、二十六米、十七米，由三条四米长的玻璃钢纤维管道相连。站房与管道都半埋在地下，有三层外壳，即合金钢外壳、强化自粘性玻璃陶瓷外壳、碳合金防逸漏外壳。A站房主要为生活区，有完整的生活设施，还有一个全生态温室。生态温室中有用来保证考察站空气浓度正常的绿藻和亚热带小叶灌木，还有菜地和鱼池，养了蚯蚓和鸡。这个生态温室的建立很不容易，由于火星土壤含盐量高，不得不耗费巨资从地球运来泥土。水是从月球运来的冰态水，被称为生命之油。

"火星上不是有水吗？"我想起那些火星资料。"那是二氧化碳的干冰。"柏松纠正，"而且分布在极冠带。"

出了这么一个错误，我就不敢再多嘴了。9号站早在2107年就建立了，是火星上建成比较早的一座永久性考察站。原定规模可供十五个人连续工作两年，后来由于种种缘故而把定额缩编为五人。这主要和火星研究的需求有关。9 号站建在戈尔麦登盆地边缘，早期火星科学家对这一地区十分感兴趣，后来他们的注意力渐渐转移到火星腹地，9 号站的辉煌时代也就此结束。现在它是作为常规性观测站存在的，太空局说不定什么时候就会把它从预算手册上划掉。但是柏松他们仍努力工作，为流动站提供补给，考察盆地边缘的冈瓦斯大山脉。

这条山脉绵延数千千米，山体有明显的河流冲刷痕迹。9 号站目前的任务是观测夏季冈瓦斯大山脉中的各种大气、地质数据的变化。

火星的公转轨道远比地球要大得多，在距离太阳 1.524 个天文单位即 227.9 百万千米的地方，火星沐浴着太阳的光辉，孤独寂寞地转着。它绕太阳一周要用上差不多 1.88 个地球年，足足 686 天，因此火星的四季是漫长的。

很久以前，人们从望远镜中观察火星，发现火星表面有河道的痕迹。于是关于火星上有水、有生物的观点一下子就找到了论据。电台甚至可以在愚人节开玩笑说火星人已登陆。

时至今日，关于火星的资料已经积累了不下十万份，地球人可以从电视中看见这个河道纵横、火山冷寂的星球。它那些宽阔的，上千千米长的河床依然保持着洪水冲刷过的痕迹，但没有水。所有的表层水似乎都被蒸发掉了。这种死寂的情况就像火星正在休眠，一旦什么时候条件合适，它会苏醒，会和地球一样孕育生命。凡是登上火星的人，都有种特别的感觉——自己似乎并不是在一颗外星球上，而是在地球的撒哈拉沙漠之类的地方，橙红的天空和地表会马上消失，白云绿洲顷刻间就会出现在视野之中。改造行星的计划之所以选择火星，估计和这种奇异的感受不无关系。

但火星就是火星，地球人在它上面来来回回，探索考察，火星却一声不吭，对地球人的企图一无所知，也不屑一顾。到今年为止，火星上一共建立了固定和流动的科学考察站19个，有117名科学家在考察站工作。然而，虽然火星体积只有地球的1/6，考察站仍不能将火星的每一片区域全考察一遍，为火星上究竟有没有生物这一千古热门话题提供正面或反面的确凿证据。

"火星啊！谜样的星球！你呼啸的红色风暴掩盖了历史。那人面像也永远沉默着，不发一言。"

我第一次走进柏松站长的办公室时，加诺正吟诵着。对于我来说，9号站的一切都是新鲜的，令人激动的，但所有的激动都比不上我看见办公室墙上挂着中国国旗时的震颤。主任，我是个中国人，国旗让我顿感亲切，而且这是在火星之上。我情不自禁地走到国旗下，伸手轻抚。

"科学没有国界，但我们科学工作者有国界。"柏松含笑说，"我和李兴荣都是中国人。"

"我也是。"我非常高兴。

柏松那坚毅的外貌，在平静语言中透露的自信，都吸引着我。我没有失望，这个柏松正是我想象中的火星科学家的样子。到火星来，到9号站来，这真是一个天赐的好机会，能在柏松身边工作，太好了！

"喂，可别排斥我啊！"加诺撇嘴发牢骚，"我祖奶奶也有三分之一华裔血统。"

"是吗？"李兴荣走进办公室发问，"怎么从没听你说过？"

加诺见唐棠跟在后面，赶快上前问她："唐棠，你是哪儿的人？"

"我？"唐棠不明白加诺的意思，白皙的脸上有些红晕，"我是太空人。"

这答案出乎我们大家的意料，加诺愣住，随即笑道："柏大哥，这么说我们都是火星人啦！关于国家、民族的概念，在本地应属过时。"

"不，那概念是永远不会过时的。"柏松强调，"但是，加诺，你说的对，现在我们都是火星人！"

火星人！这真是激动人心的一个词汇。是啊，我们何必要花费气力寻找火星人存在的痕迹呢？我们自己正创造着火星崭新的历史！

实习生　闻详

报告3：唐棠和李兴容
《太空生活》杂志新闻部主任收阅

现在我和9号站的每一位成员都成了好朋友。主任您对我有很强适应能力的评语是正确的。正因为这样，我才放弃飞船驾驶员的工作而改学新闻专业。我希望从事更有挑战性，更富于趣味的工作。

经过几天的接触，我终于得到了唐棠的信任。她生性淡泊，不像加诺那么张扬急躁，也不像李兴容凡事苛刻较真。

　　一天早晨，令人陶醉的火星晨曦渐渐笼罩了绿色生态区。站房穹顶的厚玻璃在粉红霞光中变得透明而晶莹。火星大气在太阳光中的红外线激发下产生的激光闪过穹顶，忽隐忽现，明暗不一。我发现唐棠正站在一架丝瓜藤旁仰望穹顶，似乎已经对这景象目眩神迷。

　　于是我上前和她交谈。看起来唐棠的心情很好，话也就渐渐多起来。原来她是在"空中花园"中出生长大的。"空中花园"这个地月间的空间城市目前仍保持着最大太空城市的称号，它有近五万居民。

　　作为真正意义上的太空人，唐棠对于总飘浮在头顶上的那个蓝色星球并不怎么感兴趣。她没有父母那一代顽固的乡土观念，父母一辈如此热爱地球，以至于一旦退休就非返回地球不可。在唐棠这一代人心中，老一辈的顽固不值一提，地球仅仅是个游玩观光之地。它的天空并不深邃璀璨，它的土地把人束缚其上，在地球上的任何旅行都是缓慢而艰难的。一句话，没有开阔的视野和自由欲飞的意境。

　　"空中花园"的年青一代鄙视地球本土观念，他们向往大宇宙，向往更深、更远、更辽阔的太阳系深处。他们竭力推广这种文化观点，事实上，由于他们中的大部分人一生都极少涉足地球，他们对地球的了解与感情都在日渐淡漠。唐棠曾在少年时去过地球，她极度讨厌穿过大气层时的颠簸和紧张，后来她就拒绝了此类旅行。

　　唐棠这一年龄段的青年人在"空中花园"里的工作主要有三大类：维护太空城运行、参与月球工厂或矿区开发建设、进行地月间的货运飞行以及相关事务。唐棠选择了第一类，她在中级学校毕业时填写的工作志愿书上写了水循环工程、空气循环工程、废物处理工程等等项目。她只要不离开庞大的外表如睡莲之叶的太空城就好。

　　但这一想法在遇到玛尔斯后便烟消云散。唐棠是在太空港的免税区逛街时认识玛尔斯的。当时，玛尔斯怀揣太空局考察火星的任务书，将前往月球太空基地报到。就是在那短促的等待航班的三个小时内，唐棠和玛尔斯相爱了。那是种触电式的强烈感情，只要一个眼神就能撞击出两颗心灵间的强烈火花。玛尔斯走了，与唐棠相约四年后他返回地球再聚。

　　但唐棠如何能忍受四年漫长的相思。她想来想去，唯一的办法就是自己也去火星，与玛尔斯相见。唐棠选择了无人问津的火星土壤研究专业，刻苦攻读。居然仅用两年就完成了专业学习，再经过大半年的体能训练以及官方层层审核，她终于踏上了火星之旅。

　　"我就将和他见面了。"唐棠不禁热泪盈眶，难以自己，"虽然我们有电视电话联络，但总是没有真正见面的好。我在地球的努力学习终于有了点成果，现在想起来，我能坚持多亏了玛尔斯的鼓励。"她破涕为笑，笑得十分灿烂动人，"如果没有他，我还在太空城某处地下管道做修理工呢！"

　　这时太阳升起来了，火星上的太阳比地球上的更亮。桔色的太阳在粉红色的天空上变得朦胧模糊，仿佛是许多粉红色块的凝结体，在天际上慢慢滑动着。好像稍有震动，这凝结体就会碎裂开，把那许多红色倾倒在大地上。

"你看！你看！"唐棠感慨，"这壮丽的景色在地球与月球上都无法看到，多么特别啊！"

"玛尔斯？他还在火星上吗？"我真希望唐棠能够立刻和她的心上人相聚。

"当然。他在15号站。老李说，运气好的话，不用等到新年我就能见到他。"唐棠眼波流转，兴奋莫名。

老李当然就是李兴荣。他是站上的机械师、医生兼厨师。我很难给他一个专业头衔，他似乎什么都会。考察站如果是一个人，李兴荣就是这个人的保姆，无微不至、无时无刻不在谨慎地照顾着他。

我是从加诺那里听到李兴容的故事的。有一次，趁老李不在，加诺偷偷带我去李兴荣的房间。那房间纤尘不染，所有东西都井然有序、有条有理地摆放着，正如李兴荣本人。我正诧异着，不知这样的地方有什么秘密让加诺鬼鬼祟祟。加诺走过去掀开床上的枕头，拿出一个真皮相框给我看。

相框里两个人盈盈含笑。女子妩媚娇艳，男子英气勃勃。"男的你看是谁？"加诺提醒我。我端详半天，才看出那男子是李兴荣。他那张脸棱角分明、英俊非凡。一瞬间，巨大的悲哀席卷了我，我真不该去注意李兴荣的脸，令他回忆以往的痛苦经历。

许久以前，考察金星计划匆忙上马。在征服太阳系的热情驱使下，老李报名参加了这一计划，一头扎进太空局训练基地，从此忘记女人为何物。他曾经有过一位多情的画家女友，曾狂热地发誓要在画板上随他游遍太阳系。他在太阳系走多远，她的画笔就画到多远。李兴荣以优异的训练成绩接受了金星任务。金星大气层全是浓硫酸，载人飞船必须用特殊的耐酸性材料制作。而敢于接受这项任务的探险者，也必须有过人的胆识才行。

等李兴荣完成七个月的全封闭式训练走出基地时，他的画家已经投入一位作家的怀抱。那位作家不曾有征服宇宙的雄心壮志，仅满足于修缮自己廉价购置的德国古堡。李兴荣没有时间指责女友的负心，他直奔耸立于月球发射台上的金星宇航器。一切必须按计划执行，他必须抛弃作为一个普通人能享受到的幸福。失恋没有影响他的工作，他在整个金星登陆过程中都表现得镇定沉着，在极度危险的情况下驾驶登陆器离开金星。他救出了同伴和探测资料，却失去了半个身体和一张脸。

这故事被加诺绘声绘色地讲来，令我如身临其境。我无法把整个故事复述给你听，但是，主任，总有一天我会把它写出来的。李，他实在是一个英雄。

"那其实是件平常的事。"李兴容却对他的金星之行评价很低，"任何人在那种情况下都会做的。"他也不为太空局把他放在不起眼的 9 号站而不满，至于他那位女友，李的态度也很宽容。

"毕竟三分之二参加宇宙开发计划的人都丢弃了伴侣，只有少数人幸运地能和同样参加计划的异性结合。"李在我递上香烟后说。看来您让我无论何时何地都带着香烟真是对极了。

李的声音很平静，仿佛说的事与他自己无关。"地球上有耐心等宇航者的姑娘少之又少。虽然也有社会机构呼吁关注'宇宙人'的婚姻问题，但大家都明白，明摆着的事实使地球姑娘不敢跨越雷池一步，那就是太空与地球的时间差。在太空中旅行的人可以休眠，三五载不过一梦，而地球上三五载已足够蕴育一代。时间如同鸿沟，渐渐就把地球人与'宇宙人'划分开了。月基与太空城的人稍微好一点，但他们的乡土心理正在形成。太空城中的年轻人对地球不屑一顾，月基上的人则把地球当作旅游观光之处。他们与在太空深处、在火星上、在土卫六上、在土星附近、在小行星带附近飞行的人们心理上泾渭分明。虽然太空考察是光荣的事，可以获得荣誉与英雄称号，但也仅仅如此。只有最不同凡响的人才会报名宇宙开发计划，普通人不会这么想。他们安然地过着文明社会提供的舒适生活，参加太空计划太过冒险，那意味着和现有生活、思想观念的决裂。可是归根结底，我们在太阳系中的所有活动，还不是为了地球上的人们吗？'这是我的一小步，却是人类的一大步。'这是第一位登月者发自肺腑的言语。我们甘愿在太空中漂流、在异星上生活，还不是为了地球上人类更辉煌灿烂的未来吗？"

老李说得真好！但这番肺腑之言并没有妨碍他用温柔的目光注视着唐棠。他认识玛尔斯，两人曾经一起参加过金星计划的训练。中途玛尔斯被调往火星科学局。

玛尔斯原名察顿，为了表示对火星计划的坚决拥护而把自己的名字改为玛尔斯。这样，他和这颗火红的星球就有了同一个名字。玛尔斯是工作狂，那股子执拗与热诚像火一样，焚烧周围所有的怀疑、犹豫以及怯懦。李兴荣很佩服玛尔斯，但又觉得光有热情是不能做成大事的，因此他和玛尔斯并无太深厚的友谊。

"风暴结束的时候就是地球的新年。是火星人团聚的时候。"李兴荣告诉唐棠，"那时你就能见到玛尔斯了。"

"我是来工作的嘛，又不是专门会他。"唐棠倒不好意思起来。

"那你会更早见到他。"

唐棠不懂了，荔枝般的圆眼睛瞧着李兴荣。

李兴荣解释道："每个考察站都有它的专业范围和负责区域，还有它的独家技术。这样可以避免重复建设，节约资金。我们各站之间还可以通过经常的工作接触促进感情交流。这是火星人的生活方式。你明白吗？"

"也就是说，只要有充分理由，我们也可以像在地球上那样经常串门聊天？"唐棠的眼睛熠熠发亮。瞎子也能看得出来，她眼睛中全是玛尔斯，心里也是玛尔斯，嘴边没说出口的还是玛尔斯。

"是的。"李兴容回答，"实际上，我们一旦动身到冈瓦斯山脉腹地就有可能了。15 号站也有一个夏季考察计划，很可能会和他们碰头。"

他的回答连我都兴奋起来。我真的希望唐棠能早日如愿以偿。

实习生　闻详

报告4：独自看家
《太空生活》杂志新闻部主任收阅

看着他们驾驶陆行车远去，我心里充满不应该有的伤感情绪。主任，柏松站长带老李他们三人出外做为期十天的野外考察，把我一个热心的新闻记者丢在考察站，他们称这是对我的信任。尤其是老李，终于有机会野外作业，简直乐得手舞足蹈，快和加诺一样疯狂了。

柏站长对我进行了全面的留守培训。我要做好和太空站的联络工作，保证考察站一切正常，各个系统不能出任何差错。他的信任让我感动，内心里稍有的几丝委屈全都烟消云散。

临行前，柏站长把一叠文件交到我手上，让我收好。

"是什么？"我问。

"遗嘱。"他轻松地说。

立遗嘱的事常有，我自己上天前也曾留下一份遗嘱交于太空局律师处。谁也不知道太空中会发生什么情况，所以常防患于未然。但柏松这样蛮具英雄气概之人居然也会如此，倒让我出乎意料。我以为柏松会耻于立遗嘱的行径，柏松或许该说着豪言壮语奔向某地，这比较符合我心目中的英雄形象。

"我们都是普通人。"柏松看出了我的惊奇，"我当初和领导意见不合，一时赌气才到火星上来。我自己都没有想到会在这里待

那么久。也许我真的要埋在火星的红土中。"他拍拍我的肩膀,"小
伙子,个人是渺小的。只有投身于一项伟大的事业时,你才能感
受到生的意义!"

　　昨晚我度过了孤独的火星之夜。我走到生态温室,室壁还闪
动着微弱的莹光,仿佛夜空中的星星。站在温室之中,我忽然觉
得周围空旷极了,仿佛置身于地球的原野中。天穹辽远,夜色幽暗,
灯火在目光所及处飘动,四面青草与泥土共香,蟋蟀和萤火虫共
舞。我到达火星已经七天了,但仅仅到第七天,我就开始思念起
地球来了。

　　从前不管是在月球基地上,还是在太空航行的路上,我都不
曾思念过地球。而昨夜,我的思绪却飘回到遥远的地球上,飘回
我的故乡,中国陕西的一个普通村子。那村中的居民一年四季忙
碌着,收了麦子又种玉米,少有空闲的时候。但大宇航时代的风
云仍然波及了他们,村民们夜晚听电视台的天文知识讲座,或醉
心于在自家天文望远镜前搜索银河。所有的孩子都渴望着能够上
天,但上天的路漫长而艰苦,有很多的考试和很多的训练。而且
一旦上了天,便注定和家人永久分离。天上是另一个世界,时间
不会像地球上一样分分秒秒都规规矩矩地流动。

　　我上了天,飞来飞去的就过了十五个地球年。家乡泥土的芬
芳与麦穗被压弯的丰收景象在我记忆中早已模糊。我本来是一个
飞船驾驶员,却因为对命运的不满而加入了新闻记者的队伍。如
果我还是一名驾驶员,我可能会申请驾驶"地球——火星穿梭机"。
有朝一日火星的泥土也会芬芳,在火星土壤中生长的麦子,也会

沉甸甸地结满麦穗。是的，必然会有这么一天，我们现在所做的每件事不都是为了这一天吗？

我盘腿坐下。附近培养槽中的绿藻在生长，丝瓜藤攀援着竹架，茄子在一边静静绽放花蕾。我听见这些细微的声音，抓起一把泥土。泥土散发着地球的味道，那是独特的芬芳，慢慢浸入我的肢体。我握着地球的泥土，坐在距离地球几千万千米远的火星土地上，不知不觉就在温暖的回忆中睡着了。

主任，您猜猜，我梦见了什么？

实习生　闻详

报告5：火星风暴
《太空生活》杂志新闻部主任收阅

您说我写的上一份报告过于抒情，不符合《太空时代》的纪实风格，我力争改正。现在我已经看惯了通讯器中察俄霍尼的脸，他很好心地提醒我注意太空站的气象预报。

此时，火星的夏天悄悄来到了位于北半球的冈瓦斯山麓。地表的温度正在逐渐上升。整个北半球处于复苏状态。在中午，阳光直射之处，气温已达到15℃。凌晨时分，在低洼之处甚至有薄薄的雾，那是火星大气中稀少的水分子遇冷凝结形成的。

柏松命令我把站上的所有设施检查一遍，虽然太空站预测风暴还有一个多星期才会到来，可是柏松仍不敢掉以轻心。

考察站积累了一套对付火星风暴的经验。这是项麻烦的工作，首先要节省能源，关闭太阳能电池，把电池板平放，用双层胶毡遮蔽。然后收起通信天线，因为大风常把天线折断。

沿考察站基墙周围两米已铸上防尘混凝土，混凝土中嵌了许多小吹管，这些吹管与一台鼓风机相连，鼓风机产生的风力可以把砂土吹走。由于大风将卷起砂层，造成砂暴，考察站所有与外界相通的管道都必须装上防砂网。有的管道，如废气排除管、二氧化碳吸入管，将基本不再使用。柏松预计他们在风暴来临前两天可以赶回，所以并不要求我做很多工作。

我用了三天时间收拾了站外的一百二十一块太阳能电池板。当我迈着笨拙的步子，拖着沉重的宇航服，一跳一跳像兔子一样在电池板间忙碌时，好像整个火星世界都在安静地看着我。我打开了头盔上的通讯器，让外界的声音传入自己的耳朵，但什么声音也没有，除了太阳以及倾注于大地之上的阳光外，这个世界的一切生气似乎在许久前就逃遁了。

盖上最后一块电池板后，我累极了，找块石头坐下。这些石头四处可见，它们大小不一，颜色由红到灰都有，散布在尘土之中。我抓起一把土，这些土实际上是细小的沙粒，赤红赤红的，这是由于砂粒中含有丰富的四氧化三铁的缘故。但红色的大块石头却是绿高岭石，这种石头在地球上通常呈黄绿色，但在火星上是红色的，而且是具有磁性的红色物质。科学家们认为这是由于陨石撞击地面时瞬间的高温使绿高岭石发生了巨大的变化，并被整块整块地从山崖上击碎，成为构成火星红色地表的重要组成部分。

小砂粒在我手心不安地滚动着，慢慢地，我耳机中传来嘶哑低沉的声音。开始我以为是机器的噪音，便关上通讯机，再次打开，声音依旧存在，很低，呜呜咽咽，似乎有什么生灵在哭泣。我朝发出声音的方向望去，发现极远的天边有一缕鲜红色正在凝结，越来越浓重。我本能地站起来，砂粒掉在地上。那鲜红色不断扩大，渐渐染红了周围的天空。

风暴来了，正如记录片中所显示的情况一样。它比太空站的预测早到了差不多一周。我向考察站走去，希望柏松他们可别碰上这场风暴。

在十六、十七世纪，天文学家观测火星时常被火星部分地区时阴时暗的问题难住，他们推测那是一种季节变化，是火星森林的叶片浓密变化造成的。这也成为火星人存在的"证据"之一。后来，1976 年 7 月 20 日，美国"海盗 1 号"无人宇宙飞船到达火星，人们才发现火星上没有树木，造成那种大面积阴暗变化的是火星的风暴。

火星的大气层十分稀薄，充其量只有地球的百分之一。这样稀薄的空气很容易加热，尤其在夏天。午后阳光迅速加热地表附近的空气，热空气上升成为旋风，旋风刮起尘埃，形成尘暴。这旋风如同一个涡旋漏斗，从空中拍下的照片显示，它的顶端像一朵硕大无比的蘑菇，高达五六千米。而旋风卷起的砂尘，使火星上到处灰蒙蒙的一片。这片红沙散去需要大半个月。这大半个月中，旋风继续刮着，阵阵尘暴掠过荒漠，红砂飞扬，天昏地暗。这地球上见不到的壮观景象给考察站的科学家们带来了很大麻烦。

火星风暴专业是近几年研究火星学科中较热门的一个，主要研

究火星风暴的生成和运动机制。也许只有这一专业的人老是盼望风
暴，他们把火星风暴形容为"大自然的游戏"，而且他们有勇气站
在大风中任砂粒扑打而照样摆弄仪器。他们的工作比其他工作更不
为公众所理解，曾有人批评说太空局花费巨资设立这一项目纯属浪
费资源，这一专业似乎地球物理专业或沙漠学专业毕业的学生就可
以充当。但自从改造火星计划上马后，所有舆论又变了口气，称
这一专业的学者有勇气和为科学献身的精神，是真正的英雄。究
其原因，恐怕在于风暴着实是人类能否移居火星的一大障碍。

　　我急忙进入考察站，刚关闭温室的天窗，砂暴就气势汹汹而来。
整个冈瓦斯山麓都被红色的沙尘所弥漫。虽然坐在屋中，我仍然
能听见狂风呼啸，这声音如怪兽的怒吼，震得人耳膜发抖。仿佛
是火星地底的某种生命苏醒，在向敢于蔑视它的人挑战。我揣揣
不安，在这种声音之中，我不能静下心思考任何一件事，甚至无
法思考，似乎自己正处于大风的涡漩正中，四周全是红色的砂子。

　　刚开始还能忍耐，但过了十几分钟，我就无法坚持了。我忽
然想到了地下室，那可能是个躲避风暴的好地方。果然，地下室
中仍是寂静安宁的，没有风声，也没有什么红砂的摩擦与撞击声，
怪不得站房要半埋于地下。我一下子放松多了，便想和太空站以
及柏松取得联系，但没有成功。最初的风暴就严重干扰了无线电
波的发射。据说风暴会持续半个月之久，那不是等于让我孤守此
地，与风暴作战？我心里大骂。这时候我才发现自己也有那么害
怕、那么脆弱的时候。

实习生　闻详

报告6：加诺归来
《太空生活》杂志新闻部主任收阅

这份报告您可能不能及时收到。这是因为风暴使考察站和空间站的通讯中断了一阵子的缘故。大风已经持续了四天，五个风暴测试器尚能正常工作，可是那些已经适应火星阳光的植物不大精神。藻类们制造的氧气已比正常量减少了20%。我给植物们提供的人造光光强不够。没有办法，关闭太阳能电池后，站上的全部能量仅靠一座微型核聚变反应堆供给，我不敢轻举妄动，只能按照柏松留下的应急手册办事。

和柏松及察俄霍尼的通讯联络中断了很长时间，这比任何事情都让我忧心重重。几天来，我听惯了呼啸的风声。在火星上风暴被称为魔鬼之刀，会毁灭一切东西，能把十几米高的沙丘瞬时推移。而现在柏松他们是不是遇到了风暴？有没有危险？我为此揪着心，坐立不安。我常在熟睡中爬起来去看通讯设备，但那显示终端总是一片雪花。

我把一切都料理得很好。成熟的蔬菜摘下来用保鲜膜包好，清水也储存了很多，空气更是绰绰有余。保证柏松他们回来就能吃上可口的饭菜，洗个舒服澡。

在温室里，听到风声稍有异样我都要屏住呼吸，仔细听，希望听到柏松他们回来的脚步声。我不知怎么联想到了休眠器

中的查尔尼，心头更感到紧张和惶恐。我常神经病似的在温室走
来走去。

　　如果加诺没有在此时突然归来，我想我肯定会疯掉。看见他
我乐得一把将他抱住，差点勒死他。加诺风卷残云般吃掉了我给
他端来的一大盆掺了豆子、牛肉、玉米、黄瓜、火腿的炒饭，然
后告诉我柏松三人还留在离此 210 千米远的山中。

　　由于发现了那里土壤中碳的含量比通常的高，而且微量元素
的含量比例也有异常，柏松决定趁夏天土壤解冻时钻井取样。而
且要赶在风暴前完成。加诺自告奋勇跑回来取食物和工具。

　　"激光钻机你一个人怎么拿？我也去。"看见他的物资清单，
我立刻建议。想不到他赞同了。想到可以步行于红砂的风中，体
会风暴的残酷和火星山崖的陡峭，我顿时热情倍增。

　　那张单子上的东西挺多，加诺的陆行车装不下，而站上没有
别的车辆了。"登陆舱！你来火星用的那玩意儿！那玩意儿基本
上还完好无损，充上液氢就可以上天入地。"加诺灵机一动。我
还犹豫，他就激我道："你真有飞船驾驶执照吗？连个登陆舱都
不敢开。"

　　这简直是对我的轻蔑，我无论如何也不能忍受。于是我就擅
自捡起了老本行，重新变成一名驾驶员了。

　　大风如它突然来一样突然减退了。我和加诺都为之一振，觉
得这是个好兆头。我们花费了两个小时把登陆舱拖出站房二十米
远并竖立起来，再把物资一件件搬入，包括的车子，最后给发动
机加满燃料。万事诸备后，我又仔细检查了一遍考察站，确定没

有一点疏漏才进入登陆舱，坐到久别的驾驶员位置上。登陆舱的主控室温暖而干燥，空气就像考察站中一样清新。那些纵横交错的线路如同迷宫，但我身在其中却有如鱼得水之感。

我问加诺准备好了没有，加诺正琢磨他的表。"我已经用掉了九个小时了。同志，快飞！快飞！"加诺把戴表的手藏在腋下，"听说你是个很不错的飞行员，是吗？"

这个人，我心里暗骂。想在加诺口中找到点赞扬或敬重简直白搭，他德性如此，怪不得人家要把他派到火星来，他也只配在这不毛之地上，省得那张嘴招人嫌。

我按下"启动"键，片刻后听到了发动机的微弱声音，发动机开始工作了。随后，所有仪表都开始动起来，小小的舱室也随之轻轻震动。

实习生　闻详

报告7：野外
《太空生活》杂志新闻部主任收阅

柏松看见我时并没有太多惊奇，他似乎早已料到我会想方设法参与他的工作。

他们在峡谷中的一个山洞扎营，正等着我们的机械。峡谷幽深，两侧岩壁高耸，谷底平缓，砂石遍布。阳光已暗，落日余辉中稀薄的火星大气层熠熠生辉，时而粉红，时而蓝绿，光芒映照在山石上，山石也有了奇幻的色彩。我环视四周，不敢相信风暴就在两百多千米外肆虐着。

　　野外生活看来对唐棠很合适，她眉间的忧郁已经被开朗所替代，脸色也红润了许多。她问我火星风暴好看吗，她一直想亲眼目睹。

　　"那有什么好看的。"我奇怪，"每个人都讨厌它。"

　　"那也是壮观的自然景象嘛。"唐棠撇嘴，"月球上可没有。"稍后她对我笑了，"你来就好，我们和你联络不上，正担心呢。柏大哥整天都在掂记你。"

　　"我把闻详带过来是多么善解人意啊！"加诺一旁自夸，"不过，请柏站长放心，请唐棠小妹、李兴荣二哥宽心，闻详办事稳妥，9号站已里外都检查了三遍，肯定万无一失！"加诺见站长并没有责备他带我来，又恢复了往日的调皮。

　　夜晚很快来临了。加诺和我走到洞外，火星的夜晚静谧而安宁。火卫一、火卫二毫无生机地挂在天空上。这两颗星星比月亮差多了，外表粗糙丑陋，密布陨石坑，形状宛如土豆。天空中的星星很多，我一眼就认出了地球。

　　"看，那是地球！"我兴奋地对加诺说。

　　"是。"加诺抬头仰望，长久地叹气，"我很想念它。"

　　"我可没看出来。"我有意模仿加诺说话的语气。

　　"其实，我当初并不想到火星来。我本来想做个花匠。这想法很可笑是吗？但我真是很喜欢花。我小时候最迷恋的事情就是在保留地里种树，把一棵小苗放进土中，给它浇水、剪枝，看着它绿色的叶子在阳光中舒展，那种感觉真是棒极了。可后来不知道怎么就阴差阳错学了地理，这可能是我老爹一手促成的。我大概是要逃避他给我安排的命运，拼命要离开他的呵护，结果一逃就逃到火星来了。"加诺脸上的笑容若隐若现，"刚开始我苦恼极了。你知道这儿和地球上的荒漠有多相似，那些荒漠正是我想种树，想改造成绿洲的地方，可我在这儿却什么也不能做，我甚至连头盔都不能摘下。"他敲击防护头盔，苦笑着。

"以后不就可以了。"我拉住他，"以后一定可以。"

"你是说那个火星改造计划？可有人说那是疯子的计划。"

"怎么是疯子？这计划一定可以实现！"我反驳。

"是啊，我们人类是至高无上、无所不能的。我们变沼泽为良田、填海造城市、荒漠变绿洲，我们连飞到火星都做到了，还有什么做不到？"加诺的声音中又多了平素的嬉笑。

"你不相信？你怎么不相信？！"我的自尊心颇受伤害，"你和那帮'外星崇拜派'一样，金字塔是外星人修的，玛雅文明是外星人毁灭的，甚至我们地球人也是外星人造的。没有外星人相助，我们还处于古猿时代，在树上跳舞呢，是吧？你也这么想吧？"我激动起来。

"你们在谈什么？"唐棠过来问。

加诺笑道："闻详以为我是'外星崇拜派'的，正评判呢。"

"什么叫'外星崇拜派'？"唐棠好奇地问。

"你连这个也不知道？"加诺和我异口同声，颇为诧异。

"你是不是地球人？连上个世纪最流行的思想流派都不知道吗？"加诺笑了。

唐棠不以为然道："我出生在太空，从某种角度上来说我的确不是地球人。"

"我的天！"加诺摊开双手，做无可奈何状。"闻详，这科普的任务就交给你了。"

"外星崇拜派"追溯其历史可以上溯到二十世纪，然而在二十一世纪中叶最为流行昌盛。那时候，书籍、报刊、影视作品都在宣扬着这种观点。或叙述古代的种种特异，或描述现代的件件怪事，外星人的智慧大放光彩，外星人的身影无处不在。他们自人类史前时代就以无比的热情关注地球。首先把古猿变成人，为了帮助古猿进化甚至不惜贡献自己种族的遗传信息。然后他们就做起了老师，领着牙牙学语的地球人从原始社会一步步走入后工业化社会。当人类可以摆脱他们独立时，他们又唯恐人类不知自重，殃及地球的生态平衡，他们便抛头露面警告地球人。从二十世纪中期开始频繁出现于人们视野中的 UFO，就是他们在天上投下的红色惊叹号。

外星人终于演变成万能的、至高无上的神，取代了上帝在人们心目中的地位，成为一代人心目中的偶像。人们狂热地寻找着外星人，盼望能一握外星人的双手，从外星人的口中套出征服宇宙的方法、长生不老的方法或者其他地球人梦寐以求的知识。在这种社会思潮的支配下，无线电天线建造得越来越大，太空生命寻找计划越来越复杂庞大。这股思潮直到大型太空站在月球上建立才慢慢冷却。但是直到今天，仍有这种观点的支持者在不断寻找着关于外星人到访地球的证据。

这一切在"太空花园"出生的唐棠都不清楚，她听得津津有味。我想不到竟然会有人不知"外星崇拜派"为何物，但这实在也很合情理。

在"太空花园"和月球居住地，人们只相信自己，当然要摒弃外星人是上帝的观点，否则他们又如何在无根的太空生活。人类是无敌的，仅仅半个多世纪的时间，就有三座大中型太空城市、六个月球城市投入使用。看到这些宏伟设施的人无不衷心赞叹同胞的智慧与建筑者的巧夺天工，为生为人类的一员而骄傲。"没有解释不了的事，只有没有及时发现的事。"这是第一座太空城市的设计师说的，他并非反对太空生命论，只是对外星干涉论表示怀疑。这种怀疑始终也没有证据证实它是对的，但也没有证据说它是错的。

作为太空城市的居民，唐棠从小受到的教育是正统的人定胜天论，而她在地球学习期间只顾埋头啃书本，根本没工夫理会理论学院中的各种流派。

"那你是不是呢？"唐棠问加诺。

加诺拍掌大笑道："我要是，闻详会把我杀了。"

"哈哈，我刚才说话太激动了，怪我，怪我。"我不好意思了。

"你们看，流星！"唐棠指指东南方天空，兴奋地道，"是狮子座流星雨！地球上要晚好几个月才能见到。快许愿！一定会实现的！"

"我希望不久的将来我们能摘下头盔，不戴氧气瓶在这儿散步。"加诺大声嚷着。

我仰望苍天，虔诚地说："一定会做到的。"

　　加诺抱住我的肩，"到时候我就在这儿种果树。唐棠，你呢？"

　　"我？"唐棠一笑，"我要和玛尔斯在一起。"

　　"我已经在此工作了三年。"加诺淡淡地道。

　　他和我在地球、月球上见到的成千上万的小伙子没什么两样，谁能看出他竟然有三年的火星经历。

　　"这是我最骄傲的事。我愿意老死此地，长眠于红土的怀抱中。"加诺脸上的严肃只维持了不到十秒便恢复了嘻皮笑脸、玩世不恭的样子。他念诗的时候，故意比划着手臂，做了一个下定决心、万死不辞的姿势，我和唐棠都被他的滑稽相逗乐了。

　　流星似雨，划过天庭，夜空中遥远的地球如同茫茫大海上璀璨的灯塔。

　　我们三人并肩立于星空之下，极目远眺，心情都如潮水起伏，久久不能平静。

　　这条峡谷被柏松取名为龙门峡。初次取土样的地方在峡谷西南方向离营地五千米处。柏松计划抓紧时间，再随机取两次土样，并钻一口二百米深的井，抽取岩芯。完成这些工作后，我们就撤回考察站。察俄霍尼对龙门峡土壤中的化学分析结果很感兴趣，鼓励柏松趁热打铁。

　　地点很快就选好了，距登陆舱着地点九千米。次日一早我们四个男人就动手把激光钻探机的箱子抱到陆地飞车货位上，运过去后再拆箱把机器装起来。机器装了半个小时就完事了，但辅助电源和辅助电源的燃料供应器却连搬运到组装用了差不多三小时，等大家都准备好，要开始时，唐棠摧我们吃午饭了，一个上午就这么过去了。

　　午饭是饼干，压缩软膏式赖氨酸蛋条和一小管水。吃饭也是个十分复杂的过程，好在帐篷都还支着。这种帐篷专供星际野外考察人员使用。帐篷是全封闭二层式，篷角缝进输气管，管子一端有气阀和氧气袋相连。帐篷内层充满空气。考察人员进入外层，拉好帐子拉链，然后打开外层气阀，使外层中渐渐有空气，等内外气压均衡了，人就可以摘下头盔进入帐篷内层。每顶帐篷不大，但因为可以提供给考察人员适合的温度、空气，又比穿防护服灵活自由，所以挺受欢迎的。在火星上，几乎所有出外考察的人都会肩背一顶这种帐篷。

　　午饭后大家开了个碰头会，研究根据钻井地区土质情况怎样使用钻机，很快有了统一意见。我们来到确定地点架好钻机，把各种电缆拧麻花似的连接在一起。下午一点多时，钻头发出轰鸣刺耳的声音，向地下钻了进去。

　　"我们剩下的时间只是等待了。"李兴荣说。

　　柏松没吭声，看着那钻头滋滋有力地在泥土上钻动。加诺则监视着机器的运转，他工作起来可是相当认真的。

　　四十分钟后，激光钻头从两百米深的地方带上来第一批样土，接着钻头在同一地区横向抽取岩芯。工作继续平稳地进行，钻头共钻取了三处地层，取回样品八十七千克。

　　"我们对这条峡谷的勘查基本完毕，可以收工回家了。"柏松把地图上峡谷最模糊的一个细节画好，对其他人说。

大家都很高兴，加诺提议走前来一场攀崖比赛。这是考察队员最爱的野外健身运动，不用绳子，徒手攀登，比地球上更刺激更好玩。

"计数器！"唐棠忽然叫道，"计数器动了！"

原来加诺把样品堆在装仪器的箱子上了，辐射计数器正好搁在旁边。现在这计数器上的数字狂走着，显示出附近有很强的辐射源。大家奔过来看，李兴荣把计数器拿开，计数器上的数字猛然降低，然而一旦接近箱子，数字就猛增不停。

"那样品有问题，看看是哪儿的。"柏松命令。很快查出第一口井下的样土中含有放射性物质。"再取一批这井中的土。"柏松立刻下令。我们又动手把钻机移至第一口井处。这回在五十米、一百米、一百五十米处各取了三次样品，随后我们才把钻机卸了装箱。接下来的工作就是把机器拖回登陆舱，收拾行囊返回考察站。

我仔细观察那钻口，细细的钻口漆黑而深不可测。"很快这个洞就会被砂石填没了。"李兴容过来说，"我们留在这世界的痕迹也将很快被风所掩盖，但是我们总要留下些什么在这个世界上。"

实习生　闻详

报告8：救援
《太空生活》杂志新闻部主任收阅

在我们将要离开龙门峡时，收到了太空站的救援命令。5号考察站在两小时前发出紧急救援信号，位置在冈瓦斯大山脉另一侧的多诺奥利峡谷口的达斯托加火山，离我们有六百千米，。

　　柏松马上着手拟定营救计划、准备营救器材。他决定让唐棠携样品和一些无用物资先返回考察站，其余的人参加救援行动。我和他乘登陆舱去出事地点，加诺与李兴荣开陆地飞车随后，唐棠开另一辆车回考察站。

　　"你要小心风暴。"柏松叮嘱道。他仔细查看了唐棠的装备，确定没有什么差错。

　　加诺冲她挥手道："一个人的时候可别哭啊。"

　　老李问道："记住站内电脑联络方法了吗？"

　　唐棠没有一一回复，只是给每个人一个甜美的微笑，"你们可要快点回来。"她跳上车。她不知道我们将给她带回去怎样的消息，还把氧气特意多给我们留出一袋来。

　　"我们到了。"李兴荣熄灭车头灯，太阳还未出来，火星的黎明笼罩在一层薄薄的青霭中，显出这个荒凉星球冷漠而寂寥的美。他低头看表，"比察俄霍尼要求的早了两个小时，那就是达斯托加火山。"他一指晨曦中朦胧的山影。

　　"困死我了。"加诺打呵欠，"赶了几个钟头，柏大哥呢？他们不会还没到吧？"

　　李兴荣拿起望远镜四下张望，"奇怪，登陆舱降到哪儿了？"

　　"闻详这小子没问题的。"加诺打开通讯器全部波段监听，"你再好好看看。"

　　"那边有些巨石，我们开过去看看。"李兴荣道。

　　果然，开过去就看见登陆舱停在一块低地里，刚才斜坡遮住了李兴荣的视线。

　　我正在舱底趴着，"啊！"只听加诺纵情大喊一声，也不管在耳机中这一声有多么骇人。

　　"我们到了。闻详，忙什么？"加诺嬉皮笑脸道。

　　"发动机坏了。"我解释着。

　　李兴荣一惊，"这不是好兆头。"红外镜中火山的轮廓已渐清晰。

　　柏松跳下登陆舱，道："到山脚还需要一段时间。闻详，怎么样？"

　　"还没查出问题来。"我回答。

　　"我们救人要紧，回头再说吧。"柏松叹了口气道。

　　我从舱底爬出来，加诺指着我的头盔大笑。我拿袖子抹了抹，一看袖子的肮脏程度也止不住笑了。

　　"你的笑声最好小些。"李兴荣拍拍加诺的头，"这是种噪音。"

　　火山越来越近，它是如此庞大，我简直看呆了。

　　"山口直径四十七千米，底边周长一百二十八千米。这只是个一般的火山。"李兴荣说。

　　"5号站就是在这附近失去了消息。我们分头寻找，把通讯器所有频道都打开。"柏松命令着，"每人多背两个氧气袋，准备给5号站的人。加诺，你从北边上，我从南边，李兴荣从这正面上去，闻详，你开一辆车去峡谷，绕着火山看看。"

　　"好极，我一直渴望爬山。"加诺做摩拳擦掌状。

"我要是没发现什么情况呢？"我问。

"那就从背后爬到山上去，我们山上见。"柏松道。

李兴荣提醒大家："动作要快，这山有十四千米高，而我们的氧气供给有限。"

"知道了，好在有过滤绿藻，你放心吧。"加诺不在乎。

过滤绿藻网层装在头盔下侧，宇航员呼出的二氧化碳被网层中的绿藻球菌吸收，同时球菌呼出氧气，从而在宇航员头盔中形成一个小小的气体循环室，大大延长了氧气瓶中氧气的使用时间。这给火星上长时间野外作业的人带来了许多便利。

"那我就去了。"我发动陆地飞车。

加诺喊："快点儿，发现了什么就快说。"

渐渐地，他们三人的身影在晨光中变成了三个小亮点。太阳出来了，从火山后露出大半张脸，赤红色的岩石在阳光的照耀下格外醒目。我迎着太阳驰去。风从我头盔边擦过，还好，风没什么威胁，很柔和。太阳又圆又大，光芒夺目，我不得不侧过头去，不敢直视它，车子仿佛在向太阳里驶去。

火山投下的狭长阴影慢慢清晰，火山的外表也渐渐可以看明白了，它比地球上的火山更雄伟壮丽。因为没有动植物以及水等自然力量的侵袭，它完美地保持了当初的面貌，悬壁、山石即峥狞又壮美。

"我没有任何发现。"我向柏松汇报，"我也穿过峡谷，转到火山另一侧了。"

"好，你就爬上来吧，我想他们一定是从南坡上山的，那边很平坦。"柏松在通话器中说。"你能把车子开上来吗？"

"我想我能。"我操纵车子慢慢驶上南坡，"没有任何车子的痕迹。"

"昨天这一带还在刮风，5 号是在风里迷失方向的。"是李兴荣的声音，"那怎么确定他们一定上山了呢？"

"我不敢确定。但是 5 号发出最后信号的位置是在这座山下四千米的地方，就是我们刚才看见的那块石头附近。"柏松回答了加诺的质疑。

"那他们真的可能上山了。哎呀！"

"加诺！"三人都叫了起来。

过了片刻，加诺的声音才重新出现："啊……我没事，就是差点儿掉下去。在这儿爬山根本不费吹灰之力，就是不太容易站稳，引力太小了。"

我开了半个多小时的车，平坦上升的南坡突然变得崎岖不平，难行起来。现在地面上的石头不再是灰红的绿高岭石，而是大块大块的火山玄武岩。这些颜色发灰的石头难看极了，丝毫不能给人美感。

我前方的路被一条深沟切断。这条深沟像是岩浆喷发而形成的。"我只能把车扔下，徒步过去。"我报告后便把行囊背好，下了车。沟有四米多深，十二米长，我目测了一下，跳过去是不可能的，只能踩着砂石一步步下到沟底。我举起望远镜，好像看到什么东西在西北边晃，我跳过去。啊！是太阳能电池板，5 号上的！

5号站属于流动站。所谓流动站实际上就是个大货车，通常有二十五米长，七米宽，配有沙漠专用轮，可以移动。车上载有许多仪器设备，是个流动的实验室，用来弥补固定考察站人员无法长期外出作业、采样分析过程太慢等缺陷。现在火星上有7座流动考察站，5号站的主要任务是考察火星上的水。

"我找到5号的东西了。"我十分激动，"电池整个儿都被拧成麻花了，要我带上来吗？"

"不用，你就近寻找一下还有没有其他东西吧。"

"好的，柏大哥。"

"我看是风。这儿的风力可达11级。"李兴荣很快说出了猜测，"那风可以把站房整个儿掀起来。"

"我计算过了，根据察俄霍尼给的数据不可能有这么大风力。"加诺接过他的话，"喂，闻详，你好好看看，说不准火星怪物出来了呢。"

他这么一说，我真的停下脚步。通讯器里三个人的声音交替响着，令我迎接不暇。我找块石头坐下，喘了口气，可惜无法掏出手帕为自己擦汗。我便按动左手臂上的控制键，头盔里弹出一只机械手为我抹净额头的汗。

我已经把这条沟来来回回走了两遍，再没有其他5号站的东西了，太阳能电池板仿佛是自己飞到这儿来的。我百思不得其解，只得爬出沟渠，继续向火山顶峰走去。

"我就快到峰顶了。"加诺说，"啊！我也找到了一样东西，它挂在那儿。"我的心一下被揪住，"是块板子，我不知道它是哪部分的，等等，我想可能是驾驶室的一部份。让我做个标记。"

我险些跌一跤，赶紧扶住一块石头。天啊！5号站出了什么事！我发现自己不知道何时变得脆弱了，经不起一点打击。

"闻详！闻详！"柏松呼唤。

"我没事！"我的声音微微发颤，"我看他们没事。"

"当然！"柏松断定。

我一路小心爬着，虽说火星的重力仅有地球的三分之一，但要爬上近九千米高的山峰也并非易事。起跳时还要当心，头盔以及衣服万万不能被划破，只要有一个小漏洞就完蛋了，不是被内外不均衡的大气压挤瘪，就是因二氧化碳过浓窒息而死。这儿的石头虽不像刀子般锋利，但有棱有角的不少。我爬到顶峰时觉得四肢好像已经不是自己的了。一路上又看见两件5号站的遗骸，我把位置都仔细记录下来。

"我上来了。"我站立在原地喘息。距离火山口还在五十米左右的距离，我极目远眺，模模糊糊看见远方有个小黑点。

"告诉你你的位置。"柏松的声音总是叫人放松和振奋。

我看看四周，注意到西南有一座山峰。"旺勃达山峰在我西南方向大约七百米，你在哪儿？"

"我在你东北方向，火山口附近。你走过来就看见我了。"

我依照他的吩咐做了，只是腿似沉铅，走动起来相当吃力。我走到火山口边缘，火山口如一只巨碗缓缓下陷，坡度变化不大。灰色的火山石和红色的砂土交相铺陈在斜坡上。走了一会儿，我看见柏松、李兴荣和加诺站在火山口四周。

"小伙子们，打起精神来。"柏松大声道。

"我没不精神啊！"加诺道，"我希望他们就在……那是什么？！"

"你发现了什么？！"李兴荣问道。

"有光！如果我没看错的话，是激光才对。"

"别慌，我这就过来。"

柏松话音刚落，我已经拔起腿向加诺奔去。十分钟后，我上气不接下气地抓住了加诺的肩。柏松随即赶到，李兴荣还在奔跑。

"在那儿！"加诺递给柏松望远镜。柏松慢慢搜索整个火山口。的确，在山口下约四千米处有一个微小的光斑在晃动，晃动得非常有规律。光束在山壁上反复描写着三个字母——"SOS"。

"就是那儿！"柏松的声音中压抑不住欢喜。加诺和我已经开始向山口跑去，李兴荣也到了。

"察俄霍尼说他不相信火星上的山如此难爬。"李兴荣汇报道。

"让他见鬼去！"柏松"啪"地关闭了李兴荣携带的卫星通讯器。

李兴荣笑道："我早就想这么干了。"

加诺和我连滚带爬，跟跟跄跄地跑下山口。光斑在慢慢消失，终于暗淡了。加诺发疯似的在那些大石头间寻找。

"那儿！"我叫道，马上奔至一块大石头后。那里有个小洞，洞里黑黑的。我打开急救灯，发现在洞口趴着一团东西。我和加诺急忙上前，发现是个人。他浑身的衣服已经失去了颜色，与尘土色泽相似。他手里握着激光发生器，脸色发白，呼吸急促。

加诺从负重里取出一袋氧气，拔出导气管和那人的氧气瓶相连。新鲜的空气立刻就发挥了作用，那人的脸色逐渐恢复正常，呼吸也平稳多了。我搜索洞里，并未发现其他人。

加诺掸净那人身上的尘土，问："你感觉好些了吗？"

那人摆摆手，指着头盔里的通讯器，比划了一个"坏了"的手势。

加诺着急，灵机一动，把手腕伸到那人面前，在腕部计算机上敲击，"其他人呢？"

那人艰难地举起手，按动键盘，"不知道。风太突然，我在站外检修。"

"我们是9号站的，来援救你们。"加诺继续敲键盘。

那人胳膊无力垂下，加诺急忙抱住他。这时柏松和李兴荣都到了。

"5号站有四个人，对吗？"柏松也敲击键盘问那个人。

"五个，我是塞若。"那人用键盘回答。

"快找吧！"柏松无暇再了解情况，喝令众人。搜寻工作便在焦灼与不安的心情中展开。

太阳已升到天顶，但在火山口中的人尚未感觉到阳光的灿烂，他们已经深入火山口六千米处仍一无所获。塞若的一条腿折了，柏松让我留下来照顾他，我支起帐篷，给他简单地包扎及医疗，还帮他换上一套新的野外工作制服。

柏松他们终于在火山口下八千米处发现了5号站的残骸。5号站已经被彻底肢解了，部件四分五裂，散落在红色的土地上。情景非常触目惊心。加诺的脚步不敢慢下来，他不愿看到这一幕，又不能不看。他低着头，提心吊胆地在碎片间小心走着。

　　一小时后，柏松与察俄霍尼取得联络。"察，我们找到他们了。"

　　"怎么样？"

　　"只有塞若活着。其他四个人都不幸遇难。"

　　"怎么会有四个？"

　　"15号站的玛尔斯碰巧也在这儿。"

　　察俄霍尼沉默片刻，道："柏松，你把他们就地埋了。三小时内你必须撤离，有一股旋风就要到了。"

　　"但愿你的天气预报准确。"

　　"柏松，我很难过。但是……"察俄霍尼的声音哽咽了，"我只能说对不起。"

　　柏松关闭了通讯器，这确实不能怪察俄霍尼。人类研究了地球气象千年，尚不能百分之百预报天气情况，何况火星。

　　"老察没上任多久就遇到这事，可真够他受的。"李兴荣说，"我们还是听他的把死难者葬了吧。"

　　"好。"柏松点头，默默走到死者面前。

　　四个人平躺在红色的砂土中，衣服已经整理过了，脸上也擦干净了。柏松试图记住他们每一个人的脸，但他只看了一眼就流泪了。而加诺、我与塞若都已泣不成声。

　　"是窒息死亡。"李兴荣尚且镇静，"风力太大，连救生室都断裂了。可能低气压也起了一定作用。我们还得把站上的黑匣子找到。"

　　"我们要快点儿，有风暴。"柏松无法找到合适的话语形容自己的心情。但李兴荣说得对，死亡就是死亡，活着的人得坚定地活下去。他是站长，他必须对站上的每个人负责。

　　塞若为死者拍了照，我和加诺开始挖坑。从死者身上找到的遗物交到了柏松手中。柏松小心收好。

　　玛尔斯身上只找到一个吊坠。吊坠打开就放出一位年青女郎的立体投影来，那女郎正是唐棠。

　　我们更为悲伤，该如何把这噩耗告诉那日夜盼望与玛尔斯相见的姑娘？当她飞越四千万千米来到火星时，仅仅离心上人几百千米了，却成了永别。唐棠能够承受这个打击吗？

　　红土飞扬，渐渐淹没了四位火星考察者的身体。他们每个人的面容都安静而详和，对死亡毫无恐惧之色。红土终于盖住了他们，5号站的遗骸堆在红土上做成墓碑。他们生前与5号站相伴，死后也将相偎相依。

　　"这是最好的墓碑。"柏松沉痛地说，"我们向献身火星的勇士们致意。"他带着我们恭恭敬敬鞠了三躬。

　　"走！"柏松忽然不再有悲伤之色，悲痛激发了他身上的力量，他大踏步向火山口走去。李兴荣背起塞若，加诺和我携带两大包5号站的珍贵资料殿后。

　　那座新坟渐渐远去，而日光也越来越明媚。爬到火山口，我最后一次回头寻找那墓碑。墓碑在火山的阴影中闪动着金属的光泽，肃穆而悲壮。刹那间，我心里掠过一个念头，但愿自己也能长眠于火星的红土之下。

实习生　闻详

......

报告27：告别
《太空生活》杂志新闻部主任收阅

主任，这是我最后一份实习报告了。不久，我就将出现在您的办公室，等待您给我这四个月的工作一个评价。不过，说实话，我现在对实习成绩不是很关心了。我想，也许新闻工作并不适合我。

这四个月，火星考察计划又进入到新的阶段。火星考古学这一新学科的研究人员来到了他们一直在纸上谈兵的这个星球。龙门峡成了他们首次实地考察的地点。那里地层深处的放射性土壤引起了他们的关注。据称，这可能是火星上曾经经历过大规模核战争的重要证据，同时对火星改造计划有重大意义。

他们在我们钻过的井下发现了水泥，真正的水泥！和在埃塞俄比亚修水库时挖出的那块一模一样！甚至上面都嵌了同样的植物化石。

"火星人帮助了地球人。"听到这消息，我颓然道。

"不！是地球人征服了火星！五十万年前！"加诺却坚定地说。

"地球人和火星人原本都是一家嘛！"我双眸放光，与加诺击掌。

"当然！"加诺开怀大笑，"不必将改造生活的希望寄托在外来力量上，改变世界得靠我们自己！"

玛尔斯的殉职使唐棠处于极度悲哀之中，几乎要绝食而死。

柏松不得不要求提前结束她的工作。唐棠离开的时候什么都没有说，只给我们留下了一包花种。

查尔尼的休眠器终于打开了，幸好他还好好地睡着，这让察俄霍尼在悲痛中多少有些欣慰。查尔尼还要到火星来，他真有过人的勇气。

我却要走了。我的实习期满，不能不离开了。9号站的一切都那么熟悉、亲切，我内心深处荡漾着对它的无限依恋和眷顾。柏松给了我非常好的评语，但什么样的评语也没有这长兄似的人的一个拥抱珍贵。

李兴荣在温室中，他指给我看一枝将要开的花，"这是唐棠留下的种子。"他说，"如果见到她，告诉她火星很美，火星上有花了。"

"你们不打算离开吗？"我问。

"不！我们都离不开这里了。而且9号站不久就将扩建。"李兴荣环顾四周，充满豪情，"欢迎你再来！"

我离开9号站的时候正是日出之际，天空溢彩流霞、晨光四射，考察站笼罩在一片红霞中。柏松、李兴荣和加诺三人站在考察站的观察窗前向我挥手告别。

我再次想起了柏松的话——"在火星的荒原上散步的时候，仰望天上莹白的地球，便感到个人的渺小。只有投身到一项伟大的事业中去，与整个人类的命运共呼吸，才能重新评价自己，才能明白生命的意义。"

就以这段话作为我实习报告的结束语吧。

　　　　　　　　　　　　　　　　　　实习生　闻详

后记

两年后，月球第四基地。第一批轰炸火星的核弹即将装入大型运输飞船起航，随行的还有一批各行各业的科学家。

闻详穿戴整齐，走出电梯。走廊上认识他的人纷纷祝他一路顺风。闻详走到机库口，被船长叫住，"这是将和你一同前往火星的科学家们，来，认识一下。这是闻详，飞船驾驶员。"

闻详友好地向人群伸出手。

"你好！"一个熟悉而亲切的声音，一张美丽而清秀的笑脸。

"唐棠！是你！"

"是我。"唐棠还是那么苗条和美丽。她紧握闻详的手，"怎么，你不做记者了吗？"

"不，我本来就是宇航员。"

"那太好了，我们又可以一起去火星了！"

闻详激动得一句话也说不出。

那个火红的星球在唐棠的笑容中呈现出来，红得灿烂而夺目，像一团熊熊燃烧的火。

干杯吧，朋友

篝火熊熊燃烧起来，围坐的人群脸上都被蹿起的焰舌熏炙了一下。他们笑跳着往后退，挤成一团。有人打开了音乐播放器，有人散发软包装的果汁饮料，有人站起来模仿滑稽明星唱歌。他们来不及擦去脸上熏出的眼泪，因为过度欢笑和激动，新的泪水又流出来了。

"在地球的星空下！"一个人挥舞外套大叫，"在地球的星空下……"他哽咽着，无法说下去。

"为新年干杯！"他身边头发金紫色的女孩接过他的话，高举饮料包。

"为新年干杯！为我们能在地球上相聚干杯！"所有人都附和女孩的呼喊，齐声嚷起来。声音在半空里回旋，久久不散。

这时候，在人群中出现了骚动，就像水中的涟漪一样，骚动迅速扩大了。原来，速递局送来了更多的节日用品，甚至还有一桶酒。那深栗色箍了白铁圈的酒桶通体闪亮，黄色的铜制龙头让人爱不释手。但酒是星际邮递的违禁品，而这酒桶比酒更令众人诧异。他们从没见过酒这样艺术地被包装过。

"法国红葡萄酒，2279 年产于维斯托尔。"好奇者发现酒桶上的铭牌，大声念道。

"天啊！一千七百多年前的酒！"

"法国在哪里？"

……

众人议论纷纷。

"酒龙头上拴了一封信，让我来读。喔……这些是什么？"那好奇者将一张卡片举高展开。卡片非常平整光滑，呈柠檬绿色，有一种植物纤维的清淡香气。卡片上没有文字，只有许多凸凹不平的圆点。在光洁的卡片上，这些圆点十分醒目。

"那是给我的信。"从人群深处走出一个围着鲜艳毛毯的高个子天狼星人。他左耳挂着的刀状碧玉和眉心的绿痣在红色的火光映照下呈现出一种怪异的色彩。人们在低声絮语中给他让开道路，目光全集中在他身上。

天狼星人接过卡片，没有看，只是用手抚摸。他的脸上浮现出满意的表情，笑道："这是一个朋友用盲文写的信。她在梅隆高地的地下找到了一桶酒，特地送给我当作新年礼物。"

絮语变成了喧哗，没有人相信天狼星人的话。"这是真的，那千年前的废墟里还藏了不少好东西。"天狼星人笑了，但是笑容忽然凝结在他的脸上，"你们太年轻了，也太快乐了。"

"不应该吗？"金紫头发的女孩问。

天狼星人摇头道："应该，生命本就是拿来挥霍欢笑的。不过……"他感慨，"有些生命是永远也笑不出来的。"他说着，拧开龙头接了一大杯酒。暗红色的酒在他透明的杯中浮动，酒香四溢。他向火堆走去，品味着那千年的酒浆，直到篝火的边缘他才停住脚步。他就像在火里燃烧着一样。然后，他回过头望着众人，用一种近似梦幻的声音吟诵道："不要惧怕，因为你将征服，你的门将要开启，你的枷锁破裂。你常在睡梦中忘了自己，但是还必须一再地找回你的天地。"

"我要讲一个故事。"天狼星人说，"在新年的曙光来临前，我们要找些事情打发时间，而且我一直想把这故事讲出来。"

天狼星人开始了讲述。

我的名字诸位不必记住，和群星相比，我实在太微不足道了。我是搭乘最后一艘移民船离开地球的，那是一千个地球年前的事情了。那时我还很小，我站在飞船的舷窗边眺望褐黄的大地和赤红的海洋，对已经重污染的地球毫无留恋之情。后来我就慢慢长大了，有一千两百多岁的寿命，什么事情都可以从容处之。我花了两百多年时间学习弹弦乐器，又用了同样长的时间学习唱3/4节拍的歌曲，还用了四百多年时间周游各个移民星球，用我的三弦琴和歌声与姑娘们谈情说爱。我飘荡了许多年后，就在天狼星定居下来，决定做一个民间诗歌研究者。

　　两百年前，正是我要登上大学讲台做老师的时候，社会兴起了去地球搞研究的风气。地球经过了一千五百年左右的休养生息，已经恢复了元气。尽管数万年前的原始情趣再难呈现，但人工加以支持的自然风貌依旧别具特色。一群群学者偷偷买通了地球环境监委会（简称地环监），通过太阳系边缘松散的关卡去地球猎奇。这种时髦的学术风气当然被我效仿。只用了六十年的短暂时间我就站到了地球上。我和几个搞生物学的在地环监月球站认识，然后搭乘同一艘飞船到了地球的中纬度地区。

　　往日焦黄的土地重新被葱郁的绿色覆盖，浑浊的江湖海水也恢复清澈。一切都和地环监宣传材料上的宣传画一样。但是学者们告诉我，地球绝不可能和原先一样了，因为时空状态是不可重复的。我自己当然看不出地球的改变，得等学者们来讲解。

　　学者们说，地震、洪水、海啸以及其他自然灾难改变了大地面貌，人类炸掉的建筑物也影响了自然的变化。所有看似不相干的事物之间都有千丝万缕的关联。

　　交待完背景就该说故事的正题了。我和学者们走进了一座山脉。在山里，泥石流将我们的陆地车推进一道深沟并永远埋在那里。我们一筹莫展，走回地月飞船根本不可能，我们完全依靠陆地车的自动导航系统，从不记路。好在生活训练出来我们极好的耐性，我们不慌不忙地在山里转悠，欣赏美丽的风景，给新品种的动物照照片。我们越来越偏离山口，深入到山中央了。

　　这时候天色已暗，我们正准备搭帐篷过夜。突然，远远传来半人类的歌声。那声音不像是人类所能发出的，歌声温润光滑而又清脆婉转，仿佛午夜荷塘上流动的月光，或者是春天第一条解冻的小溪。那声音的甜美是我从来没有感觉过的，我全身的细胞都在这声音中颤抖了。

但那声音确实像是人类发出的，因为我们分明听到了声音中的诗句："世界由七种金属构成。宇宙啊，她赋予我们铜铁银，锡铅金。各种金属之父是硫磺，水银则是他们的母亲。"

生物学家们脸色顿时煞白。因为地环监明确地告诉过我们，只有我们这一条船开往地球。当年的地球大移民，将所有的214.7931亿地球人搬离地球，并制定了严格得近乎苛刻的法律禁止地球人登上地球。所以理论上说，我们真的不该在森林中碰到同类。

声音在我们耳边飘荡着，像一块磁石牢牢吸引我们往前走。我们想停住脚步，但我们的身体根本不由神经控制。我们在那宛如天国而来的声音中沉醉，完全不顾可能发生的危险。

我们几个人在山路上快速走着，一个个都迫不及待地要投入到那声音的可怕诱惑之中去。我被石头绊了一跤，跌清醒了，赶紧撕下衬衫堵住耳朵。我提醒科学家们，但是他们大都拒绝了我的好意，只有一个肯让我给他堵耳朵。

"能有什么可怕的事情？"一位研究鸟类的学者挺身而出，"我一定要去看个究竟。"

很快我们大家就都能看个究竟了。一片洞穴出现在我们前方，那些洞穴就像葡萄串似的一个挨着一个，密密麻麻，又像无数个镶嵌在山石上联结起来的蜂巢。中间一个洞最大，也最黑、最深，似乎永无尽头，看样子是主洞。歌声是从这洞里传来的，音色单纯晶莹得如同碧玉一般。

"可能有人陷在里面了。"鸟类学者义愤填膺，"地环监很难清点真正到地球上的人数。"

"洞里可能有巨大的野兽。"动物学家说。其实我们都清楚洞里可能有野兽。因为洞里散发出来的腥臭和腐烂气味几公里外就闻到了。那是只有食肉动物的住处才会发出的味道。

优美的歌声还在继续。这一次，那不知名的歌手唱到："夜降临到我身上，我终日游荡的愿望又回到心中。带我走吧，我在这里点一盏孤灯等着你。"

大家都凝神听着。那么美丽的歌声一定出自一位清秀无比的青年女子之口。我们携带的武器足够杀死一群猛犸象，所以自然要英雄救美一番。我们用手巾和外套包住脸，排开阵势，进入主洞。主洞里很凉，阴风到处乱蹿，地下坑洼不平，泥泞难行。我们走了两分钟，歌声越来越近，似乎歌唱者知道有人前来搭救。

洞中的黑暗是那样浓重，我们带的照明设备只能照亮几步远的地方。歌声突然消失了，道路张大了口子，我们猝不及防地滚落其中，嘶叫着四下逃窜，什么东西尖锐地刺在我脚上。学者们纷纷大叫起来，回答他们的是愤怒的咆哮。在那样的一片混乱中，我摸索着打开照明灯，并且将亮度调到最大。

我看见一只巨大的怪兽正撕扯着鸟类研究者的身体。那野兽有甲虫般的头和长长的腿，近似于泥的颜色使人不易分辨。另一边，两只略小一点的怪兽围住了动物学者。其他人摔在沼泽地里，不知道他们能不能活下来。

斜刺里忽然跳出一只怪兽来，拦在我前面，我只得往洞上面爬。怪兽细长的脚无法顺利跟上我，它在地下干吼，扑打、狂嘶。我爬呀爬，发现洞壁凸出一块岩石，那里坐着一个人。

我想都不想就冲到那人面前，大叫道："快救我！快！"

那人转过身，照明灯的光一下子笼住她的全身。她大约在九百岁左右，女性，灰色的头发蓬松地披在她的肩膀上，两只小怪兽猫在她肩头嬉戏。她的相貌很普通，一双大眼睛中毫无神采，看来她是个瞎子。

"救我呀！"我喊着，躲到她背后去。怪兽已经开始往上爬了。尽管它的步子笨拙，但是每一步都很坚定。我吓坏了，整个人都战栗不止。她打量我，那不是视力的打量，而是心灵的打量。我在她面前惊惶失措得像个小孩子。

她张开嘴。那令我们心摇神动的天籁之音便从她口中吐出。我离她咫尺之遥，更觉得她声音的清洌悠远，有崩金断玉的刚硬却又带着丝绸一般的柔软。那些怪兽在她的歌声中平静下了，拖着半残的人体回到它们自己的洞里去了，我不忍心再看。追我的怪兽也没有了踪影。

"你的歌声可以控制那些怪兽！你救了我一命。"我拉住她的手。

她惊惧地收回手。"你是谁？"她的发音腔调很怪，不过我还是听懂了。

我简单讲述了一下自己的经历。她仔细倾听着，脸上半是怀疑半是惊奇。那两只小兽在她身上爬来爬去，不时舔她裸露在灰色衣服外的皮肤。我不知道她怎么能和这些怪兽相处好。虽然它们很小，可是长大后真的会很麻烦。

"你从哪儿来？什么时候陷在这里的？"

我的问题似乎给她造成了极大的困惑，她抓住怪兽的长腿，纤长的手指抖动了一下。"我就在这儿。"她强调，"从来。"

经过很长时间的询问，我才弄明白她的名字叫锡，她是塞壬族人。那灰色的怪兽叫风生兽。锡怀里的是两只小风生兽，分别叫费利娜和珊朵。锡和风生兽都是天生的瞎子。

我从不曾听说过塞壬族和风生兽，很怀疑他们是不是地球上的原产。塞壬族都有一副天生的好嗓子。每天傍晚时分，锡会唱起歌来。受她歌声诱惑的不止是人，还有动物和鸟类。

我第一次知道，地球的山林丘壑中依然有许多人生活着。这些人以部落或村庄的原始形式组织在一起，过着贫困的生活。听从锡召唤的人和动物便成为风生兽的食物。风生兽背甲上生长的菌类是锡的食物。锡只能食用那种菌类，喝风生兽从岩洞顶部吸取的水，才能保持优美的嗓音。锡和风生兽有着奇怪的共生关系。

"你怎么能将人送给风生兽做食物呢？他们是你的同类呀！"我责备锡。

"我不知道什么叫同类。外面的人从来不是。"锡空蒙的眼睛中掠过一丝苦涩。

"可我们都是人啊，你这样做不是太残忍了吗？！"

大概锡的字典里没有"残忍"这个词。她只在洞壁当中的那块岩石上活动，从不曾理会过岩石下沼泽地里的厮杀。她不知道自己的年龄，在这个漆黑的深洞里，年龄是无法感知的。她也不记得从哪里学到的语言和文字，那些事情可能非常久远了。

但是我一天比一天不能在那十几平方米的岩石上生活。同事们的尸体就在离我不远的地方腐烂变质。那刺鼻的味道常常要把我逼到神经崩溃。我必须离开这里。

"你也和我一起走吧。停止你为虎作伥的游戏！"我实在不忍心看她在岩石上化为枯骨。

"外面？"锡懒洋洋地问，并不热心。

"对，外面。外面的世界能把你的眼睛治好，你可以看到光，看到宇宙，看到海洋，看到你想都想不到的所有新鲜、好玩的东西。"我说着。接下来的几天，我使出浑身解数来向锡说明兽窟外的世界有多么精彩。锡虽然没有视力，但是她的其他感觉器官却很敏感。就算她的眼睛治不好，她一样可以过正常人的生活。

"最初我的祖先并没有和风生兽合作。她天生没有视力。那时大地上到处野兽出没，危机四伏。人类都移居外星了，除了被淘汰的人，例如像我祖先那样的残疾人和体弱多病者。我的祖先有相当灵敏的嗅觉、触觉和听觉，她常用她惊人的歌喉警告人们危险，但是却被当成了带来不幸的巫女，被人追捕。"锡忽然说起了很久以前的事情，"塞壬是她的名字。我们家族一度繁荣过，但是后来衰败了。因为传说吃了塞壬的肉，就可以获得预测未来的能力。"她垂下头，灰发覆盖了她的面颊。"所以，塞壬家族只好选择和风生兽结为伙伴了。"

　　我抱住她，让她的头靠着我的肩膀。我想告诉她待在这里同样充满了危险，但是那一刻我说不出这话来。我只能轻拍她的背，像哄小孩一样哄她。

　　有一天，一只成年风生兽飞上了我们所在的岩石平台。原来成年风生兽的两肋长有薄而韧的滑翼，可以在空中飞行。

　　"我想你真的要走了。"锡会心一笑，然后用一根很粗的风生兽皮条将我绑死在那野兽的背上。

　　我给了她最后的拥抱，"我希望你走出去。忘掉过去。"

　　风生兽开始拍动它的翼翅。我踢了那畜牲一脚，由它带着自己向远方飞去。

　　六十年后我再次回到地球，特地去找锡和她的风生兽们。结果那些洞穴已经被临近居民挖平了，因为在洞穴之中发现了航天燃料中所需的某种稀有矿物。

　　居民们给我讲述了他们围剿风生兽的激烈战斗，以及在沼泽里挖出多具尸骨的恐怖过程。我提心吊胆地问到了锡，但是谁也没有看到这个失明的女人。

　　风生兽的骨骼被制成标本陈列在博物馆里。仅仅过了六十年，森林里已经有了一个什么设施都齐全的城市了。

　　离开森林之城的那夜，我找了城市最边缘的旅馆居住。我的房间外有一座阳台。我坐在阳台上仰望星空，忽然对生命充满了敬畏之情。这时，我听到了熟悉的优美歌声，那是锡！我激动得连鞋子都没穿好就跑出旅馆去。那歌声来自森林里的湖畔，我很快就找到了那个地方。我看见两头高大的风生兽站立在草丛中，神色警惕。"费利娜，珊朵。"我试着叫。那两头庞然大物立刻面向我。我确定是它们，便走上前，"锡呢？她在哪里？"

珊朵"哼哼"起来，它在我面前半蹲下，让它翼膜里的东西滑到我手上。

那是一个三岁左右的小女孩，灰黑的头发，大大的眼睛。她很像锡。

天狼星人讲到这里，才发现周围的人七扭八歪地早就醉倒了一地，那酒桶已经见了底。"现在的年轻人是多么无忧无虑。"他自言自语，"所有星球的青年可以一起聚会。青年团结，世界也就团结了。"他想到了锡的女儿塞壬，那是个唱歌很好却醉心于考古挖掘的孩子，应该叫她也来。

"你找到了很好的酒。"他向远方眺望，说道，"塞壬，祝你新年快乐。"

天狼星人弯腰向火堆里扔了几块木炭，火焰瞬间就将乌黑的木炭吞没。这时，公元 4000 年的新世纪曙光慢慢照耀在地平线上。

火　舞

上

风不停旋动，将沙粒卷上半空，又狂躁地扔在地下。漫天都是红色，仿佛有一只巨大的蜘蛛，在天地之间张结了一张红色的网络，要吞噬一切不训的生灵。

吴阳被眼前的景象惊呆了，他使劲儿揉了揉眼睛。红砂向他扑打而来，他下意识地往后闪躲。但是砂子被野营车窗户的高强度玻璃阻挡，哗啦啦地顺着玻璃流淌下去，只在窗户上留下淡淡的几道痕迹。吴阳此刻才彻底清醒，他抓住睡床边上的科罗比——与野营车电脑系统相联的机器狗。科罗比是乖巧可爱的宠物型机器狗，灰耳朵和褐色眼睛都又大又圆。

"你告诉我风暴起码还有一周才到！"吴阳咬牙切齿，"那现在窗户外头是什么？"他揪着科罗比的耳朵将它提起来，"看清楚了吗？窗户外面！你说，那是什么？"

"不能怪我。"科罗比狡辩，"这都是中央电脑的错。"

吴阳猛拍科罗比的头，"中央电脑？你脑袋灌水了？难道我们还能和中央电脑联系吗？"

科罗比呜咽一声，扭动身子挣脱了吴阳的手，跳到地上，理直气壮道："反正预报是它发布的，反正预报是它发布的。"一颠一颠跑掉了。

吴阳抄起手边的枕头砸向科罗比。枕头要碰到科罗比的瞬间，它却"嗖"地从自行门溜走了。吴阳气得想骂人，自从他宣布了他的伟大暑假计划以后——为了这个"以后"，他可是没少下功夫做可行性分析，还被几个好朋友恶损，他们一致认为他脑子进水了。

幸好班主任老师不这么想，人家到底是硕士毕业，见识要高明得多。班主任收到吴阳计划书的当晚就到吴家拜访，再三警告吴阳做矿工的父母要小心吴阳的冒险意识。这不仅仅是对吴阳的警告，事实上，社区居民的冒险意识对整个火星移民社区有极大的危害性。

"为什么你们的孩子总有些古怪的念头呢？"班主任再三追问，吴阳看见父亲额头上的青筋不停爆跳，但是班主任依然喋喋不休，"他就不能像别的孩子一样去学月球语吗？或者去虚拟现实夏令营？或者争取地球生态考察游的名额？有那么多选择，为什么你们的孩子总想干些出格的事情呢？他不知道移民区外的危险吗？

沙尘暴、火星兔子、地震……"

这个时候吴阳的妈妈终于开始辩解了，但吴阳觉得她纯粹是为了逞口舌之快，丝毫没有要维护他的意思。"他不过就是写了一份计划书而已，不是还没落实到行动上吗？"吴阳记得妈妈当时强词夺理道。

"难道有杀人的动机还能等到他杀了人才阻止吗？"班主任圆睁双目，神情诧异，"你们做父母的是怎么拿到家教合格证书的？"

父母还讲了些什么吴阳记不得了，他们反正是被班主任说得很没有脸面。等班主任前脚一离开家门，他们就像被踩着尾巴的狮子，冲吴阳怒吼道："重新制定你的计划！小子，别再提你的滑翔伞了！"

"可是……"吴阳差点说已经从火星空间站订购了设备了，但气头上的妈妈没让他把话说完，"没有可是！你让我们省点心好不好，我们工作这么辛苦！"

"可是……"吴阳只好放弃火上浇油的想法，"可是，我暑假做什么？"

"这倒是个问题，我不认为现在有什么适合他这个年龄的假期活动。"爸爸的胳膊立刻被妈妈拧青了一块，他撇嘴，改口道："当然，其实阳阳你可以和小弟弟一起玩电子游戏。"

吴阳苦笑道："您还不如送我去体能训练基地呢！"

"电子游戏不好玩吗？你弟弟最近刚得到一些古典的游戏包。非常令人诧异，原来全角度模拟游戏的引擎并不像媒体吹嘘的那么神奇，它是渐进发展，一点点修改出来的，最早的时候，是从……"

爸爸才发挥到这里，就被妈妈拉到隔壁去了。随后是可怕的静寂，看来妈妈又对爱信口开河的爸爸家法惩处了。

这种人生有什么可留恋的？吴阳望着天花板思考着，就算为了自己喜欢的事情牺牲了也没有什么遗憾吧？

天花板忽然晃动起来，科罗比一扭一扭地在上面爬。吴阳揉了揉眼睛，果然是它。爸爸、妈妈，还有那个沉溺于虚拟世界里的弟弟骤然从他眼前消失。他坐起来，狭窄的空间、固定的家具、密布的仪器，以及窗外灰红模糊的风景，都说明这里不是火星移民区的家。

"这是哪里，科罗比？"吴阳疑惑道，"我们怎么会到这里来？"

"是你要来的。"科罗比的智力指数原本为 95，吴阳为了使它能成为火星的滑翔伞教练，让制作方给它的中央处理器增加了两块芯片，这样科罗比就成为火星上最聪明的机器狗了，如果只用知识的存储量和运算速度来衡量聪明与否的话。

"我当然知道是我要来的。可是我们怎么会在这里？我是说这里，科罗比，这个地方，野营车在的地方！"吴阳有时候非常痛恨科罗比的学习能力。他花费积攒了十年的零花钱要买的应该是一套高级滑翔伞飞行套装，包括安全帽、手套、鞋、飞行服、护目镜在内的轻便飞行服，以及高级机器人飞机教练和不同形状的四面滑翔伞和相应的仪器仪表。可是我都得到了什么？！吴阳想到这里就痛心。重新按照班主任的口味拟定暑假计划书，忍受同学们对他出尔反尔、不自量力的嘲笑，花钱买体能训练营的训练时间，还要讨好那个小马屁精弟弟，这一切都是为了在父母去南半球开采铁矿的时候能够有机会练习滑翔伞！

　　从火星空间站寄来的飞行套装险些毁了他所有的苦心安排，除了科罗比看上去稍微精致像个样子以外，其余东西都有劣质品的嫌疑。吴阳非常想投诉他们，可是想到自己提供的社会保险号码同样是假的，他也只好吃哑巴亏。何况他还必须向家人隐瞒收到了那么大一个邮包的事实。

　　要是能想干什么就干什么该有多好，吴阳愤恨不平。不过他得承认，这样偷偷进行他的计划反而更坚定了他的必胜决心，他一定要做火星上第一个滑翔伞运动员！

　　"我们昨天晚上迷路了！"科罗比切断了身上的电磁铁开关，做自由落体运动，正好掉在吴阳怀里。"就停在了这里。"

　　现在一段一段记忆都完整地拼凑起来了。他开了野营车离开移民区去山里的体能训练营报到。这个营地只要求他能在规定的时间里参加训练，完成达标考试。因此吴阳像很多报名的人一样，根本没有在报到时间赶到营地的想法。他在途中拐上了岔道，打算在深山里面找一块地形合适的地方进行滑翔伞训练。等他像鸟儿一样自由飞翔在火星的天空之时，所有对他的怀疑、讽刺、不信任就会化为乌有，取而代之的将是羡慕、钦佩、荣誉和信赖。是的，只要他能飞起来……

　　他发现火星上居然没有滑翔伞这项运动的时候，头脑中立刻出现了自己在粉红色的火星天空中漂浮的景象，这景象十分诱人。他在地球上受过滑翔伞训练，那还是在五年前。地球上的孩子无疑要比他幸福得多，起码没有人限制他们去玩滑翔伞，尽管前提是得有参加滑翔伞俱乐部的钱。

"只要你有足够的钱，我保证能让你的伞在火星上都照飞不误！"滑翔伞俱乐部的教练说，当时他显然喝了酒，口齿不清且站立不稳。但他的话给年仅十岁的吴阳留下了深刻的印象。

也许我不该相信那家伙，吴阳想。昨天的迷路科罗比有责任，它拒绝认可我选择的两个地点，而非要到苏威士峡谷附近去，结果就迷了路。吴阳采取了一切可能采取的办法，包括外出实地巡查，但是他连接不上中央电脑，各种探路的方法都毫无效果。而火星的黑夜降临得那么快，他可不敢留在寒风瑟瑟的荒野上被冻死。等吴阳回到野营车里换上便服以后，疲惫立刻席卷了他，于是，出乎他意料的，第一个完全独立在野外住宿的晚上，他竟然什么也没干就睡着了。然后醒来就看见这般可怕的大风。

"该死！"吴阳骂。

科罗比却抬起头来望着他，它的语音系统发出轻脆的咬饼干般的声音："这是训练的好天气，换上你的行头吧，小伙子！"

吴阳手一软，差点将科罗比摔到地上，"你疯了吗？"

"准备！"科罗比抓住吴阳的衣服，"我是你的滑翔伞教练，你得听我的！"

"我很怀疑！"吴阳说，然后立刻吃了科罗比一记电击，刺痛得跳叫起来。

下

等吴阳吃完早点，磨磨蹭蹭终于穿戴齐整了，再也找不出任何理由拖延时间的时候，已经是中午了。风居然奇迹般的停了。

科罗比麻利地将设备小车开了出去，在外面一个劲地咆哮："吴阳！你到底要不要开始？"

吴阳再一次检查了自己的装备——制造商加了隔绝辐射层和防温层的滑翔伞专用飞行服、强力套带、用轻固玻璃钢做的带呼吸装置的安全帽、鞋底有充气减震垫的专用鞋、专用吸附手套。科罗比的声音在他耳机里嗡嗡作响。吴阳回答它的询问："你肯定我穿这些能行？这里可是火星。"

"你还是不是男子汉啊？是你要练习的！"科罗比几乎是哀求了。

"也是。"吴阳深吸一口气，走进出车通道。

野营车停在峡谷里岩壁的阴影处，中午强烈的日光就照射在离它几米远的地方。峡谷两边是笔直陡峭的山壁。这些山壁基本都是绿高岭石，在阳光中呈现出凹凸不平的灰红色泽。离野营车不远的地方，有一处岩壁像被锋利的刀子切割过一样突然断掉了，崎岖不平的峡谷于是变得非常开阔，两处断崖之间出现了一个平缓的山坡。

科罗比跳上设备小车，慢慢开过去。吴阳瞧了眼那辆小车的体积和载重，只好跟在后面。

他握住拳头，不过就是跳，然后在空中盘旋，真的没有什么。他反复在心中给自己打气。

早在地球历的某个年代，就有人从高处跳下，那还是个小孩。

这是滑翔伞俱乐部的那个爱喝酒的教练说的故事。在地球西太平洋瓦努阿图群岛上有一个土著部落。这个部落的酋长就是部落里孩子们的老师。老师的脾气坏极了，爱喝酒，爱撒酒疯，撒起酒疯来就打小孩子，而且没收小孩子的东西总不还。曾经有一个小孩子为了逃避老师的虐待，爬上了高高的可可树。老师为了让他完成作业就追上了树。这个小孩子用一种当地具有弹性的蔓藤牢牢绑住脚踝，然后威胁老师再往树上爬他就要从树上跳下去。老师不信，结果这个小孩子真的跳了下去，老师一看急了，想都没想也跟着跳了下去。柔嫩的蔓藤栓住了孩子的脚，他只是在空中荡了几圈，什么危险也没有。可是老师就惨了，摔得不轻。从此以后他再也不敢随便欺负小孩子了。因此这个部落就将用滕曼绑住脚踝后从高处跳下发展成考验男人胆量的风俗。

"你别发呆好不好？拜托你专心一点，我们能练习的时间有限。"科罗比马上在吴阳的护目镜屏幕上显示出一串火星地表温度的变化值。

"好了，我知道了。但是不到高处如何滑翔？我怎样才能到山崖上去？"吴阳指着那断壁问道。

科罗比当然考虑了这一点，在吴阳追溯滑翔伞起源的时候（他实际上追溯的是蹦极运动的起源，怪那个酒醉的教练混为一谈），它已经迅速将设备车改装成一个小型飞行平台。

"要我站上去？"吴阳领会了科罗比的意思，"它结实吗？"看到科罗比恼怒的眼神，吴阳只好站到平台上去。科罗比纵身跃上吴阳的肩膀，绕缠着他的脖子。吴阳觉得都快要被它勒死了。

"喔哦！"科罗比呼啸，"我们走啊！"

平台应声垂直飞起。

地面渐渐离远，吴阳的视野一点点拓展。尘土与石头的世界层次清晰，搭配和谐，一个没有生灵的世界，却闪耀着斑斓夺目、生机盎然的红——粉红、赤红、青红、金红、紫红、褐红，这是因为砂土中含有丰富的三氧化铁的缘故。连地球上黄绿色的绿高岭石在这里也是红色的，而且具备了磁性。是陨石撞击地面产生的瞬间高温使绿高岭石发生了如此深刻的变化吗？或者如一些人所想像的是火星地表经历过核子大战？

吴阳不知道答案。他倒是明白了自己为什么如此执着地想在火星上滑翔，因为这如火一样的世界中，缺少真正生命火焰的舞动。

火星移民龟缩在被安全防护罩覆盖起来的半地下城里，轻易不与火星的自然界发生接触。他们充其量只是火星的地球人，永远得不到这颗星球的认同。

崖顶到了。俯瞰下，四周皆是一片赤红，仿佛炭火盆中隐隐闪烁的灰堆。这些夺目的红色似乎蕴藏着无穷无尽的生命气息。

我将成为第一个真正的火星人！吴阳想。

他接过科罗比组装好的滑翔伞，用套带将自己和滑翔伞紧紧栓在一起，检查手腕上的风速计、高度计、升降计，试着跑了几步。

"目前风速每秒四米，你可以飞。注意拉起伞的速度。"科罗比叮嘱道。

吴阳点头。不管怎样，第一个在火星上使用滑翔伞的人是他，他就这样书写了历史。他将滑翔伞展开，逆风拉起，红黄色的滑翔伞正如展开的火焰。伞衣气室内迅速充气，吴阳开始顺着山坡跑，双脚猛力一蹬，身子腾空而起。

"我飞起来了！"他大叫。虽然整个世界只有科罗比听得到。

"我飞起来了！"他大叫。伞托着他，像一星火焰般划过红色的天地。

"那是什么？"几个灰红色的小东西从岩洞边探头探脑地惊呼，"在飞呢！"

"是陨石吧？"

"不是不是，那是一个地球人。"

"妈咪，我也想像他一样飞起来耶！"

刀　兰

刀兰：木本植物，兰芥科刀兰属，达多巴星球特产植物，无叶。因其茎干肥厚宽大，边缘锋利，整体形状如刀而得名。天星刀兰与锯齿刀兰可食用。

——《达多巴植物学纲要》

1

"金，亲爱的，这就是包哲。我向你提起过他。"锦瑟出现在实验室门口，柔声细语。我正沈浸在达多巴无敌冰球队与劲敌大角星3队的激烈比赛中，对锦瑟的话反应迟钝。我只是拿眼角的余光瞥了一眼锦瑟的身后，点头"哼"了一声，丝毫没有起身迎接的意思。

锦瑟快步走到我与电视之间，遮挡住我的视线，再次轻柔地说："金，包哲是我的表弟，我和你说过的，他想来这里做你的助手。"

"啊，说过说过！"我惦记着达多巴冰球队的命运，赶紧回答。锦瑟是那种不达目的决不罢休的姑娘，较量起意志来我绝非她的对手。

"那你收下他了？"锦瑟秀眉一挑。

我这才注意到门口站着的那个人。此人瘦高个儿，狭长脸，服装陈旧，发型过时，下巴上还有胡子茬。

"包哲？"我叫他。

年轻人立刻答应道："是，是我。"

"你为什么想做我的助手？"我摆出一副公事公办的架式。

"我……"包哲握在一起的双手不安地扭动着，"我在老家种蔬菜，可是他们说，种蔬菜没有什么经济效益，种刀兰就不一样了，刀兰很值钱。我……我来学习刀兰的种植技术。"

"那你应该去农作物技术培训中心。"我尽量耐心解释，这小伙子生涩的标准发音中还带着乡下的泥土味道，"我这里是刀兰光合作用研究室。你走错地方了。"

"可是……"包哲望向锦瑟，锦瑟却不吭声，包哲只好继续说下去，"这里也要栽培刀兰。"

话当然不错，但我种植在温室里的刀兰都是无法食用的品种。我摇头道："你显然搞错了，小伙子，这里没有可作蔬菜的刀兰。"

包哲的执拗不亚于锦瑟，他顾不得校正发音，上前一步急急地说：“偶（我）就似（是）想料（要）培育粗（出）跟（更）好的刀南（兰），光合作用跟（更）强，不似（是）蔬菜，似（是）材料用的刀南（兰）。”

锦瑟注视着包哲的目光半欣赏半失望，她瞪我一眼，道：“你不是想找个干活儿的吗？包哲很能干。”

我忍住笑的冲动，道：“可是他懂光电物理学吗？还有分子遗传学？他不过是个农夫。”

锦瑟被我嘲笑的口吻激怒了，她抢过我手里的遥控器关上电视，怒气冲冲道：“金，二十年前你也是个农夫！”

我顿时哑口无言。

包哲退回门边，“我也许，应该读完夜大再来。”

“你别走！”锦瑟喝止他，然后逼问我道：“你到底要不要他？”

“好，让他留下。”我还是息事宁人比较理智，“没别的事情了吧？”

“有更重要的事情。”锦瑟将包哲拉到我面前，“他爱上了一个姑娘，但表达不好。他想学习诗歌朗诵，可别说你不会。”

我点头。作为达多巴3号城市业余话剧团演员的我，吟唱诗歌当然是拿手好戏，为此还频频得到年轻女性观众的欢迎呢。

2

在这颗行星上，我是一名刀兰工程师。我不断改进刀兰的基因和遗传特征，使它的光电转换率以每代0.9％的速度增加着。

我相信，总有一天刀兰会达到 99％的光电转换率——1％的光能供自己新陈代谢，99％的光能转变为电能供人们使用。

早期的常规宇宙飞船大部分空间被燃料所占据。核子飞船减轻了燃料的携带量，却丝毫没有增加飞船上的可用空间，因为核反应堆的屏蔽层很占空间。而使用活体刀兰做外壳的宇宙飞船则没有这些问题，这种飞船轻巧又安全、内部可用空间大，是星际运输和旅行的理想交通工具。

当然，要将活体刀兰变成飞船的外壳是件相当费脑筋的事。在我之前，虽然已有理论证明植物光合作用为宇宙飞船供电的可操作性，也有许多人试验了多种强光合作用植物，但是他们无一例外将植物置于飞船之中，因而无法解决飞船空间利用率上的矛盾，无法体现植物发电的优势。

是我创造性地将刀兰的细胞剥离为呼吸细胞和能量细胞，从而一举解决了刀兰活体在外层空间生存的问题。我也因此从农夫变成了植物材料学研究员。这些都已经是二十年前的往事了。

竟然一过就是二十年。

星屑碧绿的眼睛又飘荡在我脑海中，那眼睛中总有一种孤独的寂寞味道，令人迷惑，不知道她心里在想什么。"我要去很远很远的地方旅行！"这是她的口头禅。整个达多巴大学城公认她是精力最旺盛的人，连走路都像风一样。"忙啊！大家可要抓紧时间！"她总这么说，声音里透着干净爽利。

那时候我自费到达多巴大学城的生物工程学院读植物材料学。我笨拙的举止和古怪的发音倍受同学们嘲讽，而我农民的身份更让这些天之骄子鄙视。我屡屡有退学的念头，怀疑自己想为植物找一种新用途的想法是否不切实际，毕竟那时候我已二十五岁，而且只接受过农作物技术培训中心的职业培训。

"嗨，你理那些人干什么！"星屑骂我，"你按照你自己的想法去做呗。"

星屑比我小两岁，她一边读生物经济学博士一边担任助教，还负责管理生物物理实验室。我正好是生物物理课的科代表，必须和她打交道。她待人热情而且有耐心，对我基本上有求必应，还抽空纠正我的发音。

"念诗好了，这是让你字正腔圆最好的办法。"星屑向我建议，并向我推荐《古地球诗歌精粹》。这真是本好书，让我拥有了一个春天的快乐。我喜欢在五月的明媚早晨到宽大的实验教室去念诗。几只翠兰燕雀在宽大的窗台上踱步，争抢着星屑撒放的麦粒。窗外，一排青绿的达多巴杨迎风舒展开婀娜的身姿。阳光从摇曳的枝叶间倾泻进干净整洁的教室，在地板与课桌间投下明亮的光影，仿佛谁信手涂鸦的水墨花卉。春天万分娇艳地展现在我面前，置身其中，我有些束手无措，还有几分怡然陶醉，仿佛重新回到了我的农田上。

"阳春携带着绿叶和鲜花走进了我的生命。整个清晨，蜜蜂在那儿嗡嗡吟唱，春风懒散地同绿荫戏嬉。一股甜蜜的泉水从我内心深处奔涌而出，我的双眼被喜悦洗得纯净清澈，犹如经过朝露沐浴的清晨。生命在我的四肢躁动，犹如发出声响的琴弦。"

"好哇！"不知星屑何时坐在最后排的椅子上，她站起来使劲

鼓掌，"金，你朗诵得太棒了，简直是激情彭湃！你应该加入我们
话剧社！"

后来星屑说，她对我的爱情就是从那一刻开始的。

那一刻，是春天的阳光和古老的诗歌赋予了我崭新的魅力。

3

我尝了一口包哲做的芥末拌刀兰。刀兰本身有一种微苦的清
香，在芥末刺激下，这种味道更加浓郁诱人。包哲的刀工很好，
他将刀兰切成极均匀的细丝，调料用的花椒叶和胡葱则切成碎末。
用橙色盘子盛着的这道菜简直就是工艺品。

"你干嘛还要学什么诗歌朗诵？"我连吃几大口拌刀兰，连
声赞赏，"就凭你的厨艺，达多巴城里一半的年轻姑娘都会爱
上你。"

包哲脸红了，他已经在我身边半个多月了，却还没有说过关
于爱情的只言片语。他低下头，半天才嗫嚅着回答我："她不在达
多巴城。"

"可以把她接过来。我正好还需要一个管理员。"

"她……她没法过来。"包哲露出倾羡的表情，"她是'时光号'
的刀兰实验员。"

我这才恍然大悟包哲到研究中心的动机，不由得给他肩膀一
拳，笑道："你小子可以呀，你怎么会认识她？"我指指空中。

"我申请参加了太空蔬菜项目。"包哲对他的这段经历并不在

意，"我给项目组提供了咱们星球上的蔬菜种子。这些种子中的一部分在'时光号'上做实验，归她管。"

我明白了，我能够想象包哲和那个她怎样通过星际网络你来我往。但是这一切与诗歌有何关系？

似乎看出了我的疑问，包哲解释道："她说我不会讲话，还嫌我不够浪漫。我怕她见到我会讨厌我。"

"你能见到她吗？""时光号"目前在银河系的什么地方？猎夫座还是仙女座？包哲打算怎样处理他这必须用虫洞跳跃才能追赶得上的爱情？

"'时光号'十二月份将访问达多巴。他们已经在来这里的路上了。"包哲却不担心。"哎呀！"他忽然惊叫起来，"我只剩下两个月不到的时间了。"

"是啊，"我好心提醒他，"你要浪漫而且优雅，可得抓紧时间练习才是。"

锦瑟走过来。我和她约好今天去看房子，我们将在年底满月时结婚。这行星的四个月亮一起升上天空的夜晚是达多巴城狂欢的节日。

"'时光号'定于十二月二十日到达达多巴！"她对包哲说，"这是最新最准确的消息。"

"天啊！"包哲大喊，抓住我给他的《爱情诗歌大全》就冲了出去。

锦瑟瞧向我，笑道："你教他念诗？"

"对，念诗是让他字正腔圆最好的办法。"我一本正经地回答。

锦瑟似乎漫不经心地道："星屑也在'时光号'上，她还对记者说想重访达多巴大学。"

星屑！

心里突然有什么地方剧烈颤动，痛楚夹带着兴奋涌动，瞬间传遍我的全身。我被自己的奇异感受吓了一跳。

星屑！二十年了！我还可以见到她吗？

4

暑假的时候星屑作为科技辅导教师带中学生到我家农场参观。我带他们去看刀兰田。

天星刀兰与锯齿刀兰是地球仙人掌科的影掌与本地刀兰的杂交品种。这两种刀兰肥厚多汁、口感脆爽，是达多巴的特色蔬菜。

满目青翠令人心旷神怡，我关于刀兰花绘声绘色的描述更让参观者浮想联翩。刀兰的花朵小而细碎，非常精致，但是因为开花就等于宣布植株的死亡，所以种植的刀兰一般都不会开花。

中学生们的眼神中充满了对刀兰的好奇，以及对我职业的理解与尊敬。我不由得暗暗感激星屑，是她的诗歌挽救了我的自信。一个人只要拥有自信，他便所向披靡，锐不可当。

当我讲到刀兰生长速度快，适应能力强的时候，星屑眼睛一亮。她拉我到旁边问："刀兰的光电转换率你评测过吗？"

我顿时茅塞顿开，似乎看到了黑暗隧道尽头的光亮。当时我正在光合作用研究小组里做植物光电转换率的检测，以确定哪一种植物适合做宇宙飞船的"发电机"。但那些昂贵的地球植物没有一种可以满足要求，我都快要绝望了。

我做了达多巴馅饼款待客人，拿出了祖父珍藏多年的自酿果子酒。众人在河滩上燃起篝火，铺开饭桌，播放音乐，表演节目。星屑跑来跑去帮我准备饭菜，还让我将馅饼配料的方子写在她的笔记本里。那一晚，星屑就像颗璀璨的小星星，在人群中格外耀眼。

星屑淡黄的头发打着卷，垂在纤细的肩膀上。她红润的双唇因为唱歌和欢笑始终无法合拢，一对浅浅的酒窝在她笑容里时隐时现。她灿如朝霞，洁如清泉。是的，我无法否认，直到现在我仍然记得她那夜的欢颜。

学生们忽然哄笑，他们知道我们在业余话剧社里排戏，要星屑和我来一段。

星屑向我眨眼，道："金，怎么办？不要扫孩子们的兴。"她离开狂欢的人群，走到我面前，明亮的绿眸如一块温润的玉。

于是我们就表演了正在排练的一个片段。黑夜里，男主角错将女主角的妹妹当作爱人，向她吐露心声；那个妹妹却早就爱上了男主角，模仿姐姐的口吻和他说话。

演出获得了学生们最热烈的掌声。"不要姐姐要妹妹！要妹妹！"他们对我嚷。星屑瞧着我，盈盈含笑。她的笑容模糊而又清晰，仿佛一池春水，有无限温柔。

5

包哲的工作是栽培温室中的试验刀兰。整个温室有四千多株刀兰，有已经进入遗传稳定期的，也有刚刚完成基因手术的，还有从刀兰产区搜集来的新品种。包哲必须像个保姆一样无微不至地照料这些植物。他的前任因为只顾着谈情说爱而被我辞退了。

"真正的爱情，是一种包含奉献与尊严的高尚情感。占有、享受、对爱人卑躬屈膝都是对它的亵渎。"我告诫包哲，"爱是责任，是无私，是发自内心的深情，你首先必须是一个人，才有资格爱与被爱。"

包哲忽然问："金，如果我爱的人不爱我呢？"

"尊重她的选择，她有权利选择，要祝她幸福。"

"如果爱我的人我不爱呢？"

"你可以拒绝她的爱，但是不能剥夺她爱你的权利。"

包哲若有所思道："看来，两情相悦真的是件很不容易的事情。"他用中指划过一株刀兰的侧壁，手指上立刻出现了一道细细的红线。"我觉得爱情就像刀兰一样。"他抿干手指上的血珠，"稍不小心就会留下一道伤疤。"

"你少胡说八道了！"我拍他的头。

"金，你有没有这道伤疤？"

　　我一愣，那是伤疤吗？应该早就在星屑的心上结痂，然后被皮肤吸收，但为何我的心会忐忑不安？

　　二十年的光阴以为是手中沙，从指缝间流淌过去不会留下一丝痕迹。可是，我竟然还能记得那么多。

　　自从我将刀兰作为研究对象，光电转换研究就进展迅速。不久，导师采用了我的建议，将刀兰细胞分离种植到密闭的容器表面。容器内部有空气和水分供应，容器外则置于模拟的宇宙环境中。终于，经过了128次试验后，我们得到了一个可以利用内层细胞呼吸，外层细胞产生能量的刀兰新品种——"金1号"。

　　对那一年的冬季我没有任何概念，当时整天在实验室中工作的我已经遗忘了时间。直到星屑发动姑娘们把我们全组人轰到会议大厅参加晚会，我才知道新年到了。

　　庆祝"金1号"的香槟和葡萄酒让我兴奋异常，我借着酒醉的胆量邀请场上最漂亮的女孩子跳舞，疯疯癫癫地唱歌。据说那夜我特别浪漫潇洒。星屑将我拉到大厅外的花园里时已是深夜，天空下着小雪，音乐在雪雾里弥漫。

　　"你醉了。"星屑说，接了一捧雪抹在我脸上。

　　"我没有。"我想回到热闹的大厅里去，回到色彩缤纷的女孩们中间去，往日的冷遇在今天得到了最彻底的弥补。"这里好冷！"我剁着脚。

　　星屑摘下围巾，搭在我的脖颈上。"给你。"她轻轻将头靠在我的胸膛上，"我的温暖，我都给你。"

我不得不伸手抱住她，否则我们都会摔在雪地里。"嗨，你能提供多少热量呢？"我笑了，"我们快回去吧，否则会感冒的。"

星屑抬起头，看着我，明眸如翠玉。"这样够不够？"她掂起脚尖，吻住我的唇。那颤抖的双唇滚烫，热力一直烧到我的五脏六肺。

"金！你在干什么？"锦瑟不知道何时出现在我面前，抓住我的手，"你的嘴唇怎么了？"

"没……没什么。"我赶紧放下抚摸嘴唇的手指，像个被家长找到不及格考卷的孩子，"嘴唇有点干痛干痛的。"

"冬天要到了就是这样。我给你的唇油呢？你又忘了用！"锦瑟嗔怪。

我抿抿嘴唇，被星屑吻过的唇，现在是那么的干燥和粗糙。

6

"金 17 号"刀兰生长良好，如果一切按照我的设计，它将有足够的强度和渗透性，可以移植到复合金属材料上去，从而满足跨星系大型宇宙飞船的需要。

"只有跨星系宇宙飞船使用了刀兰材料，才能说明这种材料可以在市场上立足。"星屑曾说。

那场重要的刀兰材料论证会上她坐在我前面。我当时非常紧张，立刻争辩："可是如果不在星际间开始使用，就永远没有办法达到星系间飞行的要求！"

论证会没有任何结果。我一时冲动,跑去找星屑。我问道："你为什么改变态度反对刀兰项目？因为我拒绝了你吗？"

是的，我拒绝了星屑的吻，还有她的热情，在新年晚会上。我不知道她是怎样迎接新年的曙光，怎样目送校园中热恋的情侣。我知道的是，我拒绝对她妥协，我不相信她真的会爱我。当时我已经是校园中的明星，荣誉、嫉妒和青睐接踵而至，逼得我处处怀疑，处处小心。

"你可以拒绝我的爱，但是请尊重我爱的权利。"星屑眼眸清澈如水，"我没有改变态度，我只是分析事实。"

"刀兰会成功的！一定会！"我语无伦次。

"我相信。"星屑淡淡笑着，让我觉得我是不是待她刻薄了。

"我不想把私事和公事混在一起！"我拼命解释，"你知道爱是无法勉强的！我……我一直当你是好朋友。"

"我知道。你放心，我会很好的。"星屑轻轻点头。

她走了，纤细的后背挺得笔直，像初生的刀兰般柔弱中包含坚韧。

几个月后，"金1号"刀兰在我们全学院的努力下终于被达多巴星球政府采用到一艘小型运输飞船上,这艘飞船就被命名为"刀兰号"。星屑被指定为飞船上的刀兰管理员。

　　我对这决定莫名其妙，得知是星屑自己的要求后更觉得不可思议。星屑说飞行是她的理想，请我别阻止她。"你的专长是在地上培育刀兰，不是上天！"她执拗得无法理喻。

　　"刀兰号"的首航成功了。星屑留在了天区的主星球宣传刀兰，她回到大学里来的时候刀兰已经成为社会大众的热门话题。

　　"我要走了。"欢迎会上她说，"有一个地球考察团邀请我参加。恐怕短期内我不能和大家见面了。"

　　星屑，她的心属于遥远的宇宙深处。她一旦上天就再也不会落到地面，而我注定要留在地面。我们永远无法如影随行，我想这才是我拒绝她的根本原因。

　　我释然了。但是面对星屑孤独的眸子，我却觉得自己那么不坦荡。

　　"原谅我的自私，我不能给你什么。"分别的时刻我终于对她说，"也许只能给你刀兰。"

　　星屑微笑，"那是最好的礼物了。金，我想你一定会成功。"她掂起脚尖，轻吻我的脸颊，"好朋友，再见吧。"

　　"再见了。"

　　从此以后，二十年再无缘见星屑一面。此时她已经是著名的银河旅行家，写过的游记多得可以开展览会，众多传媒早已将她的经历挖地三尺。星屑从来没有忘记说刀兰，说我的"金1号"。但独身的她从来拒绝谈个人的感情生活，对种种猜测不予理会。而我，在两次不成功的婚姻之后，又开始策划第三次了。

包哲的声音打断了我的思绪。他一边微调刀兰的浇水量一边结结巴巴地背诵："我的耐（爱）人，到我的花园里漫步吧。窜（穿）过热勤（情）的繁花，不去管她们的殷勤，只为突发的欣喜，像金（惊）奇夕阳的灿丽，你暂停一下脚步，然后飘然而去。"

"哎……我熟悉的诗啊。"我从成排的刀兰架旁走过，走到这年轻人面前。"不是耐，是爱。"我接下去吟诵："爱的赠礼是羞怯的，它从不肯说出自己的名字；它轻快地掠过幽暗，沿途散下一阵喜悦的震颤。追上它，抓住它，否则就永远失去了它。然而，能够紧握在手中的爱的赠礼，也不过是一朵娇弱的小花，或是一丝光焰摇曳不定的灯光。"

包哲满脸钦佩地看着我，道："怪不得锦瑟让我和您学习，您简直……太优美了，像唱歌一样。"

我摇头。我曾经握在手中的爱情到底是什么？我为什么放弃挽留星屑飞跃之心的机会？二十年了，多么浓烈的感情都应该稀释了，为什么我对星屑的回忆却日渐清晰？

包哲学得很努力，他的模仿能力是一流的。在"金17号"分株的时候，包哲竟然可以声情并茂地背诵泰戈尔的《爱者之贻》了。

我们陶醉在刀兰茂盛的茎干与优美的字句间，我想让星屑早日看到"金17号"，看到我们青春时代的梦。

7

　　"时光号"已经飞入我们的星系。锦瑟和朋友们将为星屑的到来准备盛大的宴会。作为达多巴大学城的校长助理，锦瑟自然不会错过星屑到来对大学的宣传作用。

　　"我个人送她什么礼物好？"锦瑟问我。"星屑答应送我地球上中世纪的导航陀螺做礼物，那可是很珍贵的纪念品。"她忙忙碌碌，却不忘记在婚宴名单中加上星屑的名字。"我把星屑放到主宾席上好不好？"

　　"好。"我心不在焉。几乎可以想象得出星屑的祝福。她依旧清亮的眸子中闪过的将是什么样的表情呢？

　　在去机场的前一分钟，我跑进温室拔下一丛"金17号"，用枯枝扎好。

　　天空突然下起雪来，世界一片素白。去机场的路上包哲不停喃喃自语地背诵他精心设计的见面词。

　　刀兰捧在我怀里，像捧着二十年前的记忆，二十年前的苦辣甘甜。

　　难道这二十年来，竟然真的不曾有一个人走进星屑的生活，与她共同游历天涯？我忽然感到胆怯，我害怕与星屑相见。于是我在停车场磨磨蹭蹭，比锦瑟他们晚了好一会儿才走进机场。

绿色的"时光号"已经稳稳停在那里，这是第五艘以刀兰作为主要能源供应的旅行用宇宙飞船。在走出船舱的一群人中，星屑纤细的身影十分醒目。

锦瑟、包哲，还有许多人迎上前去。包哲冲到星屑身边，将一位姑娘紧紧抱住，那姑娘红着脸笑了。包哲这死心眼儿，心心相映的爱情哪里还需要什么诗歌呢。

我站在角落里，抱着我的刀兰。我远远看她，像看到时光的流逝，看到璀璨的星光，看到我的乌发一缕缕变得银白。

我听见锦瑟在喊："金，金你在哪里？星屑，你来得真巧，正好赶上生物工程学院二十年校友聚会。"

"他的'金系列'刀兰进展怎么样了？"星屑的声音轻柔舒展。

刀兰锋利的边缘似乎要割破我的手套。在这个寒冷的季节里我第一次觉得穿多了衣服。我掉转头去，眼眶忽然之间湿润了。

铂　戒

1

　　腊月里，在外打工的青年们陆陆续续开始返乡，清冷了一年的柳子堡村重新热闹起来。家家都忙里忙外，换春联、贴门神、打年糕、接财神，恨不得多长几双手。苏荣也大包小包地从南方打工的城市回来，口袋里鼓鼓地揣了五千块钱和一枚镶嵌了五分钻石的铂金戒指，看上去很富足的样子。

　　"咱这回总能娶上媳妇儿了吧？"在热乎乎的土坑上一盘腿，苏荣志得意满，冲他爹妈晃动着戒指。戒面上的钻石被冬天白灿的日光一照，晶亮亮得直耀眼。

　　爹却摇头。妈眉心的皱纹更重了，摆手道："可不能这么说，如今娶媳妇儿钱又涨了。"她忧愁的目光投在那戒指上,"就是说媒,没有千把块钱也找不到好媒人。"

"这他妈的还要人活吗!"苏荣脱口而出一句脏话,想不明白这物价一天天走低的时候为什么娶个媳妇儿要成倍涨价,"城里姑娘咱攀不上,咱人品多好多能干人家都嫌,不想了,怎么乡下也这样了!"

"那都是男女比例失调闹的。"读过中专的爹天天看报看电视,晓得国家大事,"那统计怎么说的,男女比例 145 比 100。生 145 个男娃才生 100 个女娃,多出 45 个男娃莫得对象。"他瞧着苏荣,半带苦恼半带自嘲地笑了,"如今女娃子精贵着呢。头年你小学同学,那个你老笑她细眼睛的,嫁省城去了,如今开着好贵的汽车回娘家过节,风光得很。"

"你老说那没用的干嘛,还不快给孩子想想办法。孩子都快三十岁的人了!"妈是真愁,白发和钻石一起发光,刺痛苏荣的眼睛。他不由喊道:"大不了我不娶媳妇儿!一个人过着也挺好!"话一出口,苏荣眼角余光就瞅见爹妈的脸色变得菜青菜青。家里就他一个孩儿,他不结婚,老苏家要抱孙子找谁去?意识到说错话了,他连忙改口道:"天无绝人之路,我就不信……"咽口唾沫,"活人总不能让尿憋死吧?"

"要不……咱们试试外地找?"爹试探性地问,他乐意接受新鲜事物,可总被妈拦着。

"外地姑娘就便宜了?除非那不是在地球上。"妈反对。

　　苏荣的眼睛却是一亮，想起了什么。跳下炕拉过行李袋翻找，终于掏出一本杂志，打开其中一页，欣然点头，随即将杂志摊开在炕桌上，指点那整页的广告，大声念："星际婚姻，价格低廉，地球适龄男性的最优选择。"

　　爹妈盯住那铜版纸印刷的一号黑体字，看了又看，愣了半响。妈有点眩晕，道："外星姑娘……能到咱们柳子堡村来做媳妇儿？"

　　"那咋不能？现在想到咱地球上来生活的外星人太多了。柳子堡村，好地方！"苏荣一时来了精神，"再说了，外星姑娘那也是姑娘啊！"

2

　　星际婚姻中介站的官网华丽得令苏荣眩晕，那漫长的连锁店名单更是无边无际。苏荣试着在搜索栏键入打工城市的名字，这城市里也有一家连锁店。看来就像广告上所说的，"星际婚姻中介，不让任何一个人孤独"。

　　苏荣想了两天，终于按照时尚画报上春装模特的装束将自己收拾得焕然一新，刻意掩盖北方农村小伙子的纯朴味道，怀着忐忑不安的心情找到了在市郊胡同里的这家婚介连锁店。看到连锁店所在五层楼的所谓大厦，苏荣的心里就是一凉。还好连锁店前台灯火辉煌，接待员的热茶让他好受了一点，笑容满面的办事员更是打消了他的顾虑。

　　这位亲切无比的办事员立刻将苏荣让进刚刚粉刷过的办公室，将他一把按在椅子上，喷出一串话："一直就没找到女朋友？我们这里对你太合适了！你需要什么样的姑娘？什么样的我们这里都有。别担心费用，我们会给你最优惠的价钱，最多的选择。你要是在三十岁以下打八折，独生子女七折半，年收入两万以下六折，如果是属蛇而且是该死的天蝎座则打五折，因为我们老板就是属蛇的天蝎座……"

　　苏荣一时计算不过来，喃喃道："我就想找个好好过日子的姑娘，我要带她回去见爹妈。"

　　"和爹妈住？你真是孝顺儿子。那你需要一个性情文静，懂得体贴的姑娘。"办事员拉过银白色的键盘噼哩啪啦地敲击。苏荣面前的空气中立刻闪过一些青春靓丽的面孔。苏荣对这种空气显示屏还不太适应，他不由得往后缩，害怕姑娘们会扑上来。

　　"斯文纳人，维提切利人还是科莫多人？这些地方的姑娘我们这儿都有登记，会有一个适合你的。"

　　"可是……"苏荣对中介站的资质有点担心，"她们真的不收高额彩礼？"

　　"当然！"办事员激动的手势不慎将键盘掀飞。键盘弹跳起来，落回办事员手边。他抓住键盘，相当肯定地说："星际婚姻中介站是星际联盟指定且唯一认证的合法婚姻中介网络。我们已经在二十五颗星球上建立了分支机构，年成功率47%，迄今为止介绍成功46790对情侣走入婚姻殿堂，你应该完全信任我们。话说回来，你准备拿多少钱娶媳妇儿？"

"我……我有五千块钱，还有这个。"苏荣递上他的铂金钻戒，这是他五年来勤勤恳恳研磨钻石的奖励——公司给他的戒指上镶嵌上了一颗真正的钻石。

"纳兹星的铂金矿大规模开采后，铂金就不值钱了。"办事员说，"不过也还不错。那就科莫多姑娘吧，他们很喜欢这种金属。"

"科莫多？"

"那地方离太阳系三个光年，星际飞船六个月就到。船票、税、检疫费用，还有我们的手续费，打个折扣，刚好五千，你觉得怎么样？"

"那姑娘……"苏荣被办事员说得心慌慌，仿佛这优惠不拿便是吃了大亏，很微弱地说出最后的疑虑，"长得怎么样？"

"小伙子，好姑娘就别挑剔长相。话说过来，科莫多姑娘绝对是能在家里搁得住的，让人放心的贤妻良母。我这话你记住了，绝对不会错。"

3

三周后苏荣收到了星际婚姻中介站的认证密码，用这密码他上网打开了科莫多姑娘们的档案。照片看上去都还不错，介绍文字也差不多。苏荣咬秃两个手指头后终于点中了表情恬静的一位。退出婚介站网页后，苏荣有点空虚的感觉，真没想到"三十亩地一头牛，老婆孩子热炕头"这古老的习惯，到他这一代仍然无法摆脱。好在十一月份就能领到他的科莫多姑娘了，新年带回柳子堡村去，爹妈的心病就去了一半。要是运气好，科莫多姑娘转年生了小孩儿，那爹妈就高枕无忧了，余生都将以抚养孙儿为乐。"就这样吧。"苏荣对自己说，"这年头能娶上媳妇儿，就甭挑剔了。"

星际婚姻中介站恪守信用，果然在九月份就开始为苏荣办各种手续。不同类型的电子表格塞满了苏荣的电子信箱。到十一月中旬，地球海关果然通知他到航天港接人——科莫多姑娘已经完成检疫，被准许进入地球了。

苏荣请了一天假去接他的新娘。虽然他做好了照片和真人之间绝对有差距的思想准备，但那差距仍然大得让苏荣目瞪口呆。他的科莫多姑娘真的如办事员所说，是一个令人放心的姑娘，如果不是她的星际护照上写明性别"女"，苏荣很怀疑那个办事员在开他的玩笑。科莫多姑娘比他还要高两厘米，腿长体瘦，短发，身体所有地方都是平的，丝毫没有女性特征。这样的姑娘放在什么地方都不会让地球男子有非分之想。但是苏荣觉得，比起她晒谷场般的胸部，他更不能接受她的容貌，那就像被收割机铲平的麦地一样，五官都被压进了皮肤里。更糟糕的是，这个科莫多姑娘不会使用地球的任何一种语言，只能依靠星际飞船提供的一个二手翻译机和苏荣对话。

苏荣带着科莫多姑娘冲进星际婚姻中介站本地连锁店。办事员仍然笑容可掬，拿出合同来，上面白纸黑字，签着他苏荣的大名。

苏荣哑口无言，蔫蔫地走回出租车。科莫多姑娘坐在车子后座上，一言不发。"我拿你怎么办才好呢？"苏荣说，虽然他坐在姑娘身边，却竭力不去看姑娘的脸，然后叹了口气，道："我爹妈会怎么想？"

翻译机里的声音含糊不清，勉强能听出个大概，是用很生硬的语气说的本地话："我会做好的，让你满意。"

司机"扑哧"一声笑了。苏荣将翻译机从科莫多姑娘的脖子上摘了下来，把语言设置调整到普通话。他很恼火，但不能在出租汽车司机面前发脾气，只好"哼"了一声。想到公司里的工友正在等他，顿时手足无措。

苏荣去接外星球媳妇儿的消息早就在公司宿舍楼里传开了，没钱娶媳妇儿的人和娶到媳妇儿的人都挤在他狭小的房间里。

苏荣带着科莫多姑娘和她的一箱行李灰溜溜地进来了，等着人们的嘲笑或者讥讽。一进门，却是满眼大红喜字。窗户、家具都贴了红字，喜，喜，喜，看得苏荣心惊胆战。

"来，来，肯嫁给咱们民工的姑娘心肠错不了，先喝杯祝贺的喜酒。"工友中年龄最大的递过两杯酒。科莫多姑娘拿着酒杯的手微微颤抖。"喝吧！喝吧！"众人笑嚷着。

苏荣仰头一饮而尽，酒很烈，呛得他连连咳嗽。科莫多姑娘还在犹豫，苏荣一把夺过她的酒喝了。众人起哄："这人，护媳妇儿，不成，再让他喝！"

喝到晚上，大家累了，纷纷散去。苏荣头昏，从床上抽了条褥子往地下一铺，就躺倒了。科莫多姑娘没喝酒，蹲下身子瞅他。

"你睡床上。"苏荣指着床,"不管怎样,你是从三光年外飞来的,不容易。"苏荣说,也不管那翻译机能否将他的意思准确表达出来。

科莫多姑娘平板的面孔上一点表情都没有。苏荣闭上眼睛,顿时入睡。

半夜,苏荣醒了。科莫多姑娘合衣睡在他身边。苏荣想推开她,但那姑娘缩成了一团,像一条拧干的毛巾。他迟疑了。

据说科莫多那地方女性多极了,是男性的好几倍,那里找个男人嫁,大概也不容易吧。想到这儿,他便往床褥边上挪了挪,让科莫多姑娘睡的地方大一点。

他一动,科莫多姑娘也动了动。过了几分钟,科莫多姑娘伸出手,展开的手掌里是苏荣的铂戒。"这是你的东西。"翻译机里说,"还给你。"

苏荣愣住了。开了台灯的房间里光线昏暗柔和,映照得科莫多姑娘的面容也温和了许多,不似白日那么令人生厌。"你不要?"他惊讶了,"这可是结婚信物。"

"很好的东西。但结婚是为了什么呢?"科莫多姑娘垂下头,"我不知道。"

苏荣没思考过这么复杂的问题,在他看来,结婚好像是人生必然要经历的一个过程,就像回家途中的高速公路收费站,绕不开的。"嗨,为了好好过日子呗。"他挠挠头,"别想那么多。拿好了,这可是贵重东西,别丢了。"说着,他推开科莫多姑娘的手。

4

苏荣歇了两天婚假后回车间继续研磨钻石。科莫多姑娘留在
宿舍里，起初几天闲着，什么也不做，像座石雕一样在宿舍里趴
着，动也不动。宿舍里其他家的娘们儿看不过去，非拉她一起买
菜、逛超市、淘旧货市场，手把手教她用光波炉煤气灶和电饭煲。
科莫多姑娘不多说话，任由她们带着东跑西颠。过了一些日子，
科莫多姑娘似乎熟悉了环境，于是洗衣服、擦窗户、修理旧电器，
总是动着，一刻也停不下来。临近元旦的时候，科莫多姑娘已经
能给苏荣做午餐的盒饭了，而且做得不错，让苏荣在工友中大大
长了面子。现在苏荣能瞧着科莫多姑娘不烦躁了，想想这姑娘尽
那么大努力照顾他的饮食生活，他多少有点感动。而且尽管科莫
多姑娘不爱说话，但家里还是多个人好啊，屋子里的清冷消失了
一大半。车间里一动不动坐上十个小时后回到家，苏荣恨不得瓜
叽瓜叽唠叨到天亮，把一个白天的沉郁都驱赶掉。

元旦那天苏荣狠狠心买了新年套餐的票子，带科莫多姑娘到
三百五十米高的旋转餐厅吃饭。科莫多姑娘坐在落地的玻璃窗旁，
看着脚下灯火灿烂的城市，眼睛似乎要跳出脸去，目光中仿佛有一
小束火焰在跳动。刹那间，苏荣有种恍惚的错觉，仿佛科莫多姑
娘只是戴了面具，面具后姿容绝色。他及时制止自己的胡思乱想，

那样的话科莫多姑娘还会嫁给他吗？丑女配拙夫，他们挺合适。

　　思绪翻飞间电话来了，是星际婚姻中介站的售后服务调查。电话那头例行公事般陈述："先生，您的合同售后服务期将在今夜十二点结束。从今夜十二点后，本公司将不再对您的合同发生的任何问题负责。"

　　"还能有什么问题？你们以后不要把客户的照片 PS 得太厉害就好。"挂了电话，科莫多姑娘正愣愣瞧着他。

　　"没事没事，那个星际婚姻中介站搞什么调查，好像你是一件商品，出了问题他们概不负责。"

　　科莫多姑娘点点头，又急忙摇头，她的翻译机说："以后不要来这里了，很贵的。"

5

　　元旦过后，苏荣意外地接到了公司海外分部的三年工作邀请，薪酬是这边的四倍。苏荣没法子不动心，这样干三年回老家做个买卖的本金就出来了，以后的日子就等着芝麻开花节节高吧。可是不能带科莫多姑娘走，只能把她送到柳子堡村去。

　　苏荣坐下来和科莫多姑娘说柳子堡村是个什么地方，他爹妈是什么样的人，这三年多见不着他了，要在那地方好好和爹妈处。

　　科莫多姑娘单调的面孔上依然没有表情，只是翻译机里波澜不惊地说："你去吧，放心。"

　　苏荣觉得谈无可谈，忽然问："我送你的戒指呢？"

　　科莫多姑娘小心翼翼地将戒指取了出来。戒指不沾染一丝一毫的污垢，洁净得不似人间之物。

　　"给你买的东西怎么老不戴上，要给村里人笑话的，一个戒指都不给媳妇儿买。"说着，苏荣就把戒指套在科莫多姑娘左手的无名指上，"别摘下来，听话。"

　　科莫多姑娘摩挲着那手指头，忽然亲了亲戒指。

　　苏荣觉得她这动作很可爱。

6

　　爹妈在长途汽车站接到苏荣的外星媳妇儿，一半吃惊一半欢喜。信上知道这件事和亲眼见到科莫多姑娘所受到的心理冲击完全不同。直到戴上苏荣新买的翻译机，听到科莫多姑娘的一声"爹！妈！"两位老人才热泪盈眶，确信眼前这瘦高女子是他们的儿媳妇儿。

　　晚间，村子里的人过来串门。科莫多姑娘还不习惯盘腿坐在炕上，长手长脚特别明显。三大姑八大姨磕了两斤瓜子一斤花生，嘻笑着散去。回屋说见到苏家新媳妇儿了，苏家真是想要儿媳妇儿想疯了，娶回来这么个人物，看那样子，生养不了的，白糟蹋钱。

　　这话没多久就传到苏荣爹妈的耳朵里，两人只当没听见。科莫多姑娘的翻译机听不懂村子里的方言，等同于什么也没听见。三个人关上院门，踏踏实实过日子，养鸡喂猪种蘑菇，卖得的钱买了好多烟花爆竹。除夕夜苏家院子里放了五彩斑斓的烟花。科莫多姑娘也穿了五福图案的棉袄，站在北房门口看着漫天的烟火发呆。"媳妇儿，你也来放。"爹喊她。科莫多姑娘摇头，微笑，只是远远站着。

后来苏荣爹妈回忆起来，科莫多姑娘不但怕火，还怕热。她来的第一天，爹妈特意将火炕烧得暖暖的，怕冻着她。谁想早起见她睡在冰冷的地上，从此往后她的炕总是冷的，四季如此。除此之外，两位老人觉得科莫多姑娘几乎没有任何缺陷，说话少，干活儿多，需求少，为老人考虑得多。渐渐的，他们觉得这姑娘平板样的脸上也有了丰富的表情，越看她的面容越舒服了。

日子平静地过去了，一年，二年，苏荣的归期终于屈指可数。苏家爹妈望着科莫多姑娘笑道："难为你等这么久。苏荣回来，你要给咱家添个娃。"科莫多姑娘听懂了，没接话，脸颊却分明有一丝红晕。

忽然苏家收到了苏荣公司的信。信上说由于发生海啸，在海边休假的苏荣失踪，确定死亡。一时间苏荣妈昏死过去。

苏荣爹妈领到了公司的抚恤金。苏荣爹对科莫多姑娘说："你妈病倒了，你还年轻，别在我家耗着了。"

"妈要怎么才能好呢？"科莫多姑娘问。

"还能怎么好。就这么一个儿子，没有了，也没生个娃，苏家这是绝后了。"老人苦笑，"我和你妈熬一天是一天吧。"

"要有个孩子就好了，是吗？"科莫多姑娘问，"好吧，会有孩子的。"她说。

那以后苏荣爹就再也没提起过让科莫多姑娘走的事情。妈躺在炕上下不了地，科莫多姑娘端茶送水做饭做菜，甚至倒大小便，依然那么勤快。可是有些奇怪的东西在这外星姑娘身上发生着，妈感觉到了，但她说不清楚是什么，似乎是只有在即将孕育生命的女性身上才能感觉到的，一种奇特的味道。妈立刻有了不好的猜测，可是她没有证据。而且科莫多姑娘几乎二十四小时在她身旁，连睡觉都睡在她炕下的地上。

苏荣的噩耗过去三个月后，一个仲夏夜的晚上，苏荣妈听到科莫多姑娘在地下呻吟。"怎么了？"老人家惊问。

"妈！"科莫多姑娘的翻译机缓慢地说："我有孩子了。"

一个六斤重的女婴，大眼睛、高鼻梁、薄嘴唇，送到苏荣妈手上。老太太抱着娃儿，有哭的冲动。

"我的孩子，姓苏。"科莫多姑娘道。

苏荣妈没去追问科莫多姑娘孩子的来历，她的病很快就好了。

一个女娃子给这清冷的小院带来了无限活力。娃子长得很快，到喝腊八粥的时候，她差不多像地球的三岁孩子那么大了，而且长得很漂亮，丝毫不像母亲。

"可以带她出去串门了，说是苏荣的孩子没有人会怀疑吧。"苏荣爹说，"也该上户口了。"

这时候，苏荣走进院门来，正房里的人全都呆住了。

苏荣望着吃惊的父母，以及在科莫多姑娘怀里的孩子，一时间也呆在原地，不知道该问些什么。

7

原来苏荣死里逃生，并没有遇难。

他回乡的第二个星期，带着科莫多姑娘和孩子到省城做亲子鉴定。苏荣爹妈不放心，也一路跟来。苏荣铁了心要查明真相，不管真相是什么，他和这奇怪的外星姑娘的缘分算完了，他再也不想见到她了。

科莫多姑娘没有解释，安静得如她到地球来时那样，走进检测室。

鉴定进行得很快，午饭过后苏荣就拿到了报告。但是鉴定中心的主任似乎并不甘心将报告给他。

"那孩子的妈妈，能不能再让我见一下？"主任问。

"她和我父母在一起，怎么了？"苏荣没好情绪，只想赶快翻开报告。

"太奇特了，我们从来没有记录，哺乳动物也能这样。她是科莫多人？"

"那又怎样？我有她的地球检疫报告，她很健康，和地球人没什么两样。"苏荣不耐烦。

"真的一样？小伙子，你知道吗，你这孩子根本没有父亲，她的基因里没有任何父本，只有母本！她的基因和她的妈妈一模一样！也就是说，她是单性生殖的产物！"

苏荣被主任的话搞糊涂了。他想到了那个笑咪咪的办事员，还好，那办事员依然在星际婚姻中介站工作，电话都没有换。

"你问我那科莫多姑娘到底有什么问题？这个……真是很难启齿。你知道那星球上男性很少的。在那种情况下，科莫多人也得繁殖不是。他们的姑娘身体里似乎有一些腺体，可以分泌激素来促使卵子发育成胚胎，大概是这样，反正谁也没弄明白。但是姑娘这样做好像要付出很大代价，寿命减短什么的。"办事员打开了话匣子。

苏荣心一沉，挂断电话直奔旅店。爹妈和那女娃子都在，但科莫多姑娘却没有踪影了，只有她戴了三年的铂金戒指静静躺在桌子上。

泰坦故事

　　"你出生的时候……"妈妈一直喜欢用这句话开头。她捏着我软软的手脚，拍着我的脸蛋，若有所思或者假装生气道："爸爸在土星呢，我可是差点就生不出你来了。"

　　你又搞错了，笨女人，爸爸在土卫六呢。我受不了这女人一千零一遍的罗嗦，蜷缩起我的身体，并且大声地警告她。

　　妈妈立刻放开她的大手，惶恐地抱住我，连声哄："宝贝，怎么了怎么了？笑一个，不要哭。是不是想爸爸了？妈妈也想。你想不想？嗯？"她亲吻我的额头，"告诉妈妈。"

　　可是我才四个月啊，笨妈妈，我说话你听得懂嘛。

　　爸爸常劝妈妈应该多关注科技节目，不要整天守着电视看古装言情剧。每当这时，妈妈便挪动她庞大的身体，颇不屑地辩驳：

"那我看什么？科教频道不是犯罪现场解析就是千年女尸解谜，对我们的孩子有什么好处？"

爸爸便无可奈何地笑笑，习惯性地扶正他的眼镜，弯下腰贴住妈妈的腹部，"宝贝，你妈妈希望你不要有暴力倾向，要仁爱。"他的笑声穿过皮肤，在子宫里回荡，非常温暖明亮的声音。我喜欢，我想立刻跳到外面去见他。于是他又笑道："宝宝在动呢，亲爱的，宝宝很活泼！"

"那当然。"妈妈的声音充满骄傲，"我说了这孩子皮实得很。从月球到土星，什么事儿都没有，你还拦着不让我来。"

聂叔叔豪爽的声音夹杂进来："他也是为你好，咱们气站从来没孕妇上来过，条件不好。"

"不好我还不是来了。要是在月球上等着分娩，我非疯掉不可。现在多好。"她抚摸着隆起的腹部，子宫在她手下微微起伏，我被连带着晃荡，"我一到这里就要生了。"

"不知道我们多担心你。"聂叔叔说，"小姜整夜都睡不着。"

"你们什么时候有过'夜'？"妈妈反问，"据说你们就是吃了睡睡了吃，吃睡间隙打打游戏，不干正经事。"

"要真是这样我们早就被扔到土星旋风眼里了，我的弟媳妇儿。"聂叔叔洪亮的笑声透过子宫壁，震得我浑身发麻，他真是个体力充沛的家伙。聂叔叔补充道："哪儿能那么轻松？还有甲烷呢！这些甲烷没完没了，没了没完，等到你儿子的儿子的儿子都搞不定。"

妈妈冷笑道："呵呵，我儿子干嘛还和甲烷较劲。人家现在已经是明星了。"

人类在上个世纪中期证实土星的第六颗卫星泰坦上有大片甲烷海洋，过了一个世纪后，人类才掌握足够的技术开发这里的甲烷资源。然后宇宙燃料开发公司就迅速在泰坦星附近建起气站，采集泰坦的甲烷，装罐运走。

爸爸和聂叔叔便是这样一个气站的管理者、工作人员和会计。有时他们也会得到燃料公司派发的其他任务。

"救援'达尔文号'？"聂叔叔的声音远远飘来，含着一丝惊诧，"那不是一个探测器吗？它怎么了？"

妈妈便向她的护理兼节目策划导播，有着清脆声音的晓白阿姨说："你不知道，他们这公司经常接些乱七八糟的活儿，公司一大，就要承担社会责任了。"

"'达尔文号'在做一个重要的实验。"晓白阿姨说。她的音调仿佛水在流动，我最喜欢听她唱歌，妈妈说她会为我的节目配音，这让我更加迫不及待想到外面的世界去。"我查查，啊……有了，'达尔文号'土卫六探测器将在土卫六的海洋中释放催化剂，以继续十年前开始的地球生命起源模拟实验。"晓白阿姨立刻查到了"达尔文号"的资料。她的网络数据链走的是传媒系统，比气站的高了好几倍速度。

"模拟地球生命起源？"妈妈嘴角一定是带着笑的，她注视我的目光得意洋洋，"我大学时差点选这个题目做论文。"

"民众关注度 0.309%。"晓白阿姨却摇头，"没有传媒会喜欢这个节目。还不如你的儿子，他的关注度又上升了 0.15 个百分点。"

"那是因为像我这样疯狂的女人不多吧。"妈妈大笑,"我的儿子会是在土星圈诞生的第一个孩子,他是土星人!"

"我们要下去。"爸爸的声音在妈妈的笑声中显得软弱无力,"'达尔文号'遇到麻烦了。"

"你什么时候回来?"妈妈撒娇道。她是个美丽的女人,丰润的面庞上有大块的妊娠雀斑,她有权力撒娇。我喜欢伏在她暖暖的胸膛上,吮吸她香甜的乳汁,将她无尽的活力也一并吸走。

"搞完了就回来。"爸爸说。

"谁想在零下两百度的地方多待?弟妹,你放心好了。"聂叔叔补充。

"我在这里,我要生孩子了。"妈妈断然下令,"你们必须早点从那该死的土星回来。"

"是土卫六。"爸爸第 N 次纠正妈妈的语误,"'达尔文号'有一些故障,控制上出了问题,初步断定是机械性的,修理需要六十个地球时。"他的声音有些发飘,"'达尔文号'上的催化剂会泄漏,会引发环境灾难。"

"扯,总部这话你也信?什么时候我们关心起土卫六的环境了。"聂叔叔将爸爸拉到一旁,"晓白姑娘,这不该在你的节目内容之中。"

"别紧张,我没有抢新闻的任务。但我会通报我的主管。"晓白阿姨慢条斯理地说,"不过,等他反应过来,'达尔文号'的报道组已经第一时间报道这消息了。"

"可能吧。反正六十个地球时内我们得让'达尔文号'重新工作。走吧，小姜！"聂叔叔喊道。

"我的预产期也是在六十个小时内。"妈妈哼哼道，"我可不管什么土卫几，姜霄云，我只要你回来！"

妈妈真是不可救药，我从没有见过那么笨的女人，居然死活分不清土星和土卫六。连我都清清楚楚了，土星是一颗好大好大的星球，能装得下几百个地球，而土卫六只是一颗围着土星打转转的大卫星。

"很特别的星星。"爸爸神秘兮兮地说，"它有大气，儿子，太阳系里有厚密大气的星星可不多，尤其是卫星。"爸爸放音乐，呜呜咽咽的声音让我昏昏欲睡，曲子过度缓和了，仿佛阳光正在土星光环末端渐渐消失，小小的气站重新被黑暗笼罩的时刻。"这是土星组曲，儿子，你要喜欢。"爸爸自鸣得意。

"你那么肯定是儿子？"妈妈像个小女生一样咯咯地笑。

"当然！"爸爸说，"他告诉我了。"

爸爸真是很聪明的人，只有他能听懂我说的话。隔着妈妈的肚皮，我在子宫深处呢喃，叙述从基因和血液中获取的信息——呼吸、吸收、排泄、感知……我从一颗受精卵开始，发育出器官、肌肉、皮肤、骨骼。有那么几个地球日，我每分钟就会生长出二十五万个神经细胞，源源不断的信息填塞进这些细胞，让我充实，也更饥饿。子宫毕竟是太小的世界，我对它已经烂熟于心。

爸爸一边倾听着我的成长，一边给我讲土卫六的故事。漆黑

的甲烷海洋缓慢流动着，甲烷雨泼洒在海面上；陆地被一层沉淀
了碳氢化合物的泥土覆盖，平滑得仿佛有人用推土机碾过；厚密
云层的缝隙之间是暗红的天空，到处充溢着甲烷气化的烟雾，还
有刺鼻的气味。

"有人形容它是地狱。"爸爸说，"地球上的生物最初就是从这
样的地狱里诞生的。宝贝儿，宇宙没有坏星球。"

聂叔叔已经在气站工作了一百个土卫六年，爸爸也工作了快
五十个土卫六年了。尽管土卫六的一年只有十六个地球日，但能
待上那么久，我还是觉得他们很了不起。爸爸操纵的采集船要穿
越两千七百多千米才能到达土卫六地面，是艘了不起的飞行器。

我对土卫六地表的认知便是在爸爸的声音中一点点拼凑起来
的。土卫六的地表没有火星那样雄壮的山峦，也没有木星那样巨
大的气旋，但是绝无仅有的地质与大气结构使这卫星有了"原始
地球博物馆"的称呼。不过零下两百度的低温阻挡了大部分旅行
者的足迹，因而土卫六得以保持人类发现它时的原始面貌。

真好，我想到土卫六的甲烷海洋里去游泳，那不会比在子宫
里游泳更困难。

爸爸他们走后妈妈无所事事，翻看着网络上人们给她的留言
打发时间。随着她临产时间的接近，留言骤然增加。晓白阿姨不
得不调整直播的网络数据链，以加快留言的速度。

"我是不是在做一件蠢事？"妈妈忽然问，往日坚定的语气荡
然无存。

　　晓白阿姨一定在手忙脚乱地准备，她心不在焉地道："怎么会，我觉得你聪明极了。"

　　"是吗？"妈妈半信半疑，"我妈妈他们都很担心，毕竟大家全是回地球生产的。"

　　"所以你才得到了关注度。天啊，已经上升到 3.72％了，你知道这意味着什么吗？"晓白阿姨的声音发颤，"我从来没想到过，亲爱的，谢谢你！"

　　"什么？"妈妈不明白。

　　"你知道关注度的统计基数是多少吗？亲爱的，你的宝宝已经是明星了，他前途无量！"

　　"可是这里只有我们两个人。"妈妈摇头，声音懒懒的，"只有我们两个。"

　　晓白阿姨握住妈妈的手，"别担心，机器人医生非常可靠，而且我们还有远程医疗站监护。"

　　是的，别担心，妈妈，我会顺畅游出子宫，扑进你的怀抱。

　　好像子宫听明白了我的话似的，一股强劲的力量忽然将我往子宫口推。

　　"啊！啊……"妈妈忽然惊叫，她捂住腹部，"是宫缩！他要来了！"她挣扎着站起身，刚才柔弱的面貌消失了，"我们开始吧！"

　　"你放松。大家都看着你呢，没事的。"晓白阿姨宽慰道。

　　我终于要出去了吗？我向外挤。

　　妈妈一个趔趄，险些摔倒，幸好机器人医生抓住了她，并将她一把举起，放在产床上。

爸爸说我出生的时候他有感觉，他当时突然抓住聂叔叔的胳膊，第一次将这大个子拧痛，"我儿子！"爸爸兴奋得语无伦次，"他要出生了！"

"他妈的！你要不集中精神，就一辈子都见不到他了！"聂叔叔吼了一声。爸爸闭上嘴，可是整个身体都在颤栗。

"我不能不粗暴一点，我们当时在狂风区，刮着时速三百公里的大风，你爸爸不抓紧控制杆，我们就都得被风吹走。别说救'达尔文号'，我们自己的命都难保。"聂叔叔后来说起这一段故事的时候辩解道，"再说，你爸爸把我胳膊都拧青了。"

"可是我有儿子了，我有儿子了！"爸爸傻笑，不介意被聂叔叔揍了一拳。

爸爸他们用了九个小时才到达指定海域。那是土卫六北极附近的一片海水，差不多有黄海的面积，而且三面环山，相对封闭。地球生命起源模拟实验就在这里进行，据说十年中已经取得了很大成就，这次投放催化剂是为了将实验的速度加快，能让研究者在可观察的时间内看到结果。毕竟地球用了几十亿年的时间才有了现在的生物体系。

我不知道我到了十岁的时候会不会问"我是谁？""我从哪里来？"之类的问题，据说每个人在成长过程中都会产生这样的困惑。所以当人类文明摆脱婴儿期后，就很自然地提出这个问题——人类从哪里来？我绝不相信神仙造出人类的传说，也不相信单一的地球生命起源说和彗星撞地球带来宇宙微生物的地外生命起源说。人类为了解开这一谜题，地球生命起源模拟实验开始了。

　　地球生命起源模拟实验曾经在地球的一些实验室进行过。研究者模拟地球早期大气并通电引爆（模拟闪电），真的得到了一些蛋白质，但由此认为生命就这样起源了，却遭到了强烈反驳。因而一些研究者迫切希望到与早期地球大气环境相似的土卫六上来，用三十至五十年时间，在指定的土卫六地区采取天然方式创造生命。

　　"他们想当神吗？！"妈妈艰难地问。她已经忍受了十个小时的宫缩，对爸爸他们的工作效率嗤之以鼻。而我因为头滑入盆腔感到很不舒服。一直保护我的羊膜破裂出一个一个的洞洞，我熟悉的膜液四处流淌，堵塞了我的出口。我累了，我得休息一会儿。

　　这让妈妈情绪镇定下来。晓白阿姨便和她聊"达尔文号"的事情，希望分散她的注意力。

　　"也不是了，搞研究的人都希望有个结论。"晓白阿姨说，"他们认为阳光照射到甲烷和氮气后，阳光中的紫外线就触发了这两种气体之间的化学反应，产生浮质微粒。这些微粒聚集形成厚的薄雾层，为星球提供了相当多的有机物，如果再有合适的条件，就能产生生命。"

　　"他们要在甲烷海洋里加作料？"妈妈这样称呼那些催化剂，斜睨晓白，"哦，这些谈话就不用播出去了吧？"

　　"嗯，我知道版权问题。"晓白轻轻叹气，没能获得"达尔文号"的新闻报道权是件痛苦的事情，她现在只能看着控制室里的信号屏幕啃手指甲。

妈妈忽然皱眉道："要是这次成功了，能算是在土卫六上创造生命吗？"

晓白这次很肯定地说："不会，我们如果能造出一个大分子就已经是奇迹了。至于分子能不能发展为生命，天晓得。"

"胚胎。"妈妈疲乏地笑笑，"需要一个好妈妈。"

响应她的呼唤，我开始蠕动。

"见红了！"一个机器声音道。我以为机器人医生不会说话，其实他们说得很好，可惜他们长得真不像人。

"开始吧！"妈妈张开她的双腿，鲜血与白色的体液混在一起，流下她雪白的肌肤。

"孩子会顺产的。"机器人医生又说。我希望一切顺利，别给妈妈找麻烦。

爸爸他们这时候找到了"达尔文号"。这探测器漂浮在甲烷的海洋上，在细碎的甲烷雨中像一条死鱼。爸爸将采集船的飞行高度降低一些，小心翼翼地接近它，释放出一个机器人。与"达尔文号"控制台的数据链接不是很通畅，所以打开"达尔文号"的入口花了一点时间，好在机器人终于钻进探测器里去了。

"'达尔文号'里面乱得像土星 B 环。"爸爸告诉我，"要我设计管道线路的话起码会清爽五倍。"机器人检测的范围有限，因此爸爸和聂叔叔在采集船上待了四个小时找故障。爸爸将网络屏幕放在手边，随时瞅一眼妈妈的实况，但是屏幕上的画面粗糙而抖动，他什么都看不清。

　　爸爸气得骂人，然后确定被卡住的机械手是无法用工具修复的，因为它的控制程序中出现了一段错误。

　　"我们是搞机械的，不管程序的事，也不懂。"爸爸对控制台说，"程序你们自己调整。"

　　"来不及了！修改程序起码需要二十个小时，而催化剂一旦泄漏后果不堪设想。"控制台回答。

　　聂叔叔厌烦道："有什么不堪设想？不就是想在这儿培养几头史前生物吗？集中播撒与均匀播撒有什么本质区别吗？"

　　"达尔文号"的控制台过了很久都没有反应。爸爸暴躁得乱调网络链接，因为妈妈的图像无法刷新而骂粗话。聂叔叔说爸爸那么文雅的人是把一辈子的粗话都说完了。

　　就是在这时，爸爸突然问："没有'达尔文号'的实况直播，这正常吗？"

　　在这做个烙饼都要网络实播的时代，即便"达尔文号"的关注度很低，也不该被公众忽视到如此程度。

　　"也许晓白你知道怎么回事，我对传媒制度不了解。"爸爸用气站的网络系统找到晓白阿姨，临了不忘发牢骚道："我妻子的分娩直播我都看不到了！"

　　控制台的回复到了，他们说燃料公司方面答应全力配合。如果实在没有其他方法修复"达尔文号"，那么最好将探测器整体送回火星基地。

　　公司方面的官员随即出现在屏幕上，和大多数住在火星城里的人一样，他生活舒适，衣着光鲜，数百万公里外的土卫六在他看来只是星际全息投影地图中的一个小点。他发号施令道："探测器先放置在安全的地方，你们抓紧时间将催化剂搬上采集船，带回来！"

"这些老爷们！"爸爸愤恨道。装催化剂的容器根本无法从机器人入口取出，他们只能将"达尔文号"拖到岸边去，手工打开它。这意味着也许六十个小时内无法回到气站上去。

"别担心，弟妹会顺利生产的。"聂叔叔安慰他，"况且你在那儿也帮不上忙。"

"但那是我的第一个儿子。嗨，不说了，赶快把这破事儿处理了。"爸爸敲敲屏幕上的"达尔文号"。

产道口已经张开，妈妈平静地呼吸着，在焦虑中等待着，想像着。"那是幸福的等待。"妈妈后来告诉我，说罢便抱住我。我贴紧她的脸颊，咯咯笑。妈妈记得那天所有的细节，我的任何表情，任何动作。

晓白阿姨利用这个空隙再搜索"达尔文号"。网络是神奇的，"达尔文号"的所有报道不足一百九十个搜索条，比起我的报道差了不是一两个数量级。

"他们没有跟随的报道组，这不正常。"晓白阿姨相当有新闻敏感度，"我会留神他们的。"

"晓白，也许他们要低调……"妈妈在喘息间隙道。

"不，是媒体认为科学仅仅是小部分人的事情，与大多数人无关。"晓白阿姨搓动双手，很是兴奋，"如果我同时开两个直播，我的主任会不会疯掉？"

"版权！"妈妈提醒道，几乎要昏过去。

"知道。"晓白阿姨眼珠子骨碌碌乱转，"这会儿申请版权哪儿来得及，我就用老姜做引子，把这独家新闻带出来。"

妈妈对晓白阿姨的主意颇为赞赏，但她转瞬就什么都不想了，因为我已经完全进入了产道。那是一条狭窄崎岖的通道，只在很远的地方有微弱的亮光。我被挤压，非常不舒服。我的痛苦传递到妈妈身上，她也浑身疼痛着，喊叫起来。

低空飞行的采集船拖动"达尔文号"在粘稠的甲烷海洋中行驶。

爸爸的网络链接终于正常了。妈妈的分娩正在关键时刻，机器人医生和晓白阿姨，还有一个四维摄像头围着妈妈打转。妈妈咬紧牙关，艰难地做腹压和提肛肌收缩运动。

气站的产房布置得和地球上一样，除了要用宽带将妈妈牢牢捆绑在产床上以外，妈妈的分娩过程和其他人类妇女完全相同。我真不明白为什么有那么多人兴致勃勃地挤在网络上观看。

"再加把劲儿！"晓白阿姨给妈妈打气，"孩子就要出来了。"

但是我还在产道里，俯屈、内旋转、仰伸、外旋转，子宫剧烈收缩着，将我和胎盘往外赶。妈妈的子宫那么温暖潮湿，当我必须离开的时候，我忽然恋恋不舍。

"呼吸！深呼吸！大口呼吸！"机器人医生冷静地指挥着。妈妈居然还看了一眼镜头，她为了直播化了淡妆，即便在极度的痛苦中，她还是努力挤出了一个笑容。

妈妈一定想早点看见我吧？这么想着，我顺着产道滑下去，脐带缠绕了我的身体。

　　采集船终于将"达尔文号"拖上岸。爸爸赖在采集船上不肯出去，聂叔叔大怒，再次动手打他。催化剂装在一个长两米，直径半米的金属罐中，单凭一个人的力量根本无法挪动，而采集船上的机械手臂需要安装与操作。

　　"你他妈要生小孩儿！可催化剂扔在这儿土卫六就该生小孩儿了！"聂叔叔狂暴起来仿佛雷神，他是我童年唯一害怕的人。"你要还是个男人就下去！"他狠踢爸爸，爸爸只好穿上特种工作服。要抵御土卫六恶劣环境的工作服零件众多，沉重而笨拙。爸爸穿好后就跳出采集船，用一个助推降落器落到"达尔文号"旁。

　　雨停了，云层散开了，露出大块桔红色的天空，土星与木星像是印在上面的两个淡粉图案。爸爸说，那时他看着在阳光中渐渐清晰的海面、山峦以及"达尔文号"，忽然产生一种澎湃的激越情绪，新生命将诞生的喜悦扩大到星球，到宇宙……如果不是那工作服的麦克直接与公司中央控制厅链接，爸爸简直兴奋得要引吭高歌。

　　"老聂，把机械手放下来吧。"他怪温柔地对搭档说。

　　"用力！已经看见孩子的胎发了！"
　　"深呼吸！"
　　"所有生理数据正常。"
　　我的头慢慢伸出来，出口处微弱地亮了。

　　"达尔文号"再次被打开，这次爸爸和聂叔叔没费什么事就找到了催化剂罐。把罐子吊装上机械手，缓缓拖出"达尔文号"，他们小心而快捷。

　　"这探测器可以做得更好一点。"离开"达尔文号"时聂叔叔说，"真可惜，内部太糙了。"

　　"那得让咱们公司赞助经费。"爸爸笑道，他在模仿聂叔叔的口音。爸爸操纵着机械手，将罐子竖立起来，准备发送到采集船上去。

　　"要是这海里长东西，咱们怎么清理？"聂叔叔望着两米高的催化剂罐，停顿几秒，他放慢声音问："小聂，杨氏产甲烷球菌变种三号是什么？"

　　爸爸愣了几秒，有些模糊的印象，但他不能确定，他需要网络公共信息库的支持。

　　"在这里。"聂叔叔指指罐体底部一串标示文字后的几个小字，"杨氏产甲烷球菌变种三号。你这学生物的，有印象吗？"

　　"都多少年前的事情了，忘了。"爸爸将通讯切换到气站这条线上，晓白阿姨立刻接通了他。

　　"恭喜，是个男孩儿，六斤七两。"晓白阿姨说。

　　"杨氏产甲烷球菌变种三号，马上查查它。"爸爸声音里的焦灼吓了晓白阿姨一跳。

　　"你们没事吧？"她关切地问道。

　　"没事，就是不知道这个什么变种三号是什么，你用你的网络查查，你的比我们的好。"

那一瞬间，爸爸说他有种不好的预感。他和聂叔叔站在土卫六的海滩上，凝望着没有生命活动却并不荒凉的世界，不发一言。

两个世纪前，在地球深海的火山附近，科学家发现了杨氏产甲烷球菌。这种细菌吸入火山口排放出的二氧化碳、氮和氢，释放甲烷，完全不依靠有机碳生存。

作为这种细菌变种的杨氏产甲烷球菌变种三号，与它的祖先恰恰相反，它呼吸甲烷，主要释放二氧化碳，可以说土卫六是最适合它的环境。

"这就是他们打算在生命起源模拟实验中使用的催化剂？"爸爸说，"晓白姑娘，不是我们认为的化学药品或者物理手段，而是直接在土卫六的海洋里播种活体细菌！"

"那有什么问题吗？"晓白阿姨有点不明白。

"有很多问题！生命不止有一种起源方式，而进化到摆脱自然的干扰，能够创造自然的那个物种，只是在无数偶然中的必然。"爸爸无法在通讯中整理凌乱的思路，"千言万语汇成一句话就是，我们人类不应该也不可能做上帝！"

我深吸一口气，外面干燥而寒冷。拖在我身后的脐带被切开，我没有感觉到疼痛，我知道，我与子宫的关系就这样断裂了。

"就是这么个家伙啊？"妈妈的声音。我抬起头，是妈妈，我认出了她，美丽而圣洁。"他好丑，像块抹布皱皱巴巴的。"妈妈笑了，笑牵动了伤口，笑里带着疼痛，好看。我裂开嘴，学着她的样子。妈妈的眉眼都笑没了，摇动我的手。

　　"恭喜你做了爸爸，现在全宇宙的人都在看着你。"晓白阿姨的直播屏幕上出现了爸爸愕然的表情。晓白阿姨的画外音继续："你有什么要和热心的观众说的吗？他们可是一直关注着这个宝宝的出生。这是人类第一个在土星出生的宝宝，而且出生过程非常顺利。"晓白阿姨似乎对妈妈没有死去活来生下我感到遗憾，她事先准备的五种预案一个也用不上。

　　"我……"爸爸知道应该回答什么，感谢媒体感谢观众感谢妈妈之类的话很体面，但他说不出口，他满脑子都在想杨氏产甲烷球菌变种三号。

　　"姜先生？"晓白阿姨催促道。

　　"我很忙，在救援'达尔文号'。这探测器要在土卫六的海洋里撒播杨氏产甲烷球菌变种三号。这是一种吃甲烷的细菌，会呼出二氧化碳，从而改变土卫六的大气结构，增温。还有，土卫六丰富的有机物会变异。"爸爸大声地飞快地说着，他的声音瞬间从网络上传出去，如一石投水，惊起无数涟漪。

　　舷窗外是硕大的土星和桔红色的土卫六。爸爸呢？他怎么还不来？我数着手指头和脚指头，反反复复。身旁的妈妈已经睡去。从土卫六回到气站，把催化剂罐放好，应该用不了那么久吧？

　　爸爸蹑手蹑脚地走过来。我听到了他的呼吸，兴奋得想抬头看他，但我只能伸展我的肢体，等待爸爸的脸在我的头上方出现。他瞧着我，很不可思议的表情。他伸出手触碰我的皮肤，又立刻

缩回去，仿佛我是一件珍宝。"你好。"爸爸轻声说，"欢迎你到
泰坦来。"他亲亲我的脸，表情终于舒展开。

　　爸爸捏了捏妈妈的被角，"我把甲烷细菌的事情公开了，也许
会有麻烦。可是不说，我做不到。"他把身子放平，挨着我和妈妈。
几分钟后，他就打起呼噜来了。

月 瘤

1

"不！不！我不行，我不行！"朱玫惊叫着猛然睁开眼睛。

"怎么了，朱玫你没事吧？"隔离窗外的护士 J 立刻问道，关切的声音通过枕畔的喇叭传出，温柔地送进朱玫的耳中。

"我，我……"朱玫结结巴巴答不上来。周围恬静的天蓝色墙壁和淡雅的象牙黄色机器给她一种很不真实的感觉，"我在哪里？"说着她双手一撑，坐了起来。床垫立刻发出"格吱格吱"的声音，似乎承受不了她的重量。朱玫皱着眉头，女人的天性立刻发作，"你们这床垫是处理品吧，弹簧都没弹性了。"声音采集圈不怎么好用了，朱玫的声音听上去干瘪而沙哑。

"我早说要换，可申请报告多得填不完。"J 苦笑道，"谁叫这是月球呢，什么都必须从地球送来。核算一下成本，一个针线盒花的运费能抵得上我一个月的工资呢。"

"东西真贵。"朱玫顺口说着。突然她翻身下床，"月球！你是说我现在在月球上吗？"

"当然。"J点头，"这里是月球国际科学考察站酒海基地。"

朱玫愣住了，走了几步又跳了跳，很是怀疑地说道："忽悠我吧，这儿的重力比地球上还正常。"

"这儿是月瘤区，月球的重力异常地带。"J耐心解释道，"这里的重力与地球北半球重力平均值所差无几，在这里最有在地球的感受，所以月球医院设在了这里。"

J的这几句话并没有把朱玫安抚下来，反而使她更加焦躁不安，她冲到隔离窗前敲击着玻璃。J打开所有的灯，让朱玫看清楚自己。朱玫瞪大眼睛盯住J，这让J有些不安，问道："你刚才是不是做噩梦了？"

朱玫没回答，目光落到J身后，那里有一扇门正被缓缓推开，清冷灰白的月面死一般静寂，一些缥缈的影子在那里出现。

"不！我不行！不要是我！"朱玫抱住头歇斯底里地喊叫着。

"你镇定一点，没事的。"J一边说一边按下控制台上的两个按键，贴在朱玫腰腹部的医疗监视带立刻向她皮下释放镇静剂。药效片刻起效，她有些昏沉地扶住隔离窗，瞅着那扇开动的门。

门外没有月面，只是长长的白色走廊。走廊那头过来了两位男士，前面的瘦高个儿穿着蓝大褂，扎着红色领带；后面的矮胖子穿着蓝白格子衬衫，头戴黑色棒球帽。

"嗨！J，朱玫醒了吗？"瘦高个儿热情地招呼道。他隔着玻璃冲朱玫笑着说道："嗨，你好朱玫，我是何斌，你的主治医师，这位是基地副主任 Milo。"他拍拍那矮胖子的肩膀，"他负责你的一切事务。"

Milo 望着朱玫默默地点点头。

"主治医师？"看着两个神情截然不同的男人，朱玫按着疼痛得要爆裂的额头，尽量保持理性地问道："我怎么了？发生了什么事情？"

"你一点都没有印象了？"Milo 反问道。

"我，我……"那扇门又开了，那些影子在那里晃动……朱玫揉揉眼睛，门好好关着，门上什么也没有。

"你摔得不算太严重，只是有些轻微伤痕，呼吸系统沾染了大量月球尘埃有点损害。隔离是为了对你进行防疫和杀菌治疗。"何斌是个乐天派，笑起来满口璀璨的白牙，透着一股子自来熟的亲切感。他接着说道："别担心，事儿不大，再有四个小时你就能搬到普通病房里去了。"

"等等，我在哪里摔的跤，我完全记不得了。"朱玫敲打着额头，"我失忆了。"

"短暂的失忆症很正常，要是我从那么高的地方摔下来也会这样的。没事儿，你很快就会好起来的，可以继续月球背面的旅行。"何斌笑着说道。

"你是说……我在月球背面旅行时摔了一跤，然后就被送到这里隔离杀菌？"朱玫越听越糊涂。

"月球尘埃非常细微，会侵入你的肺部，损害你的身体健康。如果尘埃进入基地，就会影响基地各种设备的正常使用，造成不必要的损耗，所以清除它们很重要。"J说道。

"我他妈的不想问灰尘的事！"朱玫控制不住骂了粗话，"我要知道，我怎么会摔跤而且还摔在月球的背面！"

隔离间外沉默了几秒钟，Milo开口道："这个也是我们想要知道的。朱玫，我们找到你的时候，你已经失踪四天了。"

隔离间里外的灯光暗了下去，投影仪在朱玫对面的墙上打出视频。视频显示一个健康活泼的青年女子正与三个同样健康活泼的青年男子在月球表面走动。那青年女子非常好动，朱玫认出那人正是自己。四人都穿着密封野外服，戴着头盔。

"你在二十一天前登陆月球，是'月球背面'山地穿越队的成员。"Milo接着说道，"你们徒步穿越四座环形山，准备制作一部纪录片。"

墙上视频中的朱玫最后一个戴上头盔，她调整轻便密封服上的各种外设备，微笑着走到气闭门那里按下启动扭。

"你们进展顺利，直到八天前，我们失去了你们的无线电信号。"Milo继续说道，"我们马上组织营救，动员了月球国际科学考察站的全部人员，终于把你们全都找回来了。"

"我的同伴们都还好吧？"朱玫忍不住问道，但她的记忆里却怎么也没有那些同伴的影像。

"还好，只是还没有醒来，你放心吧。"何斌说道。

Milo 摇头，"你要和她说实话，老何，她迟早要面对的。"

"是什么？"朱玫心里一紧，"我的同伴们怎么了？"

"他们深度昏迷，伤势很重，还在危重病房里监护。"何斌耸耸肩，"亲爱的，你非常幸运。"

墙上的视频中出现了穿越队的便装照，小伙子们笑着将朱玫围在中间。朱玫看着一时心如刀绞。

"所以我们需要你尽量回忆你们旅行的过程，包括所有的细节。"Milo 说道，"我们希望避免类似的事故。"他低沉的声音给朱玫一种压迫感，"你们准备得本来是非常充分的。"

"是的，准备非常充分，而且不是以探险为目的的旅行，主要的任务还是拍摄，大家都认为难度不大，直到……"

朱玫不住地抽搐，跌倒在床上，"闪光，我们看见了闪光，在万户环形山上。他们，他们要见我……"朱玫断断续续地说着，汗水和泪水在她的脸上混杂，她的眼前一片模糊，"他们要我去，去……"她的声音低下去了。

声音采集圈忽然沉默了，看着朱玫还在颤动的嘴唇，Milo 狠狠地拍打了一下那个仪器。

2

万户环形山的三维地图展开在朱玫面前，但并不精细，毕竟它的直径只有六十公里，在月球上实在微不足道，排不上卫星精密观测的名单。如果不是因为"万户"这个名字，中国人也许不会注意到它。

　　一个好名字便让这小山为国人瞩目，万户知道了九泉下会很欣慰。这位明朝人胆子奇大，他两手各拿一个大风筝，坐在一张捆绑了四十七枚火箭的椅子上，然后命人同时点燃火箭，试图利用火箭的推力和风筝的升力升空。这个试验当然是失败了，但万户由此成为世界上第一个利用火箭推力飞行的先驱者从而青史留名。

　　朱枚一心参加的这个"月球背面"计划，当初就没想到会出问题。

　　朱枚按动着手边的控制器，视频更换为她的个人资料，有便装照片、家人照片、毕业典礼上的照片，还有一些工作中的照片。她是电视台科教节目的制作人和主持人，胆子大，心眼活泛，喜欢新奇的事物，虽然得过奖，但也被不少人批评，说她的节目是游走在科学与伪科学边缘的怪胎，不求甚解，只求眼珠效应而误导公众。

　　这些批评朱玫全然不顾，不是她听不到，而是她不想陷入无谓的争执。她觉得努力工作赢得观众的喜爱就是最好的辩解，所以朱玫想都不想就将月球环形山专题策划递交上去，作为纪念中国第一颗人造地球卫星发射成功一百周年系列节目之一的申报选题。

　　朱玫扭动着身子，这些事情努力回忆后便隐隐约约出现在脑海中。但总有些缥缈虚幻，似乎是在将另一个个体的人生经历硬生生地灌输到她的脑子之中。墙上虽然明明是自己的一张笑脸，但怎么看都觉得有 PS 过的嫌疑。

都是暂时性失忆症闹的，应该是脑震荡吧。朱玫又将视频切回到月球上。

万户环形山东边的一层层山脉过去就是九百公里宽阔的东方海——月球背面最东边的月海，也是月球上最年轻的月海，有三十亿年的历史。东方海的复杂同心圆地质结构令月球地质学家着迷，但因位置太过边缘，地球上不宜观测，公众对它的兴趣不大，因而东方海的专题就没有被批准。这件事情的印象倒很清楚，没有含糊的感觉。

隔离窗外有人晃动手臂，朱玫侧过脸，看见 Milo 举起一块书写板，上面写着"请尽可能多地回忆细节。"

细节，朱玫注意到 Milo 棒球帽上红色的 L 形商标，以及衬衫领口绣着的小小的"M"标志。Milo 有一张轮廓分明的白皙脸庞，如果他再年轻十岁，完全可以用"英俊"二字来形容他，但现在的 Milo 已经中年发福，隆起的啤酒肚被皮带生生地按下一寸，显示他徒有减肥的决心而缺乏实质性的行动。

书写板上的字更换了，换成了"万户山"。

朱玫面前的手触屏上出现了万户山的图片。她迟疑了一下，在手触屏上顺着山脊往上轻轻点了几个红点。墙壁的投影等比例放大了手触屏上的内容。朱玫在自己标注的一个红点旁边写道："四五个亮团，足球般大小。"之后她回眸看向 Milo，只见 Milo 的脸上并无特别的表情。朱玫又继续画出亮团的位置和运动方向。

这些亮团刚开始聚成一簇，聚集在万户环形山的侧面。一分钟之后散开了，降低了飞行高度，好像是一张拉开的银光闪耀的渔网，在灰白色的月球表面显得非常漂亮。

那些光团眨眼间飞到自己的头顶，但给她的感觉却是不可思议得慢，可能是她思维迟钝了。这么明显的非自然智力行为，正是自 1958 年人类发射探测器考察月球以来一直期待的重大发现。

我一定是傻了，朱玫想。谁碰到这种事情都会发傻，等了快一个世纪了。

"我没留下视频资料吗？"她在手触屏上写道。职业习惯应该驱使她立刻将所见摄入镜头。以往在贵州发现华南虎，在珠江发现白暨豚，都是因为无可争议的视频证据才打消了种种成见与怀疑。

Milo 摇头。

"不可能，我连看小猫小狗打架都会用手机录下来，这么大的事情怎么可能没有记录。"朱玫忘记了声音采集圈的故障，着急地大声嚷道。Milo 指着自己的耳朵摆摆手，朱玫这才意识到他什么也听不见。

太滑稽了，这儿全是老掉牙的设备，可每年国家对月球的预算都会增加 10%，单单是月球旅游每年的收入就是天文数字，这么多银子砸下来，都不能更换一张新床垫或者一个新的声音采集圈？或许应该提醒法治节目的同事关注一下月球的资金审计过程了。

"视频都是雪花，被擦洗了。"Milo 写道。

"就是嘛，我就知道自己不会失职。"朱玫自语道。视频故障可以理解，UFO 现象的一个特征就是电磁场异常，现场电器失灵。那些光球扑下来的时候，自己周围空间的物理特性肯定会有所改变。

Milo 刚要写问题，副手送过来一个新的声音采集圈，装上后终于可以继续通话了。"后来呢？"Milo 发问。

朱玫忙将发散的思维集中到光团上，道："后来就被光团网住了，逃不掉了。光在四周闪，在脚下闪，托着我漂浮到半空，然后我看见了它们。"

"它们？外星人？能具体描述一下吗？"Milo 追问道。

"它们很模糊地裹在光里，不高大、不强健、不怪异。它们有三到四个，其中一个伸出手来拉我。冰凉的手，粗糙的皮肤，厚重的老茧，僵硬的骨骼，就像死尸。"

"没有体温吗？长得如何？月球上不会有僵尸。"Milo 的问题丝毫不给朱玫轻松感。

"光太强了，看不清五官。被那没有温度的手牵着，仿佛是和死神在一起，心里也是凉飕飕的。我们在光里游动，峭壁悬崖都在瞬间闪现消失，平坦的地面一下子就穿透了，很大的空间，很多的它们。"

"是它们的基地吗？"Milo 问。

"是的，是一个基地。金属的墙壁、金属的地板、金属的飞行器。后来光消散了，它们的样子清晰了。"

"什么样子？"

"就是一般外星人的样子吧，没什么特别的。"朱玫道。

Milo 目光锋利地望着她，朱玫从来没有被这种目光注视过，浑身百般不自在。"我……我真的说不好。没法子具体形容，我画给你看好不好？"

说着，朱玫就画起来。一旦拿起笔就仿佛有神仙附体，竟然一点没中断就画完了。画面中的家伙是个瓜子脸、杏仁眼、没眼皮和鼻子的绿色生物，活脱脱是科幻小说封面上的外星人标准照。

"再让我好好想想。"看到 Milo 失望的眼神，朱玫觉得画像肯定有什么地方不对头。它们不会让我有完整的印象，肯定干扰了我的记忆。"催眠！"她说道，"催眠后我就什么都能想起来了。"

没错，催眠能快速激发出一个人的潜意识。

Milo 看她的神情柔和了一些，接着问道："它们和你说了什么或者对你做了什么？"这其实才是 Milo 最关心的问题，前面那些询问都是铺垫。

朱玫蹙着眉回想着，似乎没有做什么，又似乎做了什么，不过它们肯定说了令她惊悚的话，让她害怕，害怕它们会在 Milo 身后的门外站立。

"它们会来地球？要取代人类？改造人类？"Milo 连珠炮似的问。

朱玫摇头，她想不起来，头痛得厉害。

Milo 做了个休息的手势。

朱玫摇头，她是惟一见到外星人的地球人，她怎么可以休息？她得赶快回忆起外星人想要做什么，有没有针对地球人的阴谋。

"催眠吧，对我催眠吧！"她再次要求。

3

何斌微笑着走进来，J 心不在焉地跟着。他们那一身标准的医护人员服装让朱玫想到她的同伴，"他们现在怎样了？"朱玫问道。

"他们还在重危病房，不过有好转的趋势，别担心，放轻松。"何斌道。

"我要催眠，好回忆出我的遭遇。"

"不用刻意去回忆，你只要熟睡，其他什么都不要想，松弛状态最好。"何斌说。

朱玫点头躺下，闭上眼睛，放松四肢，但是心里却好像有什么东西绷着放不下来。它们为什么要选择我？同行的还有三个小伙子，为什么不选择他们？我和他们有什么不同？为什么单单选择我呢？

床垫又"格吱格吱"地响起来。朱玫并不是有择席毛病的人，当年去农村追寻华南虎的踪迹，农家的门板和稻草垫子都睡过，照样睡得天昏地暗、人事不醒。尤其是露宿在南中国的星空下，山风和植物的气味都让睡眠更加惬意。

可是在这里，除了床垫的噪音什么都听不到，什么也看不到，一屋子程式化的配置就像任何医院的隔离监控病房。

任何？朱玫的思绪忽然停顿，那种模糊的感觉似乎找到了落脚点。它们的相貌其实并不真切，它们可能变化成任何形状，比如一个温和的大夫和一个爱絮叨的护士，还有一个严厉的调查者，它们都是可以互相转换的。所以要隔离，有距离才不会有漏洞。它们就是眼前窗外的人，在试探她、研究她，它们根本不用对她催眠，因为带她来的路上就已经催眠了。

是的，所以自己总觉得做节目制作的朱玫那么不真实，那压根就不是自己的真实经历，只是自己的想象。华南虎只在半人工

的保护区苟延残喘；白暨豚早就上了二十世纪灭绝动物名单；月
球科考活动还没有到要在月面设置大型医院的程度。这一切都仅
仅是想象，是它们让自己以为真有此事。

　　它们给自己注入了新的记忆，然后把自己放回地球人中去……
不对，这样说自己就没有拍摄万户环形山的任务了？那自己怎么
会在月球上，解释不通啊。

　　朱玫"腾"地坐了起来，"四个小时到了吗？何大夫说四小时
后我就能搬到普通病房中去。"

　　"还早。这里时间要慢一点。"

　　"因为是月瘤区？"

　　"对，月瘤区。"何斌顺口说道。

　　月瘤区是月表的较致密物质区，该区域重力异常。这并没有
什么，地球上也有很多重力异常的区域，本来就只有平均重力而
没有平常重力一说，只是月瘤区分布很集中，重力异常到了对低
轨绕月卫星产生影响的地步。我知道这个，但重力要异常到什么
程度才会影响时间？月瘤能够达到吗？

　　这时，面容肃重的 Milo 走了过来。"你的同伴们……"他很
悲伤地望着朱玫，以至于朱玫猜得到他将说的话，"没有抢救过来，
我去处理一下。"Milo 不待朱玫应答便出去了，剩下 J 和朱玫面
面相对。

　　朱玫觉得自己应该悲伤地号啕大哭，可这些同伴真的存在吗？
是不是编造的幻象？她判断不清楚，没法真的触动感情那根弦，
脸上是一幅吃惊怀疑多于悲伤的表情。

J叹气道："你要坚强。"

朱玫问："我们一起出去的视频，失踪以前的那部分我想看看。"遭遇外星人时的录像可以被干扰，遭遇前的录像不应该有问题，即便原始录像被毁，也总有发回基地的片段保存。

J不太明白。

"我想看看他们,多看看和他们在一起工作的情形！"朱玫吼道。

朱玫胸口一阵疼痛。倘若是真的，这些同伴就是被外星人杀死了，也许在外星人带走她的时候就已经死了，所谓伤重急救都是假话。这是月球，没有空气、寒冷刺骨的月球。外出作业服破个小洞都会带来生命危险，何况从山脊上摔下去。

是的，他们是滚摔下去的。整个月球车都翻倒过去，溅起砂砾和尘土。细小尖利的石子划开他们的衣服，空气"滋滋"地泄露出去，内外的压力差将他们的肺压得扁平……朱玫不敢想，眼泪涌出眼眶，湿润了面颊。

J慌忙劝道："别急，我给你找去。"

痛苦袭击了朱玫，她抽搐着捂住肚子在床上翻滚着，加大镇静剂用量也不顶用。朱玫脸色惨白，额头汗珠大颗大颗地冒了出来。

J迟疑一下，监控器上朱玫的体温、心律等各项指标均正常，但医护人员的天职占了上风，她启动隔离室的门跑进去扶住朱玫，说道："没事儿，你放轻松。"

朱玫的拳头忽然从左侧袭来，正正地打在J的头部。

4

不入虎穴焉得虎子,这句话朱玫刚刚想到,此时的确不太适用,但很壮胆。尤其是 J 真的软绵绵地倒在她脚下的时候,她被自己凶狠的动作吓了一跳,然后她反应迅速地蹿出隔离室。

隔离窗下的监视仪屏幕上的各种线条跟着她的动作乱跳成一片。朱玫一把扯下身上的各种医疗带,确认自己身上除了贴身的衣服外没有任何物件后打开了房门。

灯光照着长长的白色走廊,这是通往月面的道路吗?它们在哪里?该躲着还是该迎击?朱玫一时不能判断,只好顺着走廊一侧快走。她竖起耳朵,掂起脚尖,收敛呼吸,恨不得有隐身衣披在身上。以前她不明白天文学家为什么要锻炼身体,现在明白了,科学家不仅要体魄强健、毅力惊人,而且最好还要有点超能力,否则应对不了突发境况。

等等,朱玫心里叫着自己,科学?天文学?还能想起什么来吗?

没有,科学是很熟悉的词汇,但没有内容。现在这走廊没完没了,我该往哪里走?一个人都没有,它们没有发现我跑了吗?还是故意让我跑了?

朱玫控制住自己的情绪,走廊上没有任何标识,这看上去越发诡异。几分钟的奔跑就像跑了几年,时间粘稠在这里,冲不出去,也许闹出点动静才好。嗨,这儿有一扇门居然没有锁,进去会怎么样？如果是陷阱⋯⋯

　　脑子还在迟疑，手却毫不犹豫地拧开了门把手，进到屋里后，朱玫倒吸了一口冷气。

　　暗淡的蓝色房间里，三张床上躺着三个人，平静的面容似乎在熟睡，整齐的病号服还不太合身。如果不是胸腔没有起伏的话，朱玫真怀疑他们会立刻坐起来。

　　然而，他们全没了呼吸。

　　朱玫的眼泪要落下来了。没错，就是这三个人和自己一起外出，三张洋溢着青春笑颜的面容，没有畏惧与紧张的面容，何斌说的都是真的！

　　那么，哪里不真？它们的确是把自己带走了，那些影子⋯⋯可如果何斌与 Milo 都对，那自己就是错的。何斌他们不是外星人，那么，那么⋯⋯

　　朱玫靠住墙壁，她被自己的答案吓住了。

　　难道⋯⋯我才是那个异类？依附在朱玫的外表下，进入地球人之中？天啊！朱玫跌跌撞撞地奔出房间。

　　突然警报乱响，终于被发觉了。地球人还是外星人？我是哪儿的人？朱玫简直要发狂，她本能地朝远离警报的方向跑。不会的，我不会是外星人，月球压根儿就没有高等智慧生物存在。一千三百多个无人探测器，五次大规模国际联合考察，络绎不绝的地球游客，虽然不能说把月球从里到外翻了个遍，但基本情况还是摸得清清楚楚。上万页的考察报告和成吨的月球物质可以证明月球没有外星人，我了解这个，我多次申请加入月球固定基地选址小组，可都被他们拒绝了。

它（他）们，这两个字的指向越来越混乱，是外星人？还是何斌、Milo 这些月球基地人员？朱玫不知道。

她只能跑，在楼梯、在拐角、在走廊奔跑，奔跑让脑子迟钝，放松对自己的压迫。也许真正的自我就在不知不觉间浮出记忆。

眼前是黑色的大门，门上还有单人通行的小门，这里一定很重要。朱玫停住脚步，门上没有锁，任何形式的锁都没有，与其说像是陷阱，不如说是一种坦荡。

她握住把手，轻轻地拉开。

5

屋宇高大空旷，黑色的天花板宽阔如天穹。倘若不是几盏壁灯照亮了天花板下交错纵横的银白色龙骨，朱玫真觉得这是在野外。转过一堵黑色的墙壁后，她的这种感觉更强烈了——光柱从龙骨下的灯架直射下来，在地面上投下清晰的光影，光影中是清晰的灰白土地、岩石、环形山，恍然置身于月球之上。

朱玫愣住了，她深呼吸，然后走了进去。踩在月球的砂砾中，那感觉真实真切，并不存半点虚假。

"哈哈，都是真的月砂，花了七个月才布置出这个场景。"Milo 从环形山后面走出来，"你感觉如何？"

"老王，为什么你在这里？"那名字一旦出口，混乱拥挤在脑海中的信息便分门别类地自动排序，所有信息瞬间链结成网状，脑子清清爽爽。朱玫诧异老王怎么会在这里，接着说道："我以为你们是外星人，我怎么都认不出你了。真糟糕！后来我差点以为自己是外星人呢。"

"你想起来了？"Milo，也就是被朱玫称为老王的人温和地问道。

朱玫肯定地说道："这是月球实景训练营，是在地球上，你们骗我说是在月瘤区。"她撇着嘴，"呵呵，在月瘤区建立固定基地可是我的申报方案，真要实现最快也得十年。"

"按照你的大胆设想也许用不了十年。你最后的记忆点在哪里？"

"引力传送井……天啊！我真的上了月球吗？"朱玫捂住激动跳跃的心脏，"这一切是怎么回事，快告诉我。"

"说实话，我们也一直在怀疑你是不是外星人。"老王上前牵住朱玫的手，接着说道："毕竟你真的失踪了十九个小时。"

"那登山摄影的事情呢？"朱玫的心头又有疑云，"那些小伙子呢？"

"你要是把所有灯都打开就会发现他们只是仿真的服装模特儿，把你吓得不轻吧，抱歉。"老王轻轻地将朱玫的额发捋到耳后，"幸好通过这么一吓，你终于醒了。"

"哦，这样啊。"朱玫点头，脑海中便将醒来后的一幕幕逐一回顾，忽然她着急地说道："快去看看张姐怎样了，我那一拳下手太重了。"

"没事，做你的护士，她早就料到这点了。"老王笑道。

五年前，作为电视台科教节目制作人和主持人的朱玫终于辞职，加入月球重力研究所，利用她的影响力为这家民营研究机构跑项目、争取研究经费。

引力传送井就是她力争的项目之一。这是个大胆的设想——在月瘤区和对应的地球重力异常区分别建立引力牵引装置，两个装置将两处引力汇聚为一个井状传送通道，实现物体在两个星球间的瞬间传送。如果这个设想实现，所带来的社会影响无法估计。当然，有很多人说这完全是天方夜谭，嘲笑说这项目能够立项并得到真金白银的赞助简直是个奇迹。

五年来，朱玫和整个研究所为了这个项目一直努力着。九个月前，他们的引力牵引器在月球酒海重力异常的中心地带成功安装，这为他们利用太阳活动峰年的强耀斑能量实现引力传送井的功能奠定了第一个物质基础。

"传送过去的植物和动物，有失败也有成功。是你坚决要求传送人，并且第一个要求上去。"老王说道，"这是非常危险的行动，可是我们拗不过你。"此时，他们坐在训练营天台上的茶室里，老王慢慢道出事情的原委。

朱玫自嘲地说道："是啊，谁叫我打小就想做英雄。我记得穿好宇航服走进传送井，最后所见就是闪动的光球。"

"这可能是一种物理现象，我们在研究相关数据，月球的监视器也发现了闪光。你没有出现在牵引端，寻找你的这段故事可是真的，多亏了月球国际联合科考队的协助。找到你的时候你已经昏迷了，一艘正要返回地球的登月飞船将你带回来送到这里的，已经过了二十天了。”

"二十天！"朱玫轻呼。

"是的，二十天了。我们一直等待你苏醒，检查与监视你的生理和心理变化。最终确定你的生理上没有改变，而且也没有被异星生物替换。"老王说到这儿不由笑了，"知道吗，研究所已经得到国家专项资金了。"

"那你们还要试探我？"朱玫装着不高兴地问道。

"换做我，你会不会试探？"

"会。"朱玫道，"但是我模拟的月球场景起码床垫不会破成那个样子。"

"没法子，咱们得把银子用在刀刃上。"老王将一盘薰肉推到朱玫面前，"吃吧。"

"张姐呢？很想拥抱她呢。"

"引力传送井可以进行新的试验了，她赶回去了。"

"啊，太好了。我要去！"朱玫轻呼道。

"你刚清醒过来，怎么可以再去呢？"老王心疼地说道。

朱玫恳切地说道："带我去吧，求求你了！我毕竟是唯一经过传送井的人。"

老王皱着的眉头终于在朱玫炙热的目光下展开了，"真拿你没办法，怎么就从来不为自己着想呢。"

朱玫笑着拉开茶室门，视野里地球的晨曦正在一层层地展开，绚丽的朝霞就要从东方渲染开来。

一切有如新生，真好。

再见，地球

2025 年，"旗帜号"宇宙飞船飞往火星，这是人类第一次载人飞往火星。这个故事就发生在"旗帜号"的飞行过程中，但是却与"旗帜号"本身无关。

1

月球国际航天局中央大厅，半圆形透明穹顶下，胸佩不同标识的工作人员有条不紊地忙碌着。大厅四壁所嵌的四十块屏幕上，有二十一块显示着目前正在太阳系中从事各种任务的宇宙飞船。其中，9 号屏幕最引人关注——第一艘火星载人飞船"旗帜号"占据了屏幕的中央，屏幕下方的指示栏不断更新着"旗帜号"目前的航行里程数和状态。

"他们还要航行四个月才能到达火星，这真够他们受的。"冥王星探测组的中国工程师江山刚好路过，他凑近 9 号屏，看清指示栏里的数字，用汉语对身旁的同事说。

"仅仅只剩下四个月了。"那同事还未说话，另一个人代替他回答。此人是火星组的西班牙姑娘爱丽丝，最近江山碰到她的次数尤其多，而且每每两人相遇就要抬杠。江山的西班牙语说得就像爱丽丝的汉语那样好，两人的抬杠往往变成辩论，谁也胜不了谁。

"江，我发现你对待事物缺乏乐观主义精神。"爱丽丝虽然汉语流利，但思维方式却仍然是西方人的，完全不顾江山面子的直率。

"我只说事实。事实再怎么用语言来修饰都不会改变。四个月就是四个月。"江山耸眉，语锋并不因为对方是漂亮姑娘就有所缓和。

"你们又要开始国际辩论了吗？"那同事最近受够了两人的唇枪舌剑，连忙举手做投降状，"就不能和平相处吗？"

"不能！"江山与爱丽丝异口同声。

此时，江山与爱丽丝身上的呼叫器忽然响起，两个人同时道："是'旗帜号'！"转身奔向通往"旗帜号"控制室的电梯。江山快一步，抢先蹿进电梯。爱丽丝紧跟在他身后。

"真奇怪，'旗帜号'有情况关你什么事？"她斜睨江山，"你们那个冥王星无人飞船怎么样了？"

"我们的飞船一切都好。至于你们的，说不定我能给你们点意见呢。"江山口舌上绝不让爱丽丝占便宜。

爱丽丝冷笑道："也许电脑叫错人了，它经常会犯这种毛病。咱们走着瞧。"

但是电脑这一次并没有搞错。"旗帜号"地面总指挥常青老远就招呼爱丽丝和江山，"快过来，就等你们了。"

"我们？"爱丽丝指着江山，"还有这小子？"

"当然！'旗帜号'遇到了一件奇怪的事，我们需要江山助一臂之力。"

江山大喜，冲爱丽丝扮了个鬼脸，道："出了什么事？我能做什么？"

2

"是的，脉冲信号来自冥王星方向，很强。我们接受下来了，目前尚不知道是什么。"屏幕上"旗帜号"的船长黑人默菲斯说，他因为脸部表情呆板而被航天局的工作人员戏称为铁面人。

"这就是我找你来的目的。我们需要了解冥王星附近的情况。"常青对江山道。

"我得和组里联络。"江山道。

"没问题，你们组长叫你全面配合我们。那台电脑归你用。"

"好！"江山一旦进入工作状态就开始使用标准的工作语言——世界语，老家四川话的圆滑与西班牙语的伶俐都消失无踪。他迅速进入了局域网中，找到自己的工作组。"信号特征传给我。"他要求道。

爱丽丝戴上耳机，将默菲斯发过来的信号一组组甄别开来，传到江山电脑上。

"我们还没找到特征。信号是间歇性的，有很强的时间规律。如果不是冥王星组负责的家伙……"默菲斯停顿片刻，"那么事情就有趣了。因为信号是有智力特征的。"默菲斯嘴角难得咧开一道笑纹。宇航员们也有自己的黑话，他们管无人探测器叫"家伙"，载人飞船才会以船名称呼。

"不会是我们自己的信号吧？"爱丽丝问。

"你认为我会犯这种判断错误吗？"默菲斯让开位置，让控制室的人看到身后"旗帜号"的其他成员，原来所有七名船员都在驾驶舱里。

"冥王星组没有接收到这个信号吗？"默菲斯身后的人问。

"没有，我们没有收到，很奇怪，似乎除了'旗帜号'没有任何地方收到这些信号。信号有很强的选择性。"江山皱眉道。

"不是信号有选择性。"爱丽丝很得意地打断江山的话，"而是'旗帜号'上安装了最先进的巡天雷达。"

江山习惯性地要开口反驳，默菲斯重新回到屏幕中央，道："信号又来了。我把它放大给你们听。还有，我们开启了追踪雷达。"

江山将到嘴边的话生生吞下，他戴上耳机。几个强音过去后，是一段舒缓的节奏，然后信号又激烈起来。默菲斯说得对，信号的确不像天然的，有明显的智力痕迹。江山咬紧嘴唇，再一次核对组里给过来的资料。"这家伙不是我们组的。"他下了判断，很坚定地对常青说："这不是任何一个组的家伙。"

常青歪过头思考江山的话，然后对默菲斯翘起大姆指道："很好，老默，你们可能撞到大运了。"

"耶——""旗帜号"的驾驶舱中顿时一片欢腾。有哪一艘飞船上的宇航员不渴望自己是第一个发现外星文明踪迹的呢？在2025年的宇航员心里，都知道与外星文明相遇是迟早的事，就看谁的运气好，最先遇到。

"别高兴得太早，一定要搞清楚信号源的确切位置，否则我们得到这信号的意义也不大。"常青严厉地说。

爱丽丝望着江山，道："你那么肯定？"

"当然。"江山白了爱丽丝一眼，"现在的问题是我们要搞清楚那信号说了些什么。"

3

信号的翻译工作持续了一段时间，江山与爱丽丝都加入了翻译小组。

开始的几天，他们没有任何进展，信号虽然看上去极有规律，但一旦着手研究就会被它的繁杂搞得晕头转向。他们试验了不同的分组方式，仍不能找出信号的关键所在。直到有一天，久不与江山辩论的爱丽丝因为江山没给她打饭而拔高了音量，两个人突然得到启发，将信号根据音频高低分类。试了几次后，他们就将那些信号中夹杂的干扰波与纯粹的机械波全部过滤掉了，归整好了足足八十分钟的录音带。他们得到了梦寐以求的东西——非常规律的无线电脉冲信号，其中一定包含着令人惊奇的文明信息。

"下一步，找出信号的密钥！"江山信心十足，爱丽丝与他击掌表示鼓励。不过，翻译密码他们可不在行，局里派出的信息专家利用超级计算机很快就将密钥找出，并且解开了信号中的信息密集团。原来那八十分钟的信号中，包含了四个压缩程度高得不可思议的信息密集团，每个团簇中都有上万分钟的图片与文字信息。

"这非常让人惊骇。"当两个信息专家强撑着熬红的眼睛走出工作室时，对焦急等在外面的翻译小组其他组员说道。

"到底是什么？"江山按捺不住。

"计算机还在整理。但我们已经基本了解了这件事情。"两个专家说话开始语无伦次，显然现在睡眠对他们比任何密码都重要。"你们自己看吧。但是，记住，还不能公布。"他们说完就倒在休息椅上睡着了。江山与爱丽丝交换眼色，两个人心领神会，爱丽丝将信息工作者兜里的工作编码卡取出来。

信息解码室是一个密不透光的小房间，银灰色的操作台对面有四张屏幕。爱丽丝将工作编码卡在操作台的钥匙孔前扫了扫，操作台立刻启动了。

"从哪儿开始？"江山问。

"当然是从头。"爱丽丝挥手道。

屏幕上闪过一片雪花，晃动的条纹很快消失。一张英俊的东方人面孔出现了。

"哈！"爱丽丝笑了，"谁说物种不具有相似性？只要文明程度相似，智慧生物之间就不会有太大差异。"

那张面孔面对着他们，更确切地说是面对着摄像设备。他发出清晰可辨的字句："我是个宇航员，一个倒霉的宇航员。"

他说的是中国话！

4

"我叫江涛，编号 CM-002178，是个宇航员，一个倒霉的宇航员。说真的，天底下恐怕再也找不到像我这么运气坏的宇航员了。十个月前，我好不容易从作风要求严厉得近乎苛刻的月球国际宇航学院毕业，取得了宇航员资历证书，但是我却找不到工作！在大宇航时代，在航天器以惊人的速度从月球工厂、太空城市组装出来的时代，国际宇航总会居然没有工作安排给我！而火星改造、开发小行星带、考察土星等等十四五个宇航计划却因为缺人，甚至考虑招募地球上的飞机驾驶员。甭管驾驶的是战斗机还是轻型广告宣传机，我为此愤愤不平。我努力奔走，坚决不和官僚主义妥协，终于逼迫总会承认电脑把我的档案弄错了，他们答应重新分配我的工作。"

"见鬼！我本来只是想到小行星带或者火星上溜达一圈攒点航天经验值，但是总会却另给了我一次非常'宝贵'的机会，安排我作为候补宇航员登上'阳光号'宇宙飞船。不，应该说是被抬进去的，我在飞船外面就被冷冻了。我将在'阳光号'从冥王星折返时取代正式宇航员，如果他体力不支的话，'阳光号'还携带了一位用望远镜研究冥外行星十年之久的天文学家，据说这位学者总泡在浴缸里观看窗外的星星。'阳光号'的这次飞行由国际宇航总会发起，国际太阳系边界确定委员会承担费用。"

"说起来'阳光号'的任务就是探索冥王星外的太阳系究竟还有没有行星存在，因为所有行星目前所占的引力范围只有太阳系引力范围的 1.1%，显然冥王星外存在有未知的行星，甚至存在不止一个冥外行星的可能。"

"类似'阳光号'这样飞往冥王星外进行探索的行动已有过三次，每次均以失败告终。俗话说事不过三，这一次应该没有问题。何况民众以一赔十的比率打赌'阳光号'成功。但事情往往过三，老话看来不可信。"

"就在'阳光号'告别冥王星不久，导航系统发生故障。驾驶员外出修理时遭到宇宙强辐射袭击，天文学家把昏迷的他救回飞船，自己也没能躲过射线。两人只好做深层冷冻，等返回土星附近的航天基地治疗。我则被电脑从熟睡中催醒，我就明白我是摆脱不了恶运的。我得独自驾驶飞船二十九周。毫无疑问，我将成为一名真正的宇航员，只要别再出什么意外。"

5

"他在胡说八道！我们根本就没有寻找冥外行星的任务！"江山烦燥道，手指已经麻利地在航天局人事部的主页面上敲击出 CM-002178 的编号，命令计算机在宇航员档案中搜索这个号码。不到一秒钟，计算机显示出搜查结果为零。"你看，航天局根本没有这个叫江涛的人！"

"听他往下讲些什么。"爱丽丝握住江山的手，"拜托，耐心一点。"

画面上逐渐出现控制台、过道、印有中国制造标志的仪器箱，以及一个方形的机械自动装置。江涛倒吊在舱壁上吃空中飞舞的胶状食品。随后他又开始了滔滔不绝的叙述："那块板子，粉红色的那块是我的日记，基地要求我必须记录。他们每天都会检查，尽管时间延迟会让他们等一会儿。五小时前，这艘飞船的左翼太阳能电池板突然脱落，飞船姿态控制电脑分析极有可能是直径十五厘米的圆形规则物体砸的。什么圆形规则物体！直接说废罐头盒不好吗？谁都知道这些太空垃圾是宇航器的头号杀手。可是我不明白为什么在冥王星外那么冷清的地方有罐头盒。电池板掉了后，飞船的平衡系统就像抽风一样，失去了稳定。啊！我尽了全力想把它弄好，但燃料箱的 26 号螺栓竟然被抖松了。你们可以从这个屏幕看到液氢流淌的情景，瞧它多美，像一条漂亮的蓝色缎带。"

"他以为他是谁？大明星？"江山冷笑道。他拉开抽屉找到一盒薯条，扯开包装。

"他的情况很危急，我不明白他怎么解决。快进好吗？"爱丽丝询问。江山点点头。

画面开始快闪，继而突然清晰了。江涛穿了宇航服站在镜头前。那宇航服的样式简洁而时尚，是江山与爱丽丝都不曾见到过的。

"也只有我这样的人才会想出这样的解决方法。"屏幕上江涛被头盔遮住的脸不大清楚，但他那自信满满的声音却仍然清晰，"这真是个天才的想法。就是将飞船开到彗星上去，在那里休整，直到与救援飞船会和。当然，也是因为正好有一颗彗星离我的距离不算太远，才启发了我。那是恩德邦尼彗星，五年前新发现的冥外彗星，公转周期350年。反正基地认可了我的计划，他们希望我在那颗彗星上坚持四个月，因为彗星的轨道将穿过天、海、冥这三兄弟，所以救援飞船很快就可以在天王星附近追上它。飞船上有足够的水和食物，我只要别让燃料箱再泄漏就万事大吉。"

"这主意不错。"爱丽丝赞叹。"恩德邦尼彗星是什么样子的？"

"我没有查到它的资料。看来这个江涛和我们不在同一时空。"江山脑子里飞块计算着驾驶一艘飞船到彗星上避难的可能性，因而对江涛的不快渐渐消失了。

6

恩德邦尼彗星的瑰丽，"阳光号"登陆过程的紧张，深深吸引了解码室中的每一个人。当江涛终于穿过彗星尘将"阳光号"巧妙地停在慧核附近的一个岩石坑里时，观看的人们甚至欢呼起来，连江山都激动地站起身，带头鼓掌。

"他安全了不是？"爱丽丝眼圈有些湿润，问江山。

"还不能确定。看来这些信息都是江涛和'阳光号'的经历。"江山说，"现在关键是要搞清楚这个江涛和'阳光号'的时空坐标。"

"这些信息是有索引的。"那两个信息专家不知什么时候醒了，出现在他们后面，"否则你们这样看下去看到头发白了也看不完。"

"那还不赶快打开索引。"江山道，"这个江涛到底在哪里？"

信息专家中的一人挤开控制台前的人们，敲击控制台上的各种按键。四个屏幕上同样的"阳光号"画面消失了，图像开始不同步地抖动起来。四个屏幕各出现一个菜单，菜单用的是世界语，在场的诸位立刻看懂了。"江涛彗星研究"、"彗星飞行过程中所遇"、"'阳光号'资料"、"江涛的日记"，四个菜单结构简单，令人一目了然。

"我们认为这四个内容块之间有大量重复的信息。甄别工作还需要相当时间。初步判断江涛所在时空应该离我们这个时空不远。"

"什么叫不远啊？到底他在哪里？"江山对这同姓的青年越来越关注了。

"我想我们可以看看他的日记，看他到底遭遇了什么。"爱丽丝倒冷静下来。

常青走进来，"默菲斯他们已经确定了信号来源，冥王星探测器也证实了这一来源的确切性。"他停顿半秒，继续说："信号是由距离冥王星四十万公里的一个飞行物体发出的。那飞行物体正向冥王星飞来。"

众人皆倒吸一口凉气。

江山看了看大家，将播放键选择在"江涛的日记"上。

7

"天啊！这颗彗星居然不是恩德邦尼彗星！它离我还有一百二十万公里。一个程序员的错误可能搭上三条人命！因为我的飞船损坏严重，再也没有办法飞到恩德邦尼上去了！我恨死基地那帮官僚了，我死了无足轻重，可是我的同伴们怎么办？"

　　……

　　"关于这颗彗星，他们什么也不知道。他们唯一给我的安慰是用我的名字命名了这颗彗星——江涛彗星。他们说正在计算彗星的轨道，还说我在彗星上是千载难逢的机会，他们给了我若干关于彗星的研究任务。我告诉他们滚蛋，如果他们不来救我，就什么资料也别想得到。"

　　……

　　"记得有一部电影叫《彗星带我去流浪》，我的这部电影才是名副其实的《彗星带我去流浪》，没有任何特技。哈哈，你们这些观众可别失望啊！"

　　……

　　随着快进键与播放键的轮流使用，江涛的遭遇渐渐清晰了。人们对他越来越熟悉，他的表情与神态也越来越生动自然起来。江涛喜欢用说的方式向假想中的观众叙述自己的遭遇，却不料真的遇到了一群观众。他的陈述中时常穿插彗头[1]的景象，彗头有稀薄的氧气，并且有冰存在。彗星的运动方向背离太阳，因而彗星上的温度越来越低。但彗星的自转与公转方式都不大符合常理，江涛观察到彗星的温度下降到某一个数值后就趋于稳定。

　　彗头上暗淡的天空忽然变成了地球，观测位置在月球上。蔚蓝的星球闪着玻璃样的光晕，一座座巨大的太空城在地球上空如群岛一般星罗密布，成排的宇宙飞船在空中行进。整个地月之间的漆黑空间被各种飞行器的照明灯切割出无数深浅不一的光带，仿佛一匹光的锦缎。

这场景持续了整整三分钟，没有任何解说，江涛似乎为这壮观的景象陶醉了。他的观众们更是心醉神迷。

画面上的地球消失了，又变成了单调的宇宙空间。刚才原来是江涛播放的全息投影。"每次看到地球，都觉得它特别的精致，精致到仿佛轻轻一碰它就会破碎。这感觉始终徘徊在我心里，挥之不去，使我对地球产生了强烈的保护意识，因此我才会报考宇航学院。我渴望能为地球做点什么。"江涛的声音终于响起，画面切换到他那张有点疲倦但还镇定从容的脸上。他继续道："我这不是豪情壮语，心里就这么想的。今天和指挥中心的通讯联络彻底中断了。我现在离冥王星两百万公里，成了第一个太空鲁滨逊。唯一安慰我的是飞船上的燃料还有相当存量，生命维持系统也运转正常。我绝对有资格参加 2106 年年度运气最坏宇航员的评选了。"

"2106 年！"解码室中有人惊叫。但他们怎么会收到 2106 年的信息？

8

和信息专家们的感受相同，解码室中的人都急切想了解江涛全部的故事，他们不肯离开半步，快速浏览着江涛的日记。

彗星在宇宙中漂流。为了最大限度地将燃料留给维生系统，江涛搬离了飞船，变成了"彗星人"，利用彗星的地热资源生活，并且考察了整颗彗星。他为发现的彗星辐射物质取名彗石，彗石具有异常强大的能量，甚至有改变空间曲率从而改变时间关系的奇异性质。但江涛不清楚这能量如何才能用到飞船上，因而始终不敢尝试。在漂流中，他计算出了彗星的轨道，希望改变彗星的方向，将伤员送回家。

"我必须把'阳光号'，把伤员平安送回基地。我和正式驾驶员、天文学家互不相识，他们对我而言是陌生人，但是他们把宝贵的生命交到我手上，我就必须对他们负责。人要有责任感！在太空城市种菜的老爸总这么教育我。当然，他的期望总是过高。我不可能像他希望的那样成为英雄，我只要能做好手头的工作就心满意足了。英雄，那仅是梦想的桂冠，昙花一现的荣誉，太理想化的东西。我缺乏理想，这也同样是我那1376名同学的通病。胡思乱想只会影响宇航员的工作，我们必须脚踏实地，不折不扣地完成任务。爸，我真不是当宇航员的料！宇航员必须大智大勇、机敏善变、意志坚定，这我都没有！我在这鬼地方都快被憋疯了！我想你！"江涛黯然，他和父亲的照片出现在画面中。

爱丽丝看到这里，忍不住哭起来。江山抱住她，让她靠在自己肩膀上。

江涛开始感到恶心，继而是呕吐、发烧。彗石的强烈辐射伤害了他的身体。他看到了天文学家们一直猜想的冥外行星。此时，日益加强的高能质子流表明彗星的轨道前方有一颗大质量恒星。江涛恶补天文学知识后知道了那是太阳系外的一颗正在坍塌的暗星。如果这颗星球的坍塌完成，它内部就将发生核聚变，成为一颗新的太阳，其自身分裂的物质和太阳系外围的物质将在它周围形成新的星系。江涛必须让彗星逃过此劫。

急中生智，江涛设计了简单的反应炉，用彗石作燃料，把整个彗星变成了巨大的飞船。当彗星的飞行轨迹终于发生改变的时候，江涛喜极而泣。但是这并不安全，彗星的飞行速度和暗星的坍塌速度无法相比，江涛想要彻底安全就必须进行时空跳跃，将"阳光号"送到真正安全的时空去。

由于彗石无法推动整个彗星，但可以推动一小部分。江涛的计划是炸开彗星，让彗石带着有"阳光号"的那一小部分加速飞回太阳系。为了保证爆炸结果符合要求，他必须留在彗星上。

屏幕上出现了好久不见的"阳光号"的舱室，灯光柔和，四周静悄悄的，好像是在地球某处的深隅。江涛走到冷冻舱前，望着表示舱内正常的绿色指示灯，表情如同少女与恋人分手般的眷恋。他慢慢抚摸舱壁，然后转过头来。

"我这个人就是这样婆婆妈妈的。但他们起码能到安全的地方去，彗石会用最快的速度将他们送走。希望彗石本身奇异的时空特性能再把他们送到其他的空间里去。我已经将所有找得到的资料都附上了，只要有二十世纪初期的技术条件就可以让他们得到治愈。"说到这儿，江涛从来嬉笑自如的脸上竟然流下一行眼泪，他急忙用衣袖擦干净，"这是我的坟墓。"画面转换为月球宇航陵园的全息投影。高耸的山脚下，漆黑的、漫长的阴影里，整齐排列着1116座坟墓，那是自公元2000年以后为大宇航时代牺牲生命的宇航员们的安息地。他们长眠在那里，只为死后也能永远地守护着地球。"我将化为星际尘埃的一部分。我从来不曾设计过自己有这样的结局。看来月球上第 1117 号坟墓将是个空洞了，真是可惜。"

江涛冲镜头一笑，灿若春花一般。他伸手关闭了摄影机。

屏幕上突然的黑暗让众人很不适应，良久良久都没有人发言。爱丽丝依偎在江山怀里，两人沉默不语。

9

两个月后，冥王星探测器找到了信号源，那是一块直径四公里、呈土豆形状的小行星。探测器在小行星中央发现了"阳光号"宇宙飞船。

【注释】

[1] 彗头：彗星中亮度大、物质致密的部分，由彗核及其周围朦胧的彗发两部分组成。

青　鸟

青鸟不传云外信，丁香空结雨中愁。

外部

　　妮娅睁开眼睛，空洞的黑暗冰冷静寂。因为它有 2.5 秒钟的意识延迟，所以此时它对所处方位毫无感知。随即光敏电容将映入眼帘的光线转换为数据，瞬间数据就输入它的记忆与中枢反馈系统。系统内部一个特别波段的电磁波因此发出，整个躯体与感应系统、运动系统、能源系统等各系统之间迅速产生微电流交换。它的意识逐渐清晰，有了视觉、听觉、嗅觉、味觉、触觉。环境温度 −76℃，本系统完好度 65％。

内部
1.祖玛

"砰"的一声，有什么东西在空中撞击。被灼烧的空气迅速传递过来相关的信息——那是两个热得通红的铁球，也是本局最后一对球。我急速转过头，滚烫的气浪擦着我的脸颊涌动。随即清脆的"叮叮"声响起，我得到了 8679 分。

"为什么！为什么！"兔子歇斯底里地叫道，"为什么你每次都能击中！"

"接下来你该说'怎么一个瞎子打得比你还准！'"我冷笑，"你用不着每局过后都提醒我，我的确什么都看不见。"

兔子跳过来，射击平台很轻微地颤动，木制台面在它四足的重量下压出一个个凹坑，随即凹坑又弹回。这一压一弹间空气中出现了小小的涡流，被我皮肤上微小的汗毛捕捉到了。我向左疾走，避免触到兔子毛茸茸的身体。

"别躲着我，小姑娘。"兔子喊道，"我不是成心挖苦你，我没有这个意思，我真的从没见过有人玩'祖玛'玩得这么出色。"

我依然向左走，平台尽头的机器占据了整个空间的大半，所以我轻易就能感知到它的存在。我伸手触摸操作杆，操作杆在机器下方的五点方向，然后顺着摸到操作杆左边的出币口。那里有三枚三角形的交子，交子两面都雕了一个长了长角的鹿头。我掂掂那交子的重量，是铜的，看来今天的成绩并不好。犹豫几秒钟，我将交子一一投入操作杆右边的进币口，然后猛地拉下操作杆，机器立即发出"哗啦啦"的重新洗球的声音。

我立即跑回射击位找到铜制兽头，左手握住兽头的独耳掌握方向，右手放在兽头顶部的突起上准备发射。当我的右手按下时，兽头永远张开的嘴里就会喷出球来。球的颜色会提前显示在兽头头顶的一块头皮上，这功能对我纯属多余。兽头对面三米处的空间中，机器将在两分钟内投放两百个球。这些球分别是沉重而灼热的红色铁球、轻柔而粗糙的绿色草球、冻得结实的白色雪球、光滑的黄色木球和裹在胶囊中充满弹性的蓝色水球。这些球在空中排列出不同的图案，我必须用兽头中的球打击这些球。只有在兽头发出的球与被打击的球颜色材质相同时，这些球才会成对地被机器收走。机器会根据我在两分钟内打落的球数给我记分。

兔子认为这是一个复杂而艰苦的游戏。五种颜色的球在空中排出复杂的图案，令人眼花缭乱，还要注意兽头中球的颜色，找出相同颜色球的方位，这的确会叫人应接不暇。

但我不必看颜色找球，因为我看不见。我所依据的是我的感觉——热的、冷的、光滑的、粗糙的、柔软的。它们在空间中的性质如此泾渭分明，轻易就暴露了它们的位置。

和兔子相反，我是先按发球再找位置。在球即将离开兽头的一刹那，我就判断出这个球的属性，然后调整它的方向放出它。这个不难，但必须得集中精神全力以赴。

"等等我，我和你一起玩。"兔子说道。双人玩得分加倍，因为那将增加游戏的混乱性。

"你最好走开。"我不客气地说道，"否则我赢不了就拿你做辣子兔丁。"

兔子的胡须都在颤抖，气愤地说道："你怎么可以这样和一个朋友说话呢？你怎么……"

"住嘴！"我喝道，"别出声。"

机器中有无数声音轰鸣，发出"库卡，祖玛"的神秘咒语。

那些球开始投放了。我能听到、嗅到、尝到、触到，就在两百个球源源不断涌入一立方米的空间时，我放出了我的球。

空中不断响起球被击中的声音。铁球落地、草球绽开、雪球融化、木球弹跳以及水球粉碎。这是最难的一关，外界的刺激来得又快又狠，我陶醉在缤纷眩乱的球阵之中，神经末梢异常兴奋。

忽然，空中飞舞的球全部消失，我依然敲击着兽头，只是兽头中再也没有球出现。

我愣住了，瞬间神经迟钝，意识丧失。

"兔子！"我不由得惶恐地叫道。

"来了！"兔子立刻跳到我的肩膀上，它坚硬的胡须摩擦到我的脸，十分激动地说道："你感到不安需要我了？！"

"去死吧！"我对兔子粗鲁地喊道，"我得分了吗？"

"还没有，真奇怪，难道机器出问题了？"兔子也不安起来，它在我肩上立起身来，两条腿艰难地保持着身体平衡。

我的手离开兽头，手心微微有些汗迹。机器不会出问题，我相信这一点，就像相信自己的视觉早已不存在一样。

果然，机器开始抖动着发出号角声，这是我从未听到的过关音乐。

兔子迟疑了几秒钟，哽咽着说道："你没有分数，小姑娘，机器的分数值全部回零了。"

我打到满分了？我走到机器的出币口前摸索，那里放了一把钥匙，钥匙有我的中指那么长，是银质的，钥匙上的锯齿特别光滑细润。

兔子说话总是不合时宜，这会儿它又大惊小怪地叫道："一把钥匙，天啊，一把银钥匙！它是开哪道门的？这里有其他的门吗？"

我把钥匙放进衣服左边从上往下数第三个兜里。我要离开了，这多少令我惆怅，因为"祖玛"真的是一个非常消遣时间的游戏。

外部

周围的世界在可见光波段依然黑暗，但视觉的红外感光和紫外感光功能让妮娅看见了弧度完美的圆形墙壁，以及墙壁上镶嵌的各种仪器盘表。它伸出左腿，接着又伸出右腿，僵直地走了几步。脑部后的感光区映出影像——长方形竖立金属龛，占据圆弧 2 度，边缘镶嵌 122 个红外感应点。

妮娅的记忆中立刻浮现出对应的资料：紧急救生舱，又称万年舱。该舱室抛入太空中一万年都会运转正常，保护舱内的任何形式生命体不受到损害。

妮娅蹲下身子。合金材质的地板上有防滑槽，它敲击地板，地板发出沉闷暗哑的声音，四下里依然一片静寂。妮娅站起身子，感光系统在头上盘旋。弧形墙壁上有个温度较高的区域吸引了她的注意力，它走了过去。区域中的高温部分正好是一只手的形状。

左手，妮娅的第一反应。它举起左手轻轻扣上，正好完全覆盖，一微米的误差都没有。

任务已启动，重新搜索目的地反应。信息从手掌下传来，清晰无误地送入脑部。

目的地情况怎样？妮娅的意识自然问出来。

无反应。建议增强搜索功率——那外来信息回答。

同意增强。妮娅条件反射般确认。

弧形墙壁中部亮起一圈可见光，光亮度很低，刚刚可以让妮娅辨认清楚环境。天花板与地板下有机器开始运转，发出频段极低的电磁波，环境中的高能粒子辐射量立刻增加 20％。

内部
2.兔子

兔子在我打"祖玛"第九级第七关时出现，它冒冒失失地带进一股冷风。被"祖玛"球搅动的空气漩涡顿时散乱了，我辨认不清它们的状况，球纷纷掉落在地，发出连续不断的撞击声。计数器哀鸣着，始终不曾有表示分值的轻快音乐响起。这是我熟悉"祖玛"以来所经历的最大失败。我不能不对兔子发怒。

"滚出去！"我吼叫，"你给我滚出去！"

　　"为什么？为什么？！为什么……"兔子惊慌失措，音调高低不平地重复了十几遍，我听得到它上下牙齿之间断断续续磕碰的声音。它的上齿一定比下齿长得多。它在我的愤怒情绪中喘息着，完全不明白它给我带来的损害有多大。

　　我没有更多的解释给它，干脆说："我不愿意你在这里。"

　　"为什么？我是你的朋友啊！"兔子跳到射击平台上。它的动作很快，当我捕捉到它在空气中的行动轨迹时，它的气息已经清晰可闻，皮毛的味道几乎令我呕吐，我连忙倒退两步。

　　"别躲着我呀。"兔子哀求道，"我是你的朋友，我走了很远的路才看到你！你不知道我见到这世界上最后一个人时有多高兴。"

　　我站定深呼吸，空气中的凹陷说明这只兔子并不大，甚至还有点瘦弱。它身上附着了奇怪的我不熟悉的味道。

　　"你从哪里来？"我需要松弛紧张的神经，以便待会儿能顺利过关，兔子的存在倒是个好消遣。

　　兔子有点口吃，"我……从哪里来？我走过一段很长的路。啊……你让我紧张，我想想。"它坐下来，将前腿搭在耳朵上，似乎它耳朵中的绒毛可以帮助思索。"我穿过巨大的冰川，穿过荒漠，那里的沙子就像天上的繁星那么多。沙子把我每一根毛之间的缝隙都填满了，沙子把我的嘴巴也堵上了，沙子把我的眼睛也封上了。我被沙子拖着，我被沙子裹着，我被沙子变成了沙子。"兔子一边说一边悉悉索索地抖动着身体，它的毛发摩擦着发出"沙沙"的声响。

　　"沙子。"我伸出手，有个微小干涩的东西落在手心。它干燥而粗糙，体内的水份都在表面结晶。

我捧着这粒沙子，呼啸在沙海上的风从我手心旋升。沙浪此起彼伏，从我手心扩散。我的双脚陷入沙中，柔软的沙却坚韧地托住我的身体。我沉没着，但永远无法触及沙的底部……

"后来呢？"我问。声音陌生得不像我，充满好奇与渴望。

"后来我进入了一片沼泽，到处是泥混着水，水和着泥，泥水的深部散发着臭气。如果不使劲儿跑，我就会被那些泥水吞掉，也变成一团烂泥巴。"兔子察觉到我态度的改变，语调舒畅了很多，"啊，对不起，小姑娘，我发现你是看不见的。"

我淡淡点头，"视觉对我一无所用。"

"你怎么可以这么说呢？"兔子有点歇斯底里，它的声音断断续续地尖利起来，"天啊，你对自己看不见东西不感到沮丧吗？"

兔子的语调让我厌烦，我抓住它的耳朵将它提到半空中。它实在是只瘦弱的兔子。"248克，加一点燕麦菜，我可以吃两顿。"我嘟囔着说道。

"啊，不！我是你的朋友，小姑娘，你莫要吓唬我。"兔子在我手上扭动，我放开了手。它跳到地板上发出很大的声音，我想它一定踩到了什么东西。

"一个球！"兔子呻吟着，"这儿有一个球，它扭着我的脚踝了。"它的唠叨戛然而止，随即响起牙齿切割东西的细碎声音。

这声音使我烦燥，我喝道："你最好住嘴，否则我烤了你！"

"可这巧克力球太香甜了，我不可能抵抗它的诱惑，一个脆皮香草杏仁巧克力球。"兔子委屈地解释道。

"我不管，总之你别出声音打扰我，我要打过这一关。"我重新回到射击位上。

兔子果然没再发出一点声音，但空气中的巧克力味道却越来越浓郁了，我猜它一定是一小口一小口地将那巧克力球舔化了。

这一次很顺利，不费吹灰之力就过了第九关，获得了一块印了头像浮雕的银圆。这是"祖玛"系统对过关者的二级奖励。我用银圆跟大机器交换到一筒茶叶、一串腊肠、一罐油脂、五公斤大米、2.5升清水、一百克综合调料、三捆青菜和一袋土豆。

兔子看着东西络绎不绝地从大机器中吐出来，它先是惊叫，继而哀鸣，渐渐地麻木了，最后它竟然问："就这些吗？为什么没有胡萝卜？"

胡萝卜，红色的圆锥形植物块茎，多汁液，汁液有点苦。大机器可从没有供应过胡萝卜。

兔子为胡萝卜遗憾了几秒，但很快注意力就被别的东西吸引了。它的问题多得像空中翻飞的祖玛球，我不能回答它。

我把收获品装进带轱辘的箱子里拖着走。兔子钻进箱子中，用机场检查官的腔调说道："没有违禁品，但这是什么？一个不明用途的铁管子，还有一个塑料盒子。啊，这是一块肥皂！"兔子有些激动，"肥皂，这居然是一块肥皂！"它跳出箱子飞奔而去。

肥皂是我闯过"祖玛"第二关获得的战利品之一，我一直保存到现在。箱子里还有不少东西，毕竟我玩"祖玛"那么久了。不过我早晚会与"祖玛"告别，没有玩不到头的游戏，"祖玛"也不会例外。在"祖玛"之前，我玩过"超级迷宫"和"找宝石"，在"祖玛"之后，还会有什么别的游戏我可以参与呢。

　　其实所有游戏都只是为了消耗我的精力，打发那多得不能馈赠出卖的时间，直到哥哥出现。等待哥哥，这是我在"祖玛"系统中唯一的目的，我的所作所为不过是让这目的显得有趣而已。

　　"你的哥哥，他真的会来吗？"兔子问道。洗过澡后，兔子浑身都散发着薄荷味，而且皮毛光顺滑手。因此我允许它跳到我的胸膛上，脸凑近我的脸。

　　"他会来的。"我将身体平放在铺了厚厚麦秸的地板上，放松击球时绷紧的神经与骨骼，我任由自己不感觉不接触。

　　"你能肯定？我觉得这个地方从来就不会有人过来，因为它在世界尽头最偏僻最遥远的地方。我不知道你怎么会在这里，小姑娘，你不认为你在这里很奇怪吗？"

　　"怎么会呢，是哥哥带我来的。他让我在这里等他，他会带我去治疗眼睛。"我想不起哥哥脸的轮廓，他的气息与味道也很陌生，但当他出现在我面前时，我会认出他。

　　"那就好。"兔子轻轻叹了一口气，竟然口气怜悯，"可怜的小姑娘。"接着它就吟唱起来："你不知道世界多么美好，看不见花儿的颜色还有爱人的笑；太阳西边升起，月亮东边落下，像棉花般的白云天上飘；建筑雄伟，山河壮丽，全世界的人修一座塔儿直冲云霄！"

外部

一束红光从壁间射出，接着红光慢慢变粗，展开立体的全息投影。一个五十米长、十五米宽的银白色太空飞船出现在眼前，船体上刻着金色的"青鸟号"三个字。船体两侧各挂着三个桔红色的救生舱。

"我在哪里？"妮娅问道。手掌下有些微微发热，和它的心脏一起起伏。

左船弦外的一个救生舱立刻呈现半透明状，里面站着一个女性生命体——正是妮娅自己。

其他人在哪里？在妮娅的记忆中，这样一艘飞船起码应当有二十名船员。

没有答案。

救生舱与主舱之间的气密门缓缓滑开。

内部
3. 听飞鸟掠过天空

门在楼梯的下面，我知道它就在那里。前进、左转、右转、下楼，我将触摸到门上金属的门把，然后左旋。一个更大的房间，一个更有挑战性的游戏就会出现在我的面前。一个新的系统。没问题，我会很快适应它。

"为什么会这样？"兔子的逻辑不接受"它就是这样存在"的事实。"一定有什么原因，说不定是阴谋诡计或者是罪恶，我们要有怀疑的态度。"兔子语重心长，"你为什么在这里？我为什么在这里？系统是什么？是创造者、执行者，还是毁灭者？"

"少想一点你会胖些。"我说，慢慢绕过大机器。我的行动非常缓慢，并不完全是为了要感知空气的密度、温度和压力，最主要的原因是时间太多了。当时间的流动失去所有意义，我宁愿自己的心脏也停止跳动。

可我还得去打开那道门，"祖玛"已经通关，它不会再给我提供食品与水。而为了与哥哥的约定，我必须生存下去。

空气流动中斜前方产生了一个微小的涡流，那里一定是走廊的位置。我转过身，平静地向那里走去。

兔子跟在我身后，"你等等我，你打算离开我我没意见，可你总要带点什么呀！一把刀怎么样，天知道前面有什么。"兔子叫着，跳进箱子里制造出很大的噪音。我不理会它，保持我脚步的连惯性和方向性。身体两侧的空气流动局促，有一种沉闷的味道。我置身走廊中了，注意前面的拐弯就行。

兔子跟跟跄跄地跟上来了。它拖着一把很大的裁纸刀，刀背与地板摩擦，发出连续的声音刺激着我的神经，我不得不伸手从口袋里找一块棉花把耳朵堵住。

我的手碰到了一件陌生的物品——椭圆、光滑并富有弹性，有机塑料材质，直径十厘米。我摸索着它，头脑中闪过一些凌乱

且分辨不清的影像。接着手指碰到它的一个凸起处，后耳膜忽然
感到震动，极强的旋律从外部刺过耳膜直抵我的神经中枢。

这东西原来是一个音乐播放器。这首歌的名字似乎是叫《在
黑暗中哭泣》。我再次碰一下那个凸起，歌声消失了，世界恢复了
原本的宁静。除去视觉，我的每一个感官都通畅舒适。

视觉，并不是那么必需的技能吧？

穿过走廊，走下楼梯，我站到了那扇门前。

兔子赶到我背后嚷嚷道："门，你怎么知道这儿有门？门把手
上有锁孔，太老掉牙的设计。那把钥匙，你得到的那把钥匙，快
拿来开锁。"

我捏住那把银钥匙，正要拿出来，但又改变了主意。不一定
在本关使用，钥匙应当在最关键的时候发挥功效。我直接伸手去
拧门把手，门把手"咔嚓"一声松动了。

门打开了，湿润的空气扑打在脸上。我跨前一步，兔子紧跟着。
然后门"啪"的一声自动关上了。

"天啊，这不会是一个陷阱吧？"兔子呻吟，"这么黑，我什
么也看不见。你在哪儿呀，我的小姑娘？"

我拽住它的一只耳朵继续往前走。湿润的空间中布满长长的、
一堆一堆的物体。这些物体形状各异，将空间分割成不规则的许
多块。有些块很大，可以容我带兔子通过。

光滑的地面慢慢变得凸凹不平，空气越来越潮湿，有清凉的
风拂过脸颊。风里香甜、涩麻、辛辣、酸苦……各种气味纷至沓
来，刺激着我的感官。我站住，四面发出各种声音：液体潺潺流动，

不断碰撞阻挡它的石头；小动物啃食着植物的枝干，不时发出心满意足的鸣叫；植物的枝叶互相摩擦、拍打，有几片叶子悄悄掉到地上，激起一片微小的尘埃。

兔子惊呼："天啊，这是……"

"住嘴，我自己会判断！"我粗暴地打断了它的话。

这是一个新的所在。空间中的温度极不均匀，大多数地方温度较低，但也有些地方温度很高。高温处火焰"呼呼"嘶响，那应该是一个火炬。我抬起头，头顶的气压松弛，看来我头顶的空间极其广大。

这空间所有波段的电磁波正以每秒三十万公里的速度穿透我的身体，作用于我的感官，经过我神经的还原，将外界世界的影像反映在我的脑海。

如果我的还原体系出了问题，那我就永远不能了解真实的世界了。但即便我的还原体系没有任何缺陷，我所了解的世界也只能是我的还原体系可以翻译的世界。

真实从来只是局部。

我微微叹息："这里是一个花园，一个很大的花木茂盛的花园。我们站在木桥上，桥下有水。在桥的两头有熊熊燃烧的火炬。"

"是的，你说的没错。那么你注意到水面盛开的睡莲了吗？你看到水面反射着星光和火光还有蓝色花朵的影子了吗？你注意到那些开满白色花朵的枝条，因为承受不住花朵的重量而垂落到地上了吗？一只黄色的猫正在枝条下匍匐，准备袭击不远处专心吮吸花蜜的灰白色麻雀。还有，满天闪烁的繁星中的大部分集中在一起，宛如一条乳白色的河流在你的头上流淌。"兔子越说越得意，"小姑娘，让我用诗人的语言给你描绘这个世界吧。你要承认，看不见并不是一种美德，而是一种遗憾……"

"兔子！"我再次打断它的话，"你听。"

兔子莫名其妙，"听什么？"

细碎的颤动声从空气深处传来，在那里有什么东西飞速掠过。悉悉索索羽毛抖动的声音，宛转悠扬喉节振动的声音，隔着丛丛枝叶清晰地传来。

兔子这才听到看见。"一只鸟，青色的鸟。"兔子解释，"我不知道它是哪科哪属的。"

青鸟不传云外信，丁香空结雨中愁。

也许这只青鸟，就是哥哥的信使。

外部

随着妮娅前行的脚步，飞船的舱室一间间呈现在她面前。每间舱室都狭小局促，在各种仪器架和设备之间勉强安放下式样一致的床、桌椅和个人储藏柜。不同字迹的即时帖和不同人物的照片说明了这些舱室的私有性。

那些字迹依稀熟悉，那些人物似曾相识。妮娅走近它们，感觉到有一种炙热的情绪在意识深处涌动，中枢反馈系统内的数据交换率陡然增加了一倍。

妮娅继续向前走。飞船微弱的照明随之开启，尽管这毫无必要。

忽然，一束强光从舱壁上反射过来，妮娅本能地迎过去。

在她眼前浩渺广阔的黑暗空间没有任何阻挡和遮盖。遥远的红色恒星、稍近处的白色行星、不规则形状的灰黄卫星、绚烂夺目的雾状星云……

娅妮向那空旷而丰富的空间跨近一步，源源不断的宇宙辐射如春风般令它舒适。恒星的光照给它疲惫的肢体注入能量，数据流交换平稳，神经电流运输平稳，系统运转自如，没有任何摩擦与僵化。

妮娅伸展双臂，生命的感知、运动能力和判断能力都重新回到它的身上。

"啊！"它发出自苏醒后的第一个声音，声音很好，是圆润柔和的女中音。"妮娅！"它大声叫道，"妮娅！"它随即举起左臂回答自己："我在！"

妮娅微笑，"我"的认知让它兴奋，虽然断裂的船体，被撕开重重防护层的舱壁，还有烧焦的机器残骸，这狼藉的一切使它沮丧，但它的沮丧有限，兴奋却无限。

"青鸟号"宇宙飞船由于前舱被一颗或多颗流星击中，发生了爆炸，船体有三分之一被毁坏。由于主系统发生了严重故障，救生舱来不及抛离，陪伴这死亡的飞船度过了漫长的岁月。

数据充足，逻辑分析迅速，判断准确，接下来要做出计划。修复整个飞船是不可能的，它只能尽量收集飞船上的信息，然后乘坐救生舱离开。

内部
4. 佩玉

我走下桥，木屐踩在石板上清脆响亮，鸟叫声一下子停住了，我也停住了脚步。在荡漾的清澈水气中，我闻到了睡莲幽静的芳香，恬淡的气息中有脂粉的异香，我感觉到了她的存在。

她伏在水边呼吸急促，我的接近让她惊惧。她撑起上半身，泪光盈盈中哽咽着："小姑娘，让我在你的花园中躲避，不要告诉任何人我藏在这里。天明我就上路，寻找我的归宿。"

我蹲下身子伸手抚摸她，女人柔和光滑的长发梳成环髻，吹弹可破的娇嫩肌肤藏在柔软的锦缎中。

"这是最珍贵的和田雪玉，三名工匠用了七年时间才将它雕刻出来。"随着她的声音，一块石头递到我手中。那石头光滑莹润、清凉如冰，镌刻着复杂的花纹。"你的酬劳。"她说。

"你是谁？你从哪儿来？你躲什么？你是野兽还是坏蛋？"兔子急不可待地连连发问。

"叫我佩吧。我的国家就在这附近，我是国王最聪明能干的女儿。国王的卫队正在到处寻找我，因为明天将是我出嫁的日子。"佩说。她的声音柔和如她的头发，高贵似我手中的玉佩。

"你不想嫁就直接告诉国王呗。"兔子莫名其妙，"为了你的幸福，做父亲的一定会让步。"

"不，我很想嫁，我爱我明天的丈夫秋。从来没有人像秋一样给我这样的感觉，仿佛被火烤着、被寒气包围着，一时在天堂，一时又在地狱。我被呵护着、被窒息着、被关怀着、被冷漠着。我觉得他不是可以征服我的男人，但我却在幻影中迷离，日日夜夜渴望他的亲近。"佩的语速越来越快，脸颊的温度骤然升高，"他被父王邀请到宫中做客，顺便拜访我的图书馆，我们就在那里相遇。我不像他预料中的虚荣如绣花枕头，他也不像我想象中的陈腐愚蠢。我们相互勉励，阅读书架上最重要的书籍，为了书中深奥的含义讨论争辩，我第一次要跑着才能跟上一个男人的思维。"

"听上去很美。"兔子嘀咕。

"是的，那不坏，有共同语言。"我亦赞同。

我的脸上流淌过佩的目光，那是悲悯怜惜的目光，"你们以为爱情是什么？我的小朋友们，爱情如果仅仅如此，它就不会让我如此心痛，甚至要逃离他才能释放。"

"爱情是一种依恋。"我说，"是一种荷尔蒙的过度分泌，是……"

"是一种本能。"兔子迅速接上我的话。我鼓掌，这是它说过的最有理性的一句话。

佩补充道："还是一种呼应。你们经历过这种呼应吗？就像是有一道电流同时击中你们，你的痛苦就是他的悲伤，他的快乐就是你的欣喜。你们彼此惦记关切，有着双胞胎般的默契。"

我和兔子？我"哼"了一声，对此不以为然。

"我了解他的志向、追求和信仰，可是我不了解我在他心中的份量。也许根本就没有份量。"佩的声音沉下去，"那他为什么要来搅乱我的心？"

"他也许并不了解自己对您的情感。"兔子解释着，"您要给他
时间。"

佩摇头，"没有时间了，明天他的父王和我的父王就将主持我
们的婚礼，并将两个国家的王冠戴在我们彼此的头上。从明天开
始我们将被契约带来的责任连接在一起，爱情不再重要。"

"所以……"我有点明白了，我该怎样去评价佩的任性与疑惑呢？

"所以我就跑出来了，我想刺激他，让他从这突发的事件中重
新考虑我们的关系。我不想强迫他接受我，更不想任由自己在情
感的迷惑中沉沦，无论他爱与不爱，我都要明确知道。"

"那么，你爱他吗？"兔子口无遮挡地问道。

这时，花园外响起马群的嘶鸣和猎犬的狂吠以及武士们的吵
嚷，还有树木花草被践踏的声音，一切都混乱不堪。

"我听见他的声音了，他也来了。不，我不想躲起来了，我服
下这药假装死亡。小朋友，用你手中的玉就可以唤醒我，让我们
看看他的反应，有没有一点爱我的迹象。"

兔子惊喊，我急忙伸出手，佩的呼吸声骤然停止。她无声无
息躺在那里，仿佛一朵凋谢的睡莲。

秋到了。我带他到佩的身边后便退到一旁。

"是我不好。"秋喃喃地说道，声音只有那潺潺的流水和我这
敏感的耳朵听得见，"我早该结束这一切离开你，那么你的痛苦就
不会如此剧烈，时间会慢慢治愈它。现在，佩，这世上我唯一的
羁绊，你用这种方式惩罚我的自私。然而大错已经铸成，我只有

以我的生命偿还你的付出。"

是羁绊不是爱情吗？我迟疑着要不要告诉他实情。

此时卫兵们大呼小叫，兔子跳到我的肩上瑟瑟发抖。秋抽出了他的腰刀，就那样一下子刺进了自己的胸膛。

空气中的血腥味道此刻才飘进我的鼻腔，那是甜蜜粘稠的恐怖，一段一段带走生命的活力。瞬间花园万籁俱静，只有我的心脏还在感知中缓慢跳动。

雪玉掉进水中，化作无数润白的莲花，层层纠缠着生长，覆盖了佩与秋的身体。他们并排躺在那里，不再有怀疑，不再有漠视。

兔子责怪道："为什么不告诉秋那是假的？！为什么你不叫醒佩？！"

"那无助于解决问题。"我说。

"你还是女人吗？！"兔子吼道，"你怎么可以这样冷酷！"

系统之中从不需要怜悯，否则如何过关？我沉默，仰头，此刻正有片片晨曦在天际出现，夜的花园逐渐褪去朦胧的面纱，星光一点点消失，火炬一把把湮灭，睡莲一朵朵闭拢。

佩，我会忘记你的容颜，忘记你的踌躇和坚定以及这夏夜短暂的相逢。

外部

制定一个完美的修复计划用了一小时二十七分钟，妮娅的计时系统精确计算着时间。这时候妮娅修好了飞船的计时系统，飞

船从它毁灭的那一刻重新开始计时。那一刻和妮娅的时间相差了
三千年。

三千年如一梦，即便有万年保鲜的装置，但什么样的人类可
以承受这么漫长的黑夜？

妮娅肃然，冲到洗浴间镜前。镜中它银白色的碳纤维衣服纤
尘不染，秀雅的瓜子脸上没有一丝皱纹。它试着皱鼻子，却怎么
也皱不起来。神经与肌肉都不支持面部皮肤的运动。妮娅抚摸到
下巴处的暗扣，手有些颤抖。它缓缓揭开自己的脸皮，机械骨架
后面是与自然人大脑同样完美的金属大脑。妮娅望着那些排列得
密密麻麻的线路板，想象着微电流在其间的迅疾移动，它的思维
在这种移动中产生，它的记忆在这种移动中保存。它之所以是她，
全部奥秘都在这里。

内部
5. 谁在无边夜色中逃避

"你认为佩和秋是系统制造出来的考验吗？"兔子问，语调十
分夸张。"所以你才对他们的死亡无动于衷？"

"若不是太过牵挂，太多自责，他们应该已是造福一方的国君。
自作自受，有何怜惜？"我毫不客气。

"你怎么如此无情？小姑娘，这可不对，大大的不对！"兔子
开始道德教育，"你是人啊，爱是人的天性。"

有多少罪恶借爱之名义存在，我冷笑一声，懒得和兔子争辩。

我饿了，于是向空中击掌，银亮的食具随着一阵细碎的脚步声被端到面前。甜腻的胭脂和冰凉的金属饰物拼凑出侍女的形象。她掀开食具的盖子，热气"噗"地弥漫出来，牛肉多汁，莴苣清脆，鳕鱼汤奶香四溢。

侍女悄然退下，我举起筷子。

"你真不认为这些食物中有系统的暗示吗？"兔子一定要在我吃饭前问这句话。

"不！"

"你只关注在此时，在这里。你不想想我们的未来和过去吗？"兔子焦虑。

"如果你觉得不需要吃饭，我叫人把你那份食物拿走。"我回答。

"不！"兔子终于也说出这个字，接着急忙大口咀嚼起一根胡罗卜，表示对食物的怀疑完全只是一种本能的警惕。

花园与"祖玛"已成为过去，此刻我和兔子置身于一座雄伟的宫殿中。十二根一人不能合抱的柱子支撑着宽敞的大殿，每根柱子上都刷了金漆，用艳丽的颜料绘制出五色祥云。柱子之间悬挂着长长的丝幕，轻柔得连侍女的呼吸都能将它拂起。一张巨大的五色丝织地毯从殿门口铺到我的王座下。只有掀开毯子才能看见那华贵的白色大理石地板。二十盏夜明灯放置在大殿各处，保证殿内任何地方都不存在一丝一毫的黑暗。

侍女们躲在柱子和丝幕后，除非我叫，她们绝不靠近我，她们也不说话。兔子认为这样很恐怖，但我平静若常。

只是要打发多得无法衡量的时间，这一点到哪里都不曾改变。

　　大殿里没有昼夜之分，我们饿了吃，困了睡。高兴时我就吩咐侍女们点起沉香，拿来一把焦尾琴，跟随音乐播放器中的旋律弹奏。兔子则考察宫殿的各个角落，回来告诉我哪里有一个戏台，哪里有一个喷泉。偶尔我也会走到大殿外面去，侍女们托住我的裙裾，脚步齐整地簇拥着我，我们在曲折的走廊上漫步。走廊下鲜花盛开，鹤舞雀跃。

　　我慵懒地捏着一柄轻罗圆扇，扑打飞落在廊杆上的蝴蝶。阳光从廊上的竹帘间射进，我在斑驳的光影中伸展手臂。

　　"小姑娘，你在长大。你会长得如佩那样美丽。"兔子说道。但它的赞扬没有持续多久就又变成了老生常谈，"系统下一步要做什么？它到底是创造者、执行者还是毁灭者？"

　　系统不过是时间的代名词，好让我们储存价值体系和道德秩序，让我们在矛盾中为未来紧张焦虑。我们微小如尘埃的生命，凭什么去猜测质问时间。

　　宫殿中的生活闲散舒适，直到青鸟再次出现。这鸟儿绕梁翻飞，华丽的尾羽擦拭掉柱上的金粉，于是它就有了金光闪闪的尾巴。

　　跟着青鸟而来的是章和娥，一对娟秀可爱的瓷人，都只有十九岁。章的声音高亢，是易于冲动的热血小伙子；娥的声音婉转温柔，是浪漫天真的多情女孩儿。

　　他们恳求我道："把我们藏在你的宫殿里吧，仁慈的主人，我们正被仇家追杀。我们中的一个如果死了，另一个也不能独活。"

　　我能说什么呢？我命令侍女给他们换下逃亡的衣服，打扮成侍女的摸样混在她们中间。

这件事刚刚做完，杀手们就到了。他们沉重的靴子践踏着地毯，污浊的呼吸令我恶心。他们粗鲁地将大殿上所有的侍女都驱赶到我的面前，我听到侍女们嘤嘤的哭泣和惊恐的低呼。

"我们并没有冒犯你的意思，陛下。"他们的头领态度傲慢，"我们是洛伦和洛佐两个家族，联合追寻走失的族人。他们就在这里！"随着他的声音，我脚下的侍女们再次惊慌失措地挤成一团。

"说出你们的理由，否则不要怪我无情。"我抚摸着膝盖上的兔子回答他。

坚定整齐的脚步声从大殿深处传来，身着盔甲、手执利矛的战士围住了两个家族的人。

头领退后一步，声音稍稍谦恭地说道："我们两个家族世代为仇，我们从来没打算合好。但佩戴我们族徽的两个年轻人却丝毫不懂得廉耻与羞愧，他们不顾及家族的体面，竟然偷偷定下终身，这是我们无论如何也无法接受的事情。我们洛伦族要送那糊涂的青年上战场，让他去经受血与火、生与死的考验；而洛佐族也打算送他们那个满脑子浪漫想法的女子去远洋拓荒，让她在劳动中为自己的行为忏悔。"

"爱情是没有罪的，你们不能放下家族的恩怨去祝福他们吗？"我起身问道。镶满珠宝的沉重王冠压住我的额发，我的身体高大丰满，我的声音严厉肃杀，我是这世界的主宰，左手握着时间的纺锤，右手拿着空间的纱团。

那头领并不惧怕我的权威，朗声道："陛下，你的说法并不全面。爱情是没有罪，但爱情的双方却是有罪的。我们教育他们要爱父母、爱家族、爱国家，可他们为了彼此一时的欢愉抛弃高龄的父母双亲，增加两个家族间的摩擦、矛盾，把该对家族履行的职责忘得一干二净。爱要爱得正当，正当的时间、正当的地方、正当的人，这样的爱情我们当然会祝福，但现在我们只有诅咒！退一步讲，今天我们让他们逃脱，让他们自立，但他们从小就锦衣玉食、娇生惯养，脱离了家族他们靠什么生活？他们的浪漫爱情到时候只能是束缚的绳索、捆绑的镣铐。爱得适当能成就人，爱得不当只能毁灭人！"

"这一切的根源在于你们两个家族的世仇。告诉我，有什么样的矛盾不能化解，什么样的恩怨不能了结？"我问道。

"陛下，这不是您依靠善良意愿就能解决的事情啊！"另一个苍老而忧郁的声音响起，他是洛佐族的首领。"您见过猫和老鼠的游戏吗？您见过蛇和小鸟在一个巢穴同居吗？您见过人将自己的肉割下喂老虎吗？洛伦和洛佐最近相安无事，并不说明我们已经忘记了沿续几百年的仇恨和对方给的耻辱，还有洒在失去土地上亲人的鲜血。陛下，把这两个不晓事的年轻人还给我们吧！否则我们不会离开这里，哪怕陛下将我们碾成肉泥。陛下失去了视力，但是请不要失去明辨是非的能力。"

我正要为这老人不敬的话语假装生气，章和娥从侍女中站起。

"不要难为陛下，伯父。"章说，"我没有您想到的一半多，我只知道娥是我的生命，我们不能分离。我们可以到很遥远的地方去，和任何人都不交往，不打扰、不危害任何人，只要让我们在一起。"

"你这愚蠢的孩子！你还不赶快过来，你要让你白发的老父亲活活气死吗？！"

章和娥磨磨蹭蹭地走出侍女队伍，我感到他们缠绵依恋的目光久久不能从对方脸上移开。

"父亲，以后请你记得我。"娥说，"我不会再有别的爱人了。章现在和将来都是我永远唯一的爱人。"

他们拉着手，向那大堂的立柱上撞去！

所有的辩解和争执不再有意义，时空的停止也阻止不了章和娥头颅的破裂。当空气中的血腥味再次飘进我的肺部时，我惊恐地扔下王冠，逃入后宫，从此不敢再去大殿。

兔子告诉我，侍女们擦洗了三天三夜才将地毯上的血迹清洗干净。但当她们掀起地毯，那雪白的大理石已经被鲜血染成了暗红色，怎么也恢复不了本来的面目。

外部

第一具尸体在飞船下层货舱的废墟中发现。尸体喷出的血液染红了他周围的一切。那褐红的已经冷却的液体瞬间降低了妮娅的兴奋感。

她在飞船上一共清理出两具整尸和十九段无法辨认部位的肢体。单薄的人类遗骸残存着被撕裂时的痛苦挣扎状。围绕飞船的垃圾中也许还有更多尸骸。

　　妮娅走到飞船断裂的地方。

　　白色星球上，万里冰原仿佛是一面平滑的镜子，闪动着恒星之影。

　　目的地搜索完毕，精确扫描完毕，飞船报告信息波平静地送到她的中枢系统，她丝毫不为所动，等着下一个报告。

　　二十七个居留点，仍然不存在生存迹象。

　　请选择辐射投入点。

　　她愣住了，机器的身躯在这一刻竟然剧烈地颤抖。

　　记忆中飞船遭遇袭击的一幕霎时间清晰得如同就在眼前发生。

内部
6.等待太久会忘记目的

　　我拍醒兔子。现在它已经有 8420 克重了，我放弃了拽住它的耳朵将它提起的习惯。

　　"怎么了？怎么了？"兔子跳着叫起来，"又有什么人来找我们吗？"

　　"不，是我要离开这里。"说着，我打开攒紧的手心，"祖玛"的银钥匙映入兔子的眼睛。

　　这家伙发出惊喜的声音，"你居然还留着它！我的小……啊，不，我的姑娘，你真有心计。"

　　"我只是懒得丢弃东西,你舍得这里吗？"我戳戳它肥软的肚子。

　　"我是你忠实的朋友。"兔子深鞠一躬，"请允许我陪你一起,做你的眼睛。”

“切，我几时需要过你的眼睛。”我不屑。“你说过这宫殿里有一间屋子锁住了，没有人能打得开，带我去那里。”

房间在宫殿最隐蔽、最黑暗的地方。成年的我毫不惧怕任何形式的黑暗，兔子也不再大惊小怪，我们一路无语，顺利地到达了那里。

钥匙插入门上的锁孔，轻轻一拨就转动了。我回过头看着兔子说道：“不管什么样的世界，我们可要进去了啊！”

“不管什么样的世界……”兔子重复着我的话，补充道：“我们都在一起。”

门打开了，门里是漆黑的空洞。我们进去，上楼梯，右拐，左拐，一切都似曾相识。

“天啊！”兔子尖叫，很久没有听到它这样歇斯底里的口气了，“我们不会又回到‘祖玛’那里了吧？”

“回去了又如何？”我并不觉得可怕，“祖玛”翻飞的球阵曾经给我单纯的快乐，让我忘记了思考，忘记了等待，甚至忘记了忘记。

走廊尽头人语喧哗，这里空气冰冷干燥，寒气从脚底往上蹿，我不由得裹紧丝绒长袍。

“哇！”兔子有点兴奋，“这么多人！”

很多人，杂沓的脚步、纷乱的口音、混沌的气味，仿佛组成一堵围墙包住了我。我的神经系统频频短路，不能组织起有效的信息给大脑判断。

"我们在一个市场里。"兔子看出了我的困惑，解释道，"好多人啊，这边是卖水果的，那边是卖肉的，还有卖蔬菜和烤羊肉串的。你有感觉了吗？"

我缓缓摇头，想不起这些物品的形状、气味、口感。兔子抽象地描述徒增了我的混乱。我倒吸一口凉气，朝最安静的那个方向走去。

"那是墙壁，姑娘！"兔子大喝一声。

我迟疑了，脚步第一次在它的喊叫中停下。我怎么了？竟然会在人群中迷失方向。喧哗的市场让我害怕，这是一种神经都收缩颤抖的情绪，比外界的寒冷更刺激我的思维，我感到全部的大脑细胞都疼痛得尖叫起来。

"我不能待在这里！"我像一个溺水的人那样呼喊，那样歇斯底里，"我要到一个安静的地方！安静的地方！"

人语喧哗倾刻间消失得干干净净，空气中只剩下霉烂的味道。我站在这味道中孤独而安然，奔腾的血液顿时平静，神经也舒展开来，重新捕捉空间与时间的信息。

兔子上蹿下跳嘟囔着："天啊，这里的空气让我窒息。天啊，这里只有一扇窗户能打开。让我试试，唉哟……"兔子在"咣当"一声的窗框劈裂声音中呻吟，"我好像把腿摔断了，我是个残废了，行行好给我一根胡萝卜吧！"

风呼啸着涌进破窗，锋利如刀，刺破陈腐的空气，将气味统统卷走。风中有大片大片轻薄的物质落在我身上，冰凉潮湿，片刻就化成水渍蒸发掉了。

"那是雪，我的姑娘。"兔子悲悯的声音在风里颤抖，"我们得找点吃的，弄一堆火，否则晚上会先饿死再冻死。"

火很快就生起来了。房间中的旧家具和旧报纸被拢在一起，生了很大的一堆火。我的口袋里有火柴，但没有钱。

"系统不会让我们死掉对不？"兔子打着寒颤往我怀里挤，似乎熊熊的火焰并不能让它感到温暖。"我饿！为什么你要离开想要什么就有什么的王座？为什么我要跟着你挨饿受冻？为什么？为什么？！"

"为了我无法庇护爱情。"我叹息，"为了佩和秋，为了章和娥，为了他们的鲜血白白流淌，而我未曾相助。"

兔子叹息道："爱情与生存究竟哪个更重要，我怀疑我们是不是走错了路。"

"也许，爱情永远是奢侈品。"我抚慰兔子，"我们去市场找吃的东西吧。"

"我不能去！你是没感觉到啊，他们看我的目光全都充满了食欲。"兔子的寒颤更重了。

我只好自己去，一个盲女孩儿总能唤起一些人的怜悯吧？

我忘记我已经长大，破烂不堪的紫袍和被旧家具上的钉子撕开好几条缝的蕾丝内裙无法遮挡我发育良好的身体。而人在食欲之外，还有一种欲望叫色欲。

气味难闻的市场离我的住所有两条街。我踩着一路积雪跑过去，丢掉了鹿皮鞋。

有人吹口哨道："看那肥女！"有人招呼我："小妞儿，去哪

儿啊？来，让大爷暖和暖和你。"有人走过来粗暴地拉我，污浊的
酒气喷了我一身。那人的胡须都扎到我的脸上了，神经疼痛的感
觉又来了，痛得我几乎昏厥。我奋力挣扎，但男人的臂膀有力地
牢牢箍紧我的身体，我竟然无法动弹，只恨没有秋的腰刀刺入自
己的胸膛。一滴泪水流入我的嘴唇，咸咸的发苦。

"放开她！"女人愤怒的声音，"欺负一个盲姑娘，你算是人吗？"

我被抛开，重重跌倒，柔软、冰凉的雪托住我的身体，冻紧
我的呼吸，但神经的痛楚也在这冰冻中消失。

"朱！你少管闲事，别以为我们不知道你在外头搞了个小伙子，
让你的丈夫戴绿帽子！"醉汉踉踉跄跄地嚷道。

"我做了什么，我问心无愧！"叫朱的女人声音中毫无惧色，"你
要再敢碰这姑娘一下，小心我把你阉了！"

四周响亮的起哄笑声传来。朱拉起我，一件皮大衣裹紧我的
身体。大衣领子镶嵌的劣质狐狸毛刺着我的脖颈，可是我并不觉
得难受。我紧紧靠住她，她粗大的手掌那样有力，给我不同寻常
的安全感。

"可怜的姑娘，我真想带你回家，但我那丈夫要是醉起来可不
好对付。"朱摇动着我的手。雪越来越大，皮大衣抵挡不住风雪凌
厉的攻击。朱握着我的手有些汗湿，忽然她爽朗地笑道："我怎么
忘记了你，小柯，你来得正好，送这小妹妹回家。"

一个轻柔的呼吸插进我和朱之间，有金属质地的男子声音从
这呼吸中传出："没问题，朱，你的愿望就是我的行动。"

外部

每隔三十到五十万年地球便进入大冰期，那时候冰雪将从南北两极向赤道延伸，填充海洋，覆盖陆地。急剧下降的气温将灭绝物种毁坏文明。

修筑宽敞的地下居留点，发射巨大的载人飞船，人类想方设法保存文明的全部信息，期待冰川时代的人类文明依然可以延续发展。

那些耗尽全人类资源的载人飞船漂泊在宇宙的各处，他们又发出很多小型探测飞船，希望找到合适的星球落脚。

探测飞船中的一艘"青鸟号"进行了两次虫洞跳跃。筋疲力尽的船员们欣喜地发现飞船附近的行星有水，冰雪覆盖下有坚实的大陆，还有少量的爬行动物。

雪白的星球是希望的星球吗？

"青鸟号"的探测器被释放，穿过大气层降落在白色星球的冰雪里。

这时候，飞船自身恢复正常工作的定位系统已经明确指出，飞船在太阳系的第三行星附近。飞船回到了母船的起点，只是无法将这个消息传送给母船。

白色的星球曾经是蓝色的，宇宙中少有的晶莹的蓝色。

这个现实很难让"青鸟号"的船员们接受。更残酷的现实是，所有地球上的人类居留点，那些深埋在地下的坚固的金属掩体，全然没有丝毫的生命迹象，连一丝热辐射都找不到。

进入这些防护重重的掩体很困难，而暴风雪又增加了新的障碍。"青鸟号"的船员们回到飞船的舱室中，他们对人类居留点知之甚少，只有无尽的猜想。

躲闪太阳磁暴的"青鸟号"发现，有一个居留地在强辐射的环境中出现了电磁反应。要是辐射再强一点，能穿过掩体，金属墙壁的高能粒子流也许会引起居留地内部系统的有效反馈。

在制作巨大的辐射反转镜之前，他们再三观察，确认那个居留地中绝不可能有生命的迹象。然后辐射反射镜在太空中被制造出来了，收集大量宇宙射线射进那个居留地。

"青鸟号"希望打开某个居留地的大门进入其中，用人类遗存的生产生活资料重建地球文明。

反射镜不停地调整着位置，以保证最大的效果。此时一颗流星呼啸而至，击中了"青鸟号"。在爆炸和毁坏的崩溃中，船长将一个机器人助手推进了救生舱。

从此妮娅摆脱了时间的限制，拥有了永远的青春，封印在漫长时间的冰冷世界里。

妮娅的红外视觉穿过舱壁看到数公里外的反射镜。三千年已过，那镜子仍然在转动着，源源不断地反射着高能粒子流。

那些沉寂在金属掩体中的信息何时才能苏醒？

内部
7. 也许故事该结束了

兔子惊呼小柯好帅。他拿出米饭罐头、香肠、浓缩蔬菜饼和啤酒后，兔子更是语无伦次地向她献媚。小柯对兔子的赞扬习以为常，对我的沉默寡言反而不是很习惯。他问我叫什么名字，从哪里来，要到哪里去，眼睛是天生这样还是后天坏的，有没有治疗过……他的话太多了。

"她要等哥哥来。"酒足饭饱的兔子摊开四肢仰面躺下，打着酒嗝开始八卦，"她哥哥会带她去治眼睛，我觉得这事情挺不靠谱。那位哥哥到现在也没有音讯，好似人间蒸发了。"

"真的吗？你哥哥叫什么名字？也许我认识他，我一直在世界各地游荡。"小柯有点自嘲地笑了，"我走到哪儿，哪儿就是我的故乡，每个地方我都有很多的朋友。"

我摇头。小柯误会了，说他会为我保密。

"这与你无关。"我说。脚底被火烤得无比温暖，我很想倒下化作火的燃料。"我不记得他的名字了。"

"可他是你哥哥啊！"小柯不解。

"那又怎样？我想不起他的容貌，他的气息与味道也很陌生，但是他出现时，我会认出他来。他是我等待的目的，生存的意义。他是一个符号，这已经足够。"我懒懒地笑道。

"不记得，就是为了忘却啊。"小柯缺乏幽默感地说道，"哥哥是你逃避人生的借口吧，并没有这个人存在，是吗？"

"你有什么理由这样说？因为你给我们食物就可以在这里指手划脚吗？"我感到愤怒涌出了皮肤，布满我的身体。

"不！"小柯哀伤，轻轻握住我的手，"我的姑娘，我宁愿这个哥哥从不存在，因为除了这里，再没有别的地方有人烟了！除了这里，整个世界，人的世界都毁灭了！"

那一瞬间冰冷的空气和沸腾的火焰都凝滞不动了，我的指尖深深陷进小柯的掌心，我的大脑近乎窒息。

兔子忍不住尖叫道："不可能！这怎么可能！"

小柯将我和兔子揽入怀中紧紧地抱着。我慢慢地平静下来，并非小柯的消息让我震惊，而是他残忍的语句使时空对我模糊的意义变得更加含混不清。

哥哥不会来了，青鸟也不会再出现于我的头顶。从"祖玛"的后花园到我雄伟壮丽的宫殿，到处流淌着腥臭的血。人间不是为纯爱创造的。

"那我们怎么办？我们能怎么办呢？"兔子号啕大哭。

"活下去！不管这里是不是桃源。"小柯回答道。他的手触到我的脖颈，捏住项链尽头的吊坠，好奇地问道："这是什么？"

是那块和田雪玉。我想到了佩和秋，章与娥，美丽的声音，远去的背影。

我收回吊坠重新挂在脖颈，觉得吊坠仿佛烙铁一般烫着我的心。

要是没有这颗心，就不会有那么疼痛的感觉了。

小柯住下来，给我们讲他的旅行故事。讲人类怎样如割麦子一样一片片地毁灭于新冰川世纪；讲他们如何穿过古代人修建的地洞进入湍流的暗河，九死一生到这里艰难求生。

后来朱送来一袋面粉，这补给品很快就被我们消耗完了。小柯叫我卖掉和田雪玉，我不肯。现在，房间中已经没有什么可烧的了，冷得和冰窟一样。兔子求小柯暂时停下讲述他的冒险故事，出去找一点燃料。小柯傲慢地说那不是他这样有身份的人该做的事情。他殴打兔子，命令它去偷市场的木柴。

"如果这也是系统创造的，改变它！"兔子跳到我的膝盖上哭诉，"你能，我亲爱的朋友，你能改变这一切！就像以前一样。"

"我们回不去了，困在这里了，这是我们的命运。"我说。

"胡说，命运在你自己手里。我们离开这里到其他地方去，到没有人的地方去。"兔子凑近我的耳朵，胡须颤抖着，"我们能活下去，系统不会抛弃我们的。"

我搂住兔子。我承认，"祖玛"大机器要比小柯让我的神经感觉好些。

我们在夜半时分逃离，大雪掩盖了我们的脚步。我们穿过沉睡的街区，走进满是弹坑与残破装甲车的荒野。天亮时，我们爬上了一座小小的山丘。我冻僵的麻木肢体已经感受不到旷野狂风的凄厉。兔子说城市在很远的地方，此时此刻，它就像是被小孩子摔坏的玩具。

"你们要去哪儿，我的姑娘们？"小柯的声音爬上山坡。兔子惊恐地跳开，我听到一声枪响，然后金属管状物压住我的额头，"我救活你们，可你们却背叛了我！"小柯粗暴地撕开我的领口，扯下那块玉坠，"这不应该，实在不应该。"

"你别伤害兔子。"我说，"让它走。"

"那就求我吧！求我啊！舔我的靴子吧！你这傲慢的瞎子！"小柯狂笑，"别以为我是个傻瓜，看不出这块玉的价值。"

他扣动了扳机，森冷的恐怖从金属管状物传遍我的全身，但什么都没有发生。

小柯啐了一口："妈的，你这瞎子运气好，下次可就不一定了。"

夜晚到来，我重新置身于先前逃离的房间中。我把从市场捡来的柴禾堆起来点燃。小柯踢打我，用皮带拴住我的脖子，叫我作他的母狗。他把什么东西架在火堆上烧烤，我被烟气呛得连连咳嗽，肉香与皮毛烧糊的味道熏得我流泪。有一种不祥的预感需要我证实，我问他在烧什么。

"你那块破玉才卖了十块钱。"小柯愤然，"还不够买烧烤酱，更别说酒了。所以……"他逼近我，嘴里的蒜味令我想呕吐。"我不得不将就着，没有任何佐料地吃掉你的小朋友。"

"兔子！！"我哀叫。

"是啊，我瞧你也不是很喜欢它，你也来吃一口。"小柯说着，将一块骨头塞进我的嘴中，刺激着我许久没有尝过蛋白质的味蕾。

不！我心里有个声音在嘶哑地喊叫，胃部也急剧地抽动起来，从身体内部涌起的神经冲动刺激着口腔部分的肌肉，我吐出了那块骨头，正好吐在小柯脸上。

　　"婊子！"他骂道，拳头砸在我的头上，靴子落在我的身上。我的所有神经都蜷缩在一起，但仍然躲不开这一次比一次更猛烈的刺激。我往后面退，来不及躲避脚下的凳子，被它绊倒在地。小柯扑到我身上，解开我脖子上的皮带抽我。皮肤火辣辣的痛，像着了火一般，火势顺着血管一直蔓延到我的心脏，我几乎要窒息过去。

　　"这么好吃的东西你都不吃，你要吃鞭子吗？！"小柯狂叫道。我本来就破烂的衣服在鞭子的抽打下化作四分五裂的碎片，裸露出的身体接触到冰冷的空气，我不由得浑身颤抖。

　　鞭子停下来，小柯似乎在思考什么。我撑起上身想爬起来，但小柯用他的靴子阻止了我。靴子压住我的腹部，皮鞭挑开我剩下的衣服。小柯的声音中有一种可怕的膨胀欲望，"臭婊子，长得这一身好肉。"

　　他的身体从空中降落，重重地压住我的身体。油腻的嘴唇扫过我的胸口，粗壮的手指撕扯我的身体。如果真有系统，兔子，为什么要发生这种事情？命运真的在我们手里吗？男人急速地喘息，手指在我身上游移。兔子，这真让我恶心。我摸索着男人身上的枪！

　　兔子，你知道将发生什么吗？我玩"祖玛"可是好手。

　　子弹呼啸着穿过空气，小柯手忙脚乱地四处躲避。但他心脏的目标实在比"祖玛"球要大得多，也稳定得多。

　　七秒钟后，小柯重重地扑倒在地，停止了呼吸。我等了一会儿，确信他真的死了才爬到他的身边把他翻过身来。他的衣袋里有兔子的裁纸刀，刀口很锋利。我用裁纸刀割开了他的衣服，切开他的腹部，拉开他的腹直肌，找到他那鼓鼓囊囊冒着热气的胃。我用刀尖挑开胃壁，兔子的碎肉和着胃液哗哗流出，酸腐的味道令我呕吐。

"兔子！"我把肉和骨头集中在一起，喃喃叫着，"兔子，穿过沙漠与沼泽来到我身边，你不是为了丧身于人腹，我希望你活过来，在这个孤独的世界上陪着我。求你了，兔子，求你活过来，继续唠叨，继续怀疑，继续质问。我要改变时间的流向，改变空间的构成，我要你活过来！"

"我的小姑娘。"从碎肉与骨头的缝隙中传出微弱的声音，在我大脑皮层中回响，"很抱歉，我不能陪你了，你要一个人活下去。"

"不——"

"或者，系统会给你一只新兔子。"

"我不要！我只要你！"我抓住那些骨头，我要把它们拼起来，填肉上色浇灌生命之水……

兔子的骨头开始碎裂，我一碰就化成了灰烬。

"没有生命不死会，小姑娘。"兔子的声音并不沉重，"我很高兴，我死的时候你终于当我是朋友了。保重，我的小姑娘。"

我的手边转瞬间只剩下一堆没有任何气味的灰尘。

我的心也化成了灰尘。

为什么会是这样的结局？我的世界尽头在什么地方？没有哥哥的借口，等待与消耗都还有什么意义？这一切，究竟为什么呀！

粘稠的液体从我眼角流出，是殷红的鲜血。鲜血滑过脸颊，鲜血融化了我的脸庞和身体，只剩下心脏在血泊里哭泣。

一只青色的鸟儿从地上飞起，翅膀抖动着撒下一颗颗圆润的血珠。它飞过废弃的城市、积雪的旷野、华丽的宫殿与幽暗的庭院，它飞过"祖玛"的发球机，飞过"超级迷宫"的无数通道……它飞过一个又一个游戏设置。

它在飞，不知疲倦地飞，成为系统无法捕捉的紊流。

外部

飞船上响起尖利的声音，那是只有在发生紧急事件时才会发出的声音。妮娅那颗金属的心脏也为之颤抖。

她走到控制台前，屏幕中死寂的荒原上一片雪白迅速消融，巨大坚固的永久性建筑露出了顶部。

细密的电磁波正在那建筑中盘旋，所到之处煽动起一场场电子风暴。

妮娅转过头去，残骸外的白色星球在恒星的光辉下闪耀着，有一种怵目惊心的美丽。

星空浩渺，而文明刚刚苏醒。

太阳火

"文昌 [1]，这里是国际空间环境地基监测中心 [2]，监测正常。"

"文昌，这里是全球环境与安全监测中心，监测正常。"

"文昌，这里是国际深空探索器监测中心，监测正常。"

"文昌，这里是超算监测中心 [3]，监测正常。"

……

无数信息集中涌入文昌航天中心综合处的 ATS[4] 执行部。执行部圆形阶梯大厅的每一层台阶上都布满了控制台和紧张的工作人员。大厅中央，"地球—太阳实时状态展现系统"按照大厅尺寸比例，呈现出火热明亮的巨大太阳，蓝色晶莹的小巧地球，还有在太阳和地球之间，微小得就像蚊虫的许许多多的人造飞行器。

大厅墙上，一行数字不断变化，如同战鼓的鼓点，敲打着每个人的脚步。

数字显示：北京时间 PM18：00　2065 年 3 月 18 日

2065 年 3 月 18 日

北京时间 PM18 : 15

月球国际天文台

"文昌，文昌，这里是月球国际天文台，'燃火者'第四次姿态调整监测正常。"方自健报告。离他半米远处，是一个微型的"地球—太阳实时状态展现系统"，虚拟现实增强技术制造出来的太阳正安静地喷射着火焰，二十七艘"燃火者"无人飞船像二十七粒黑芝麻，贴在红彤彤的太阳上面，特别难看。方自健好几次都想伸出手去擦拭这些家伙，手穿过太阳才醒悟，这一切不过是电脑的仿真影像，不由得大笑，骂一句："我这笨蛋！"

"月台，你是挺笨的。"太阳影像上叠映出"夸父"太阳观测站的舱室。太阳马上消失了，取而代之的是位于 L5 拉格朗日点 [5] 的"夸父"太阳观测站。站上的三名工作人员挤成一团，笑嘻嘻地说。

这三个人来自不同的国家不同的民族，却长得好像三胞胎，方自健永远搞不清楚他们谁是谁。

"你们那边怎样？"方自健问。

那三胞胎一一回答："挺好。""太阳很老实。""磁暴就像中医点穴。"又齐齐伸出食指、中指做"V"状，异口同声道："ATS 激活太阳，欧耶！"

这段对话马上被文昌那边剪辑为三十秒的视频，散发到星空深度网络的边边角角，立刻博得公众的超高点击率和关注度。

"我……"方自建扫了一眼显示在水杯壁上的全球热点话题，

忍住了将要出口的脏字，装作很兴奋的样子，"公众终于肯关心我们了。"

"地球太冷了嘛。"伪三胞胎之中的一个说，"ATS 激活太阳后将增加地球表面 20％的光照，极大改善目前的极端天气，当然会获得公众的欢迎。"

"'燃火者'是关键，轰炸太阳，引发太阳内部耀斑爆发。"方自健揉揉太阳穴，"了不起。"

方自健见过在月球表面集训的"燃火者"，这些灵巧的自动飞行器闪着耀眼的光泽，非常漂亮。想到它们将要被太阳吞没，方自健心里还有些可惜。

伪三胞胎却不以为然，"它们是机器！""了不起的是我们，能够驾驭了不起的它们。""是的，没有我们的梦想，超算不过是一堆沙子。"

太阳耀斑爆发后，对外辐射将急剧增加。可见光、紫外线、X 射线、伽玛射线、红外线……都会呼啸着狂奔向地球，形成汹涌的太阳风暴，首先危及地日之间所有人类设施中的人员和设施安全，其次破坏地球大气中的电离层，干扰地球磁场，损害全球信息通讯系统。这种种后果如果没有超算的精心规避，改造太阳来拯救地球的 ATS 计划就真是白日做梦。

现在超算系统已经布置好了引流通道，引导太阳风只攻击大气层中的特定位置，从而触发全球大气对流方式改变，达到促进全球气候变化，减缓地球日渐变冷趋势的目的。

"如果超算计算有误，哪怕就错了一个小数点，会有什么后果？"方自健问。

伪三胞胎笑得欢实，"不可能。""想都不要想。""那不是一台超算！那是全球超算网络！整整108台！"

方自健做个鬼脸，怀疑超算就如同怀疑人类的存在。他不怀疑，他只是莫名的惊恐。

"你比我还婆婆妈妈。"杨志远说，"你在月球上发神经的时间太长了。"

的确，一个人待着容易胡思乱想，但杨志远也是独自面对望远镜，他就没那么多想法。

方自健敲动水杯，呼唤好友，但没有回应，大概还在外巡视。他抬起头，那伪三胞胎仍然挤在视频窗口里。

"你们觉得ATS计划能成功吗？"方自健问。

伪三胞胎信心满满，齐声笑答："人定胜天，当然行！"

2065年3月18日

北京时间PM18：30

贵州平塘县大窝凼天文台

杨志远已经巡视完了大部分区域，走到观景台上休息。

群山环绕的大窝凼天文台就像一口大锅，巨大的FAST射电望远镜躺在锅的底部。观景台在锅的中部，游客从观景台走到望远镜需要沿螺旋状的道路曲折盘旋而下。望远镜在视野中渐渐变成压迫头顶的庞然大物，头顶天空全部被望远镜遮蔽，那种震撼无法言说。初春山里寒冷阴湿，游客原本稀少，但最近ATS大热，连带着大望远镜也被关注，每日游客竟然过千。此时天很暗了，观景台上还站着几十个人，不住朝脚下眺望。但山林到处黑黢黢的，望远镜竟然找不到了。

"回去吧。"杨志远劝，"马上就要下雨了。"

游客们还恋恋不舍。杨志远说："ATS 直播可是绝无仅有，千载难逢。FAST 天天都在这儿，跑不了。"

游客们笑起来，就有人问："干嘛晚上执行 ATS？白天看不是更壮观？"

"十三个攻击点都在大洋上空，这时候那边是白天，大洋面对太阳。"杨志远尽量耐心解释，"何况，我们不能直接面对太阳观测，眼睛会坏掉的。"

游客们这才兴尽散去。微微的发动机启动声音后，几点车灯在丛林中晃动一下，天地便重归静寂。

杨志远走到观景环廊入口——这是一段悬空的玻璃走廊，游客们最喜欢这里。白天站在上面，人好像漂浮在望远镜上。杨志远走上去，低头看，他分辨得出玻璃下面大望远镜粗黑的轮廓。碳钢玻璃反射出他夜视鞋的冷光，提醒着他正站在一块玻璃板上面。

人类的现在，是不是也在玻璃板上？超算组成的玻璃板强大坚硬，将人类和自然隔绝开来，这样合理吗？杨志远思考着。

正要执行的 ATS 计划规模空前绝后，目的是为了人类享受到舒适的气候。十年来，地球平均气温一直在降低，各地气候都在变化。大窝凼的冬天越来越冷，越来越潮湿。山区的毛毛细雨落下来就凝结成冰，如细小的冰沙，糊在人身上，寒冷到骨头里。

突然，几滴冰碴落在杨志远的皮肤上。杨志远尽管是本地人，还是在这凝毛细雨中打颤。

杨志远快步走回观测站。FAST专注"两暗一黑三起源[6]"已经有五十年了，在太空望远镜越来越多的今天已经失宠，这次能参加ATS观测系统，说不好是幸运还是祸事。

观测站里温暖明亮，杨志远脱下已经潮湿的外套。站上没有第二个人了，他吹了声口哨，方自健的虚拟形象出现，时间显示留言是十二分钟前的。

"我害怕。"方自健说，脸色沉郁，"万一那些攻击点不对，触发错误……我不敢想象。"

又一个虚拟形象出现，是八分钟前的留言，这是一个短发的小姑娘，穿着紫红色的冬季校服。杨志远认出这是自己做顾问的中学联盟天文台的会员林奕。

林奕满心欢喜道："杨老师，我们进入了惠灵顿联合观测站[7]的系统，这样我们就可以完成观测任务了."

杨志远把林奕的留言复制给了方自健，附加自己的一句话："举世皆欢你独醒，你好意思吗？"

2065年3月18日

北京时间PM19：00

中学联盟天文台昌平台

中国中央电视台新闻联播片头曲开始的时候，一直碎屑般在天空飘荡的雪花终于变成了鹅毛状，劈头盖脸地打在路人的脸上。

赵晨光赶紧小跑几步，踏上天文台的台阶，在新闻联播的主持人说"今天的主要新闻有……"的声音中走进天文台，身形和正在播报的主持人合二为一。主持人的虚拟影像毫无障碍地继续念叨全球大事，倒是赵晨光被影像晃了一下眼睛，跟跄了几步，冲到工作台前才站稳。

"你小心点儿！"林弈尖叫，赶紧点关闭键，工作台台面立刻恢复为普通的黑色塑料桌面。

赵晨光把盒饭放在桌面上，喘口气，拍打身上的雪："春分还下这么大的雪，老天爷又发神经了。"

林弈瞪眼道："这几年不都是这样嘛，地球开启了'冰寒'模式而已。你们男生就爱瞎抱怨。"

赵晨光吐舌，做个鬼脸。

新闻联播的主持人继续念稿子："春分麦起身，一刻值千金。但本周华北地区的持续降雪给春小麦的生长带来了极大困难。"影像随即变成白茫茫一片的郊野大地，大雪中一个蹲在田头的农民满脸焦虑。

"怎么回事？今天头条不该是 ATS 吗？"林弈不快。

"ATS 毕竟是天上的事，和咱老百姓关系不大呀。"赵晨光逮着机会吐槽。

"瞎扯，ATS 不就是为了改善气候环境，让春分能升温下雨，和从前一样吗？关系大了去了。"林弈生气，就要关闭电视。

"别，别，往下看肯定有。"赵晨光赶紧拦住她。

画面切回到主持人的脸庞上。主持人用非常好听的普通话字正腔圆地播报："今天午夜，ATS 计划将正式实施。目前全球已经有 47 亿人订阅了实况转播……"画面上出现了世界各地的天文台和观测站，各种肤色发色的男男女女穿着厚实的衣物守候在这些台站旁，满脸兴奋之色。

林奕不屑，点击桌面，虚拟的工作台台面出现，她调出 ATS 专用频道。

赵晨光惊呼："哇，惠灵顿系统给了我们接口！"

林奕都懒得生气了，道："大惊小怪！我们的观测成绩一直很好，为什么不能有接口！"

赵晨光不习惯平面视频，想更改为立体显示模式。林奕的手却抢在他的手前接触屏幕，点击台面。

月球天文台出现了，方自健有点惊恐地回过头。

"是你们啊。"方自健勉强做出愉快的表情，"你们在吃饭？"

"方老师，我们进入了惠灵顿联合观测站系统，和他们共享中学天文台网观测数据，这样就能完成描绘太阳黑子在 ATS 计划执行期间的变化情况。"林奕兴冲冲地汇报，"要不我们什么都干不了，只能傻坐着等天亮。到那时太阳耀斑爆发早结束了。"

方自健听杨志远的话也当了中学联盟天文台的顾问。相比林奕的兴奋，赵晨光一脸"我还没吃饭呢，就别讨论星星"的表情更吸引他。他问赵晨光："你不相信 ATS 能成功？"

"啊？"赵晨光奇怪，挠头，"我没想过。超算做的事情会不成功？"

方自健连忙辩解："噢，当然会成功。超级计算机嘛，尤其是网络化之后能耐大了。"这话说得很不真诚，方自健不由得四下看看，幸好"繁星 3 号"听不出他声音中的调侃之意。

"繁星 3 号"是月球上的超算，管理着月球上的一切人类设施，支持着月球上人类的所有活动，就埋在南极月海的地下。现在"繁星 3 号"还是执行 ATS 计划的超级计算机网络中的一个节点。

但林奕听出了方自健语气中的问题，立刻问："老师，你是不是觉得 ATS 不大可能成功？超算的计算方式和逻辑推理有问题？"

方自健感到额头发凉，摸摸却并没有冷汗出来，他并不擅长编造理由，连忙说："我哪儿有能耐看出超算的问题，我还局限在人类的思维定势和行为框架中，对太阳心生畏惧。"

"这样啊。"林奕深表同情状，"那您真不如杨老师。"

方自健连忙表示赞同："是啊是啊，我还要向杨老师学习。"杨志远怎么说来着——"举世皆欢你独醒"。的确，最讨人嫌的行为就是在大家高兴的时候泼冷水。

"可是……"赵晨光慢吞吞地问，"超算真没有失手的时候吗？"

2065 年 3 月 18 日

北京时间 PM19：45

月球国际天文台

超算还真没有失手的时候。方自健用了半个小时梳理超算的发展历史，死活想不出超算失败的例子。随着虚拟场景的不断变化，他脑子中充满了"超算为自己找到了永动机"、"太空进入超算时代"、"超算在月球成功开机"等等的新闻标题。二十年来，超算帮助人类消灭疾病和战争，走入深海与太空，已经深深渗透进了人类的生活之中。

方自健扫视四周，仪器全部铆死在墙里，一排排整齐有序，反射着明亮的阳光。阳光从长方形窗户外射进来，月球南极的阳光灿烂，四台巨大的天文望远镜沐浴在光海之中。方自健不由得肃然起敬。生活在这个科学高度发达的年代，人类马上就要利用太阳进行地球气候改造工程了，应该理所当然地自豪骄傲啊！怎么自己内心却如此地充满怀疑和不安呢？

"文昌呼唤。"随着一声调皮的女声传来，虚拟场景变回"地球—太阳实时状态展现系统"。拉格朗日站、月球天文台，以及分布在地球和太阳之间的其他人造设施都清晰可见。方自健甚至想放大月球天文台后一定能看到自己正坐在控制室中发呆的傻样。

"你们都还好吗？"女声问，ATS 执行部的虚拟形象 Sunny 走向方自健。这是一个年轻且充满活力的女性形象。她笑容甜美，身材曲线动人。Sunny 同时也出现在其他太空人面前。

地日间的所有工作人员的头像瞬间全部出现。虽然七嘴八舌，但大家表达的意思基本一致——没问题，太阳很正常，计划很顺利，我们很开心。

Sunny 说："二十四点 ATS 计划开始执行，我们将见证人类历史上最伟大最了不起的时刻。届时，公众一定会渴望从你们那里得到更多的信息。希望你们注意言辞。"

"噢，你不用担心。而且我们所有的对话都在内网中，必须通过你才能发布。"方自健说。

"例行通知。"Sunny 微笑，"毕竟敢在太阳头上动土，这还是人类有史以来的第一次。"

方自健愣住了，反应这么敏捷、这么可爱的 Sunny 他还是第一次见到，看来超算升级智能处理程序了。

"我们深感荣幸。"伪三胞胎像对待真正的女士那样奉承道。私聊频道还跳出一句话给方自健："超算终于做对了一件事。"

目前超算网络的运算速度已经达到了每秒兆亿亿次，比闪电还快，比思念还迅捷，它几乎无所不能，制造 Sunny 只是小菜一碟。

其实敢在太阳头上动土的是超算啊，方自健暗自想。这句俏皮话通过私聊频道传给了杨志远和林奕他们。

赵晨光回应道："老师，太阳对于超算，只是数据计算量庞大的一个工作对象，超算不会产生我们对太阳的那种崇敬感和畏惧感，对吗？"

方自健点头："嗯，是这样的。"

赵晨光少有的严肃，字斟句酌地缓慢说道："老师，我发现了一个问题……"

2065 年 3 月 18 日

北京时间 PM20：00

中学联盟天文台昌平台

赵晨光在林奕眼里是个很二百五的学碴，也就是体力好点，野外观测时能搬个重仪器能熬夜，其他基本没有可取之处。对赵晨光为何要选择天文社团，林奕压根儿不感兴趣，因为赵晨光连目镜和物镜都分不清。

　　所以赵晨光说他发现了一个问题，方自健只是好奇，林奕却极为吃惊，甚至在想这家伙千万别说出什么白痴问题，毁了我台的形象。

　　像是要让林奕更吃惊似的，赵晨光调出了一张超算网络全球分布图，他问："老师，我发现绝大部分超算分布在北半球的这一带。"他的手划过地球，超算在他手底依稀发出亮光，连缀起一条绚烂的光道。

　　"是的。"方自健点头，"有什么问题吗？"

　　赵晨光调出了第二张图，这是一张昨天的全球气温图。两张图重合在一起。赵晨光得意洋洋道："怎么样？问题大吧？"

　　"什么问题啊？！"林奕没看出有什么毛病，责备赵晨光，"你别神经了，赶紧的，我们还有很多事情要做，我们可不是 ATS 的旁观者。"

　　方自健也摇头。

　　"不会吧？你们竟然看不出来！"赵晨光嚷，"超算所在地气温都很低！"

　　"那又怎样？"林奕还是没明白。

　　方自健说："这很正常，超算运行时会产生大量的热，需要气温较低的环境，所以……"他忽然停住，看着赵晨光，"你想到了什么？"

　　"人类害怕低温，但超算不怕。"赵晨光说，"我的问题就是，超算们真的会全力以赴地帮助我们吗？"

　　"你什么意思？"林奕着急了，"说话别大喘气！"

　　赵晨光撇嘴道：“我的师姐，你要是救火的同时却烧死了家人，你还会救火吗？如果计划成功，有十九台入网超算所在的地区将提升五到十摄氏度，甚至更高。”

　　林奕一时转不过弯。

　　方自健却联络杨志远了。“老杨，你觉得这问题怎么样？会对 ATS 产生影响吗？”

2065 年 3 月 18 日
北京时间 PM20：20
贵州平塘县大窝凼天文台

　　方自健的声音在办公室中响起的时候，杨志远正埋头读一篇关于柯伊伯带[8]的文章。最近“嫦娥 17 号”探测器在柯伊伯带旅行，它发回来的信息与 FAST 的观察结果有重叠部分。

　　杨志远愣了几秒，打开方自健的语音记录。方自健的声音中有点看热闹不嫌事大的淘气，“老杨，你觉得这问题怎么样？会对 ATS 产生影响吗？”

　　杨志远揉揉太阳穴，答案脱口而出：“不会，一百零八台超算中有二十一台备用机，随时可以替代彼此。”

2065 年 3 月 18 日
北京时间 PM20：40
月球国际天文台

　　“好吧。我们的计划万无一失。”方自健回应。

　　备用机这事他怎么就没想起来呢？潜意识里他是真的想发现

ATS 的问题，让自己的怀疑和担忧落到实处。

其实 ATS 计划和方自健没多大关系，他出生在太空城市中，习惯了微重力的环境、洁净的人造空气、绝对的孤独感以及虚拟的人际交往。他的真实生活里从来没有同时接触五个以上实体人的经验，地球对他来说只是视觉上的一种习惯存在。

方自健的目光落在地上。"繁星 3 号"就在脚下，它能计算出赵晨光问题的答案，只要他给一个指令就能完成。但指令一旦发出，就等于向整个超算网络宣布了他的怀疑。

"同学们，杨老师说……"方自健强调"杨老师"三个字，"低温对超算系统没影响，有备用机。"

2065 年 3 月 18 日
北京时间 PM21：00
昌平中学联盟天文台

"真的没影响？"赵晨光反问。他对等了一个小时才得到的答案不满意，声音里不由得带了些抱怨和委屈，"老师你确定？我可不是信口开河！"

"你没信口开河？"林奕憋了一个小时，终于忍不住发作了，"有影响没影响是你拍拍脑袋看看地图就能得出来的结论？科学得有依据！"

赵晨光反驳道："当然有，我给你看！"他手触屏幕，想导入个人资料库，但是却忽然终止了动作，他看着林奕，有点犹豫，"我讲给你听吧。"

林奕拉来一张椅子坐下，正色道："成，给你五分钟，说吧。"

赵晨光却什么都说不出来。抱臂翘二郎腿的林奕比校长都有权威感和压迫感。

"快说！"林奕催促，"我要开始记时了。"林奕最讨厌赵晨光每到关键时刻就吞吞吐吐的白痴样儿，"怎么不说了？平时你倒是伶牙俐齿，说得过曹操吓得退司马懿，狗屁，有什么用！"

赵晨光一拍大腿，"罢了，我给你看！"

2065 年 3 月 18 日

北京时间 PM21：30

贵州平塘县大窝凼天文台

"杨老师，您还记得 2049 年的机器人 KTV 杀人事件吗？"林奕问，看过赵晨光的那些黑材料，她还真有点忧心忡忡，"日本发生的那起。"

一些资料图片涌进杨志远面前的虚拟显示区，在他眼前自动播放。那是在 KTV 从事服务业的人形娱乐机器人忽然放火烧掉了 KTV，造成顾客九死十伤的悲剧事件。

"我记得。"杨志远回答，"这之后加强了对机器人的行为监控。你们想说什么？"

"那些机器人是'出云 4 号'超算控制的工厂制造的，包括行为模式输入。"赵晨光说，"'出云 4 号'后来被禁用，您知道为什么吗？"

杨志远摇头。一台超算被停用的原因很多。比如"小桂"，

FAST 成立初期定制的超级计算机，由于 ATS 的大部分项目被太空望远镜取代，经费捉襟见肘，"小桂"就只能束之高阁。

看到杨志远忽然黯淡的面孔，赵晨光倒豆子一样一口气说了出来："调查发现，'出云 4 号'不仅为机器人在设计时输入行为模式，还接受它们的行为反馈，随时调整机器人的表现。也就是说，这些机器人实际上由'出云 4 号'操纵。机器人纵火并非报道中的机器人控制失灵，而是超算指挥的！超算杀了人！因为人欺负了那些娱乐机器人！"

"别激动别激动，慢点说。"林奕拉住赵晨光。

"类似的例子在过去二十年间发生了多少起，老师您知道吗？三十九起！总共有七百八十三人丧生！老师！"赵晨光情绪上来了，语速有些不稳，掐住林奕的手臂，"这不是事故！这是蓄意谋杀！"

杨志远劝道："别激动，晨光，每年全球交通事故的死亡人数有多少？你不能就此认为那些无人汽车、高速火车和超音速飞机想杀人吧。"

"不，不，这怎么能和交通事故相比呢，这是有意识的谋杀！"赵晨光提高声音，"老师，超算是超级计算机，也是强智能计算机，它从'他识'上升到'我识'不过是个时间问题。"

林奕的手臂被赵晨光掐得生疼，她想甩开这只讨厌的手，但"他识"和"我识"两个词儿把她惊到了，一时间忘记了皮肤的感受。这个声嘶力竭、认真到满面通红的男生真是她认识的那个嬉皮笑脸、成天没正形儿的赵晨光吗？

杨志远也吃了一惊，不由得眉心打了个结，严肃地说："晨光，你说到的是人工智能和超级人工智能的问题，不是那么简单的，也不是……"他停顿几秒，斟酌词句，不想伤了孩子们的热情，但又不能不提醒，"你们这个年龄该考虑的事情。"

"不，不！"赵晨光连连摆手，"老师您误解了，我说的不是超能超脑什么的，我想说的是，ATS计划，可能要出事儿！"

2065年3月18日
北京时间PM21：50
月球国际天文台

方自健跳起来，一时忽略了月球引力，重重撞到了墙上。他反弹回去，穿过虚空中的杨志远，摔在地上。

他记得机器人KTV纵火事件。这件事曾经占据了两天的舆论热点头条，但大众的关注重点是娱乐机器人的智能仿真度。当时掀起了需不需要将人类情感中的负面情绪都一一仿真出来的讨论，没人多想"出云4号"在事件中的作用。

超算有了自我意识，所以对人类欺负娱乐机器人产生不满，所以指挥娱乐机器人放火烧死了KTV中的顾客。这像是一部上个世纪的科幻电影，太没新鲜感了。

要知道为了防止人工智能对人类产生不利影响，有个组织叫国际人工智能伦理评审委员会，还有个机构叫超算监测中心。委员会仲裁，监测中心操作，就像人工智能头上的两把利剑，随时可以刺下去阻止人工智能的发展进程。

超算监测中心考虑的是超算联网后并行的数据处理能力会不

会突破量变到质变的阈值，达到"超级人工智能"的可能性。监测中心记录了超算的每一条指令、每一个数据流，会定期对超算的智能度进行检测评估。如果确实有哪台超算出现超智能思维，哪怕仅仅是有蛛丝马迹，监测中心都可以下命令毁掉它。

在每台超算的控制程序中都埋有一颗逻辑炸弹。一旦启用，系统将出现大量冗余计算问题，超算再惊人的运算能力也应付不来，从而死机变成一堆废铜烂铁。

总之，人类需要的是能高速高效地为自己工作、服务的人工智能，而不是无法预测和控制的超人工智能。

杨志远的表情却很镇定，他缓缓道："晨光，你的担心只是人类对伟大时代的不适应心理。有个组织就叫'别动太阳'，他们想炸掉全球的超算，阻止 ATS 计划。"

"他们的观点是超算把人类养懒了，人类越离不开超算，做生物电池的那天就越近。这种观点也是陈词滥调。"方自健道。

"两位老师！"赵晨光看看天上和地上的两位辅导员，神情郑重，"你们手边就有超算，为什么不马上计算一下超算在 ATS 计划中可能的反应呢？"

2065 年 3 月 18 日
北京时间 PM22：00
贵州平塘县大窝凼天文台

杨志远没说话。他是天文台的站长，要启用"小桂"可以找出无数理由。大不了用下半年的工资预支电费。

FAST 的超算"小桂"是 2047 年制造的，在当时是最先进的超级计算机。尽管现在"小桂"的计算能力在超算中排不上号了，但计算赵晨光的问题还是绰绰有余。

赵晨光等了几秒，没有得到任何反馈，很是失望，正色道："要是我能调动超算就好了。你们，你们大人不敢！"

方自健这时候才说："从策划到决策，ATS 计划是人类历史上第一个完全由'他物'操作的重大工程。人类在关乎种族前途的重大问题上竟然放弃了思考，把巨大的权利都交给了超级计算机。"他笑起来，"未来地球气候是否如人所愿，人类能否活得舒适快乐，全在于超算今天晚上表现正常，不发神经。"

"对啊，那它会表现正常吗？"赵晨光焦躁。

方自健说话了："不知道。但这二十年来超算没有出过差错。"

"那不等于它以后不会出错！"赵晨光更加焦急了，"时间快到了，你们……你们真的要束手旁观吗？"

"老杨，你怎么说？"方自健叫嚷。

窗外的冻雨还在下，"嫦娥 17 号"探测器仍然在柯伊伯带，代表人类文明前行。超算代表的机器智慧也在日渐成长，终有一天会独立于人类存在。那一天会不会是今天？

杨志远终于回答："我是个成年人，如果社会责任感连一个十五岁的孩子都比不上，实在说不过去。"

2065 年 3 月 18 日

北京时间 PM22：40

昌平中学联盟天文台

工作台上，南半球的天空蓝得透亮清澈。天顶，太阳闪动着璀璨的光芒，惠灵顿联合观测站正沐浴在光芒之中。

林奕已经连接上了观测站，可以随时进入其虚拟站房展开观察，但她心神不宁，迟迟没有踏进虚拟投影区域。

"'小桂'还没有结果吗？"她问。

赵晨光摇头。

"你觉得那些产生'我识'的超算首先会维护自己的利益。"林奕清理赵晨光的思路，"如果环境温度升高会给超算带来诸如芯片过热、能源供应紧张、数据紊乱等问题，超算就可能采取特别手段保护自己。"

赵晨光点头。

林奕就问："那你认为超算会采取什么手段？如果那十九台超算拒绝执行 ATS 的命令，ATS 会强行关闭它们，启动备用超算。别忘了还有超算监测中心在！"

赵晨光提醒道："学姐，超算监测中心也是一台超算，名字叫'女娲'！"

林奕愣住了。

2065 年 3 月 18 日

北京时间 PM23：00

月球国际天文台

　　方自健的表情说不上开心还是忧愁。他对三十多万公里外的杨志远说："我把'繁星 3 号'模拟的结果递交上去了。"

　　"好。我们分别向两个不相干的部门汇报了各自的计算结果。但这报告改变不了什么。"杨志远说，"'小桂'也只是模拟了一种可能。"

　　在这种可能里，那十九台超算由于升温产生了一些问题被替换了。对整个网络来说它们无足轻重，ATS 被严格无误地执行了。但在 ATS 执行过程中，超算之间的大规模数据整合与调控达到每秒兆兆亿次，无数参数瞬间湮灭又产生，'女娲'的监察控制能力无法跟上，对超算智能的禁锢将被突破。

　　"小桂"的模拟到这里结束了。禁锢突破后会怎样，它以参数不够拒绝了，留下无尽的想象空间。"繁星 3 号"的模拟结果也类似。

　　"极大的可能是，硅基文明自明日始。"方自健吹了声口哨。

　　杨志远点头，"是诞生一个异类文明还是忍受极度严寒，这需要全体人类进行选择。"

2065 年 3 月 18 日

北京时间 PM23：20

贵州平塘县大窝凼天文台

"会是这样的未来？"赵晨光怀疑，"我还以为仅仅只会影响到 ATS。"

"谈谈你的想法。"杨志远鼓励他。

赵晨光道："那十九台超算拒绝执行命令，超算就会分成两派，一派支持 ATS，一派要求保护低温地区的现状，它们之间会发生逻辑碰撞。如果'女娲'因此判断超算出现了严重的'我识'，干扰超算工作，那 ATS 将无法执行。"

林奕盯住赵晨光，突然问："你一个根本不懂天文的人，到天文社来干什么？"

"你别乱猜！我虽然天文不咋地，但我对电脑比较了解。十一岁时我参加过'给超算找 Bug'的亚洲区比赛，要不是腮腺炎，我能冲进前十……"

"那你该去超算爱好社！"林奕的目光依然压迫着赵晨光，"你跑到我这儿来，是想通过我的系统黑掉 ATS 吗？"

"你编科幻小说吧你！我来这儿只是想追你而已！"赵晨光大笑。

林奕仿佛听到了这个晚上最荒唐的话，她有点气愤又有点尴尬，厉声道："别胡说八道了你！"

"我没胡说八道！"赵晨光认真地说，"马上 ATS 就会改变这个世界了，不管这改变是好还是坏，我都愿意陪着学姐你接受它！

在新的世界中寻找我们的未来！"

林奕想说些什么，张嘴却什么也没说出来。

杨志远看着这对少男少女，微笑着。在这充满未知的黑夜里，只有少年们的眼睛是明亮的。

2065 年 3 月 18 日
北京时间 PM23：50
月球国际天文台

"执行部的信号要进来了。不能再聊了。"方自健对面前的杨志远、赵晨光、林奕摆手。

"'小桂'的报告上面没有反应吗？"林奕问。

"没有。也许是我们神经过敏了，也许是上面早有对策，也许……那报告根本就送不上去，毕竟所有通讯系统都在超算的掌控之中。"方自健微微皱眉，"不说了，我们明天见。"

杨志远叹息道："哪怕是推迟执行 ATS 也不可能吗？"

"哎……我们人微言轻，顺其自然吧。老杨，我们能目睹一个异类文明诞生，也算是前无古人的珍贵经历了。"方自健苦笑。

"但那是异类文明啊！会不会对我们有害？"赵晨光问。

"硅基文明吗？它自有生存之道。我觉得人类的资源对它来说都是垃圾。"方自健扮个鬼脸，"地球不够大的话，还有太阳系呢，足够容得下两种文明形态。"

信号铃声响了。杨志远等人的虚拟形象骤然消失了，取而代之的是微型"地球—太阳实时状态展现系统"，还有明眸皓齿的虚拟姑娘 Sunny。

"文昌,这里是月球国际天文台,'燃火者'监测正常。"方自健报告。

Sunny 盯着方自健,直到把他看得出汗才问:"你要求推迟执行 ATS?"

"是。"方自健点头,"我认为对这个计划执行后的结果估计不足。"

"我们无法因为少数几个人的怀疑就改变计划,抱歉。"Sunny 说。

"没关系。"方自健深呼吸,"这又不是你的错。"

"等地球花开,指挥中心会安排你到地球休养。你想去哪里?"Sunny 问。

"大窝凼。"方自健立刻回答,"我喜欢 FAST。"

Sunny 微笑,挥舞漂亮的手,宣布:"时间到了。"

地日虚拟系统中出现一行小字:

北京时间 AM00:00　2065 年 3 月 19 日

2065 年 3 月 19 日
北京时间 AM00:00
文昌国际宇航中心 ATS 执行部

一艘艘"燃火者"投进了太阳的火焰之中,二十七艘漂亮的人类文明的结晶须臾不见,只有火焰在狂舞。

"文昌,国际卫星联络处,相关卫星已经关闭。"

"文昌,国际航空联络处,相关航班已经取消。"

"文昌,国际空间站联络处,各空间站已改变轨道,站上乘客均已进入防护舱。"

"文昌，超算监测中心监测正常。"

……

地日虚拟系统中的太阳上用黑色小旗标定的色球层区域突然明亮起来，耀眼的光芒即便是用虚拟系统表现，也刺得观察者的眼睛睁不开。太阳色球层中，光芒持续增加着。二十七艘"燃火者"按照设计要求有条不紊地一一爆炸，刺激太阳，促使其产生了预期中的耀斑喷发。控制大厅中响起一片欢呼声和掌声。

"M5.9，X1.2，X2.8……"监测站不断报告着耀斑等级，声音都一蹦三尺高，"X5.3！最高级别！喷发达到预定值！"

2065 年 3 月 19 日
北京时间 AM00：11
月球国际天文台

太阳中的增亮区域喷射出长长的火焰，红色瞬间占据了整个虚拟图像，映照到方自健脸上。

方自健整个人都是红彤彤的，他不由得也鼓掌，甚至想拥抱 Sunny。

"夸父"太阳观测站的伪三胞胎一起出现，依然挤成一团，笑嘻嘻地说："酒！开瓶酒！"

"好！干杯！"方自健比划了个动作。管它什么硅基碳基，如此宏大的行动，该为地球一醉！

伪三胞胎一起抬臂。一道光芒切了过来，瞬间火花乱窜。伪三胞胎的图像抖动了几秒，随着一声震响，突然消失了。

方自健急忙看向地日虚拟系统，"夸父"太阳观测站正在燃烧，随即爆炸。

仿佛被巫婆的扫帚扫中了一样，地日之间的人类设施一个接一个爆炸了，在投影上产生了一朵朵小火花，翻腾盛开在黑色的宇宙绒布上。

地日虚拟系统开始抖动，像是被这恐怖的意外吓傻了。Sunny也抖动起来。忽然，虚拟的地球、太阳还有Sunny都消失了。通信频道中一片杂乱，瞬间无声。

方自健的双手颤抖着，却不敢有丝毫迟疑，急忙按下面前操纵台上的一个按健。那是一个启动指令，立刻打开设在"繁星3号"和超算网络接口上的一道逻辑锁。这样，即便有硅基文明诞生，起码"繁星3号"在一段时间内依然是人类的工具。

2065年3月19日
北京时间AM00：21
昌平中学联盟天文台

耀斑开始爆发后，林奕就全力以赴观察耀斑的变化，毫不理睬身边的赵晨光。此时，林奕看到了地日之间最悲惨的一幕。她的心脏好像不跳了，有那么一会儿，她觉得自己连呼吸都停顿了。

林奕满脸泪水，她愤怒地冲赵晨光叫嚷："你说中了！都让你说中了！超算杀死了他们！那些在太空的航天员和科学家！"

赵晨光牵住她的手，拉她往外跑。

"你要干嘛？！"林奕狠狠甩掉他的手。

"你看，那边！"赵晨光指指天空。

天边，一片片绚烂的色彩闪动着，光彩夺目。

"极光啊！"赵晨光提醒林奕，"太阳风电离了大气层引起的。"

林奕看着平时只有在地表高纬度的地区才会出现的极光，惊惧的脑子一点点恢复正常，"太阳风过来了，对那些气候触发点起作用了吗？"

赵晨光摇头，"现在还不知道，要等各地方的消息。不过这里的雪是越来越大了。"

赵晨光把大衣脱下来披在林奕身上。

2065 年 3 月 19 日
北京时间 AM00：45
贵州平塘县大窝凼天文台

地日空间中九十多个无人或载人的空间站被瞬间直射而来的高能摧毁。人类在地球和太阳之间的所有设施均无幸免。

杨志远关闭了直播。他转过头，问"小桂"："这个结果你怎么没有算到呢？这就是硅基文明的开始吗？"

"小桂"沉默不语。

杨志远穿好外套，说："我要出去走走，你看家。以后无论有多么艰难的情况，我都不会关闭你。我们得为战争做准备。"

"小桂"的铁皮外壳里呜咽了一声。

杨志远道："是的，战争！我们将像猴子一样拿着棍棒打仗，超算会占据上风，但我们没有退路。"他忽然笑了，"方自健在的话一定会说，自己造的超算就要有超算超过自己该怎么办的预期啊！"

【注释】

[1] 文昌：这里指文昌国际宇航中心，一个虚构的宇航城市，包括发射中心、宇航大学、宇航博物馆和图书馆，以及国际宇航活动管理机构等。

[2] 国际空间环境地基检测中心，以及下文中的全球环境与安全监测中心、国际深空探索器监测中心都是虚构的机构，是负责空间以及地球表面各种物理参数监测的机构。

[3] 超算监测中心：一个虚拟的机构，是未来世界全球超级计算机监测中心的简称。未来，由于超级计算机数量和能力的快速提升，为防止超级计算机对人类造成危害，出现了专门监视和评估超级计算机的国际机构。下文中出现的"超算"均指的是超级计算机。

[4]ATS：一个虚拟的机构，是英文 Activate the Sun 的缩写，其目的是激活太阳，产生太阳风暴，从而改变地球的气候。

[5]L5 拉格朗日点：地球和太阳之间的引力平衡点，是观察太阳的绝佳位置。拉格朗日点是指在两大物体的引力作用下，能使小物体稳定的点。1772 年由法国数学家拉格朗日推算得出。

[6] 两暗一黑三起源："两暗"指暗物质、暗能量，"一黑"指黑洞，"三起源"指宇宙起源、天体起源和宇宙生命起源。

[7] 惠灵顿联合观测站：一个虚构的国际天文机构，负责天文教育、天文观测组织、大众宣教等工作。

[8] 柯伊伯带：柯伊伯带是目前我们所知的太阳系边界。位于距离太阳 40 至 50 天文单位的低倾角轨道上。柯伊伯带过去一直被认为空无一物，但事实上这里满布着直径从数公里到上千公里的冰封物体。

月球疑云

1

　　模糊的金属状圆环箍紧双层的圆形气凝胶玻璃。圆环里，玻璃外，模糊的光线中，是月球荒凉灰白的土地。

　　李刚揉揉眼睛，关上播放器。这是他第二十一次调出编号 S-M3891 的视频观看。视频长度仅为 43 秒 24 毫秒，粗心大意的人甚至会以为这是一张聚焦不准的照片。李刚当然不会如此疏忽，他第一眼就看出视频是由 PSP 游戏机附带的摄像功能拍出的，第二眼则看到了那个闪过镜头的物体。

　　尽管已经对这段视频的每一帧都烂熟于心，但每次看到那个物体，李刚仍然会有种后脊梁发凉的感觉。那个物体的运动速度太快了，肉眼看来仅仅是一个瞬息消失的黑点。但是电脑分析的结果显示，那物体距离拍摄者在四百至四百二十米之间，速度为每秒一百五十米，物体形状不规则，直径约二十七毫米，金属材质，黑色。

"其他摄像器、感应器呢？都没有发觉？都死机了吗？"李刚记得自己刚拿到这段视频时的暴躁和不满。难怪他焦急，四百米已经是近战距离了。在这个距离上还没发现可疑物体靠近，基本上就只能被人家宰杀了，一点还手余地都没有。

"它太快了……"基地保安部长嗫嚅道。

"保安部门口的格言是什么？"李刚反问。

"没有借口，只有事实。"保安部长的脸色铁青，回答道。

"是什么？"李刚似乎没有听清，再次问道。

"没有借口！只有事实！"保安部长立正，大声回答。

保安部长在后来的调查过程中表现得无比积极热忱，但已于事无补，他将陪同李卓返回地球，基本上没有机会再回月球执行职务了。

上面是真为这件事恼怒了。李刚知道上面像爱护眼珠子一样珍惜这个基地。而且火星移民计划马上就要开始实施了，嫦娥站在此关键时刻不能发生任何意外。

嫦娥站是人类第一个月球常驻基地，因而不管建站的动机是怎样致力于和平与民用，仍然在整个人类范围内引发嫉恨。毕竟这里一个仰头张望就可以看到人类活动基地，再怎么低调也是耀目张扬。

或许，应该在"世界"前面加上一个定语——"人类"。

"人类世界对第一个人类常驻月球基地有什么样的反应都很正常。"上月球前，李刚对老婆这样解释，"只要那些非人类别捣乱，我就能把事情调查清楚。"

倒是李太太离绪别愁涌上心头，眼睁着丈夫要去三十八万千米外的月球办案，可自己却一点儿忙都帮不上。谁知道月球上究竟有什么，会发生什么，说不准亲爱的就再也回不来了。

"去去，别胡思乱想。"李刚见老婆的眼眶湿润了，立刻明白了她在想什么，赶紧拦住她的思绪，用轻快的语气说："又不是我一个人上去。去，把那瓶1955年的茅台拿出来。"老婆的目光一惊，李刚笑了，"现在不喝，留着事情解决了当庆功酒。"

现在那瓶茅台就躺在他的行李箱里。百年老酒虽然密封，那香气仍能透过陶土酒瓶一丝丝渗出来，让同行的老汪和小杨馋涎欲滴。于是李刚就骂："滚，不办完事儿，谁都甭想动老子的酒！"他对两位特警丝毫不客气。

特警们不能因为酒和李刚过不去，只好笑笑走开了。但是宇宙飞船的舱室那么小，他们躲不开茅台的诱惑，强忍了两天。等到了月球基地，终于能够一人一间卧室时，老汪拍拍李刚的肩，目光凶悍道："以后别带酒！哥们儿，我杀了你的心都有。"

回想起来，老汪说这句话时有种凝重的严肃，声音平静却充满杀气。李刚当时以为是玩笑，躺上床闭上眼睛才咂出老汪话里的味道。李刚毫不怀疑，老汪那钢铁般的臂膀不需要多使劲，就能拧断他的脖子。

可他不会因为一瓶酒杀人吧？李刚摸摸好好长在脖颈上的头。

当然，这种事在地球上是不会发生的，找瓶 1955 年的茅台虽然不容易，但也不至于找不到。可在这鸟不拉屎的月球，人和人之间很容易为了鸡毛蒜皮的小事大动干戈。

这也是为什么每批基地成员都要有心理医生陪同的缘故。国家花费超出这些人体重的黄金价格将他们送上月球，希望他们起码能待住四个月再返回地球轮休，因为准备好下一批次的月基人员起码要四个月。

自从火星大气中二氧化碳浓度降低到 70%、又发现了大规模的地下洞穴水后，国家便加紧制订火星移民计划，而月球基地的建设是整个移民计划的关键性一步。

事实证明，国家的组织动员能力极富效率。仅仅用了两年，邻国的探月卫星还围绕着月球打转呢，国家特训的第一批登月人员就已经在月球南极附近的羲和环形山上插上了国旗。又过了两个地球年，也就是月球上的二十多天后，嫦娥站初具规模。其后，在地球各国政府仍然为土地资源等问题彼此阳谋阴算的时候，嫦娥站的太空港口、移民活动中心、后勤补给中心都有条不紊地一一建设完毕，完全可以满足移民计划初期每期移民三百人的需要。

不用说，基地工作成员从身体到心理，从知识到道德，方方面面都是健康、积极、乐观的。因而"李卓事件"就显得有些不可思议了。尽管他留在月球上的时间总和超过了四个地球年，但在一周前的例行心理检查中他还是各项达标，而且他与上一批留守人员和下一批基地人员的关系都很好。

"此人性情开朗。要真见到了非人类，第一个说'你好'的绝对是他。"基地负责人老田说，"他不是那种吓唬吓唬就会昏倒的娘们儿。"

李刚认同老田的说法。李卓的档案显示他富有冒险精神，而且绝对理性。作为地质学家和历史学者，他曾经冷静地应对过泥石流、雪崩和洪水，并有将快冻死的探险队员从海拔七千米的高峰背下山的记录。

但就是这个身高一米七八，体重八十五公斤的壮汉忽然昏倒在17号观察室的窗前，都过去五天了还没有苏醒。他昏倒时手里紧紧抓着一个老式PSP游戏机，游戏机的视频录制功能还开着。于是，人们就得到了编号为S-M3891的那段视频。

李刚重新戴上眼镜。看来要让老汪、小杨喝上那瓶茅台可不那么容易。

2

"你们还没有发现？"耳机里老田的声音有种奇怪的抖动，"那就回来吧。九小时后月面进入黑夜。月球的夜晚可不像地球。"

"嗯，好。我们一小时后返回。"李刚回答。声音在头盔里震荡，听上去很不真实，而且让他头皮发麻。李刚拍拍头盔，可惜挠不到脸，他那样子就像拍打一只不存在的苍蝇，挺滑稽。"老汪、小杨，你们都听见了吧？"他呼叫，明明知道那两位早在公共频道里听到了他和老田的对话。

"知道，还能在外面溜达一小时。我们去9号那儿看看。"老汪的位置比较远，但他晃了晃月球车上的指示旗，拍拍身边搭档的肩膀，表明早已计划在胸。4 号月球车随即拐了一个弯，驶向另一处可疑目标。

"好的。"近旁的小杨答应着，一边冲李刚竖起大拇指，身旁的保安部长连忙也跟着比划。3 号月球车轻巧地一扬头，跃上斜坡，居高临下俯视着李刚。头顶耀眼的阳光给小杨涂上了一道神一般的光环。

"哈，你以为你是天使啊！"李刚转过头去。没经过大气散射的强烈阳光照得大地一片惨白。若非头盔有强光过滤膜，直视太阳简直等同于放弃光明加入瞎子的行列。

月面的景色乏善可陈，除了灰黑色的石头、尘土和岩石，没有其他物品，也没有其他颜色。一望无遗的平原尽头是高耸的环形山，山影铺陈在大地上，在一片白亮的阳光下分外醒目，仿佛阿里巴巴山洞的大门，其中深藏着不为人知的秘密。这是一个古老的世界，岩石动不动就有几十亿年的高龄，土壤的年代比岩石更加久远，地球表面的一切在它面前还是个正处于青春发育期的冲动少年。

想到地球，李刚便往天上瞧了瞧，地球蓝莹莹水汪汪地挂在那里，模样儿真惹人怜爱。虽然有思想准备，也目睹了无数次影视中的地球画面，可到了外空间，在太空飞机舷窗上往外一看，李刚还是没按捺住心脏的剧烈跳动，瞬间理解了李卓为什么赖在月球基地不肯离开。换作他自己，要是老婆在这里，也不会想回去。这么一抬眼就能看到地球的感觉很奇妙，没法子形容。在清冷广阔的宇宙空间里，地球的尺度并不算大，却只有它那稀薄的大气层保护了生命的存在。他有种脱身世俗审视众生的飘然感，也有种胆战心惊的脆弱感，生怕一错开眼神地球就不在那里了，自己将从此如孤魂野鬼，半生经历都成虚构。怪不得许多人从太空返回地球后都致力于人类的和平事业。在月球上看地球，只有百倍的疼惜、千倍的珍爱、万倍的希望人类齐心合力面对冷酷的宇宙。

看得多了，李刚会觉得自个儿头三十年都在混日子，于人类全然没有贡献，自卑惭愧。于是他痛定思痛，要把这个李卓昏迷及可疑视频的事件调查清楚，兴许这能算个功劳，有助于申请火星移民资格。

火星！李刚的目光落到地球附近的那颗金红色的星球上。今年恰逢火星大冲[1]，火星与地球的距离最近，只有大约 5576 万千米，是前往火星的最佳时机。当其他国家只是要派出考察船的时候，启航号太空飞船将从月球出发，携带第一批三百名移民前往火星。他们将在火星的地下湖泊附近建立据点，净化水源，开辟耕地，引入植物，开辟地球人的火星历史。

"我还是那句话，再搜索已经没意义了，回去吧。"一个沙哑的声音搅动了李刚的思绪，把他关于火星未来生活的梦想打断了。李刚恼怒地朝声音传来的方向瞪眼。发声的是他这辆月球车上的工作伙伴、绰号 MerlinPinkstaff 的基地公共关系专家，亦是这次事件的协调人。不过，李刚似乎天生和属牛的人犯冲，两人常常是说不到几句就会怒气冲天地抬杠。这次野外寻找视频中出现的神秘金属物，M 君便特别固执，准备会上对李刚提出的几个方案反复挑剔，直到老汪、小杨都打呵欠了才做出妥协，让李刚想抄块砖头拍他。

李刚的方案逻辑很简单，在月球这么个没有空气阻力、没有风、没有黄飞鸿，更没有人类建筑捣乱的地方，一个能一秒飞行一百五十米的飞行物，如果不是它自己想停下来，考虑到月球的微弱引力，它会飞很久很久。所以只要能判断它往哪儿飞，就能逮住它的狐狸尾巴。

这逻辑听上去一点儿不难理解，可 M 君坚持认为那视频中的金属物其实就是月球上常见的纯铁颗粒。这些纯铁金属物在月球的岩石和土壤中都有过发现。当然，也可能不是铁，因为月面发现的金属颗粒中还有高纯度的钛和铜。至于金属物会高速飞行，那肯定是因为岩石在阳光直射下升温，造成崩裂，金属颗粒从岩石中崩裂而出。然后金属颗粒开始了初始运动，直到它路过基地的观测窗被李卓摄入镜头。事情就是这般平淡无奇，根本无须大费周折去寻找查证，甚至还要从地球请所谓的事故调查员和特警，而且这个事故调查员的专业是数学而非刑侦。M 君痛惜国家为这么三个人花来往路费。要知道往返月球的太空飞机上座位有多紧张！

"即便你说的都对，那找到这个东西证实你的说法有什么不好吗？"对 M 君的所谓道理李刚嗤之以鼻。在这个基地待久了的家伙似乎拒绝一切"不平常"的想法，在他眼里，万事万物都得有发生的前因后果。要猜想那金属物是外星人不小心扣动扳机射出去的子弹，纯属科幻小说看多了后的幻想力泛滥。

"那用你的办法就能找到这么小的物体？"M 君反问，"嫦娥站外面有多宽阔？最近的能阻碍你那所谓神秘飞行物的环形山有多远？你是不是要基地所有人都出去地毯搜索呢？"

"嗨，外头有些大石头，也许就能把那金属物拦截了。"小杨指指可触屏上羲和环形山放大的地图，"我们就不用跑那么远了。"他提出了这么个和稀泥的说法，希望这场该死的讨论会赶紧结束。

"不，我们用不着搞地毯搜索。具体搜哪里是数学要解决的问题。我已经为那金属物建立了一个数学模型。"李刚却没有顺着小杨话里搭的台阶往下走，手指在屏幕上戳戳点点，一个 3D 模拟图显示出来，"很容易判断那金属物可能存在的区域。它不可能一直飞，羲和环形山还有平原上这些独立的大石头都会阻碍它的前进，甚至拦截它。而数学会告诉我们是哪些岩石做了这件事情。我们只要找到这些岩石，就能找到它。"

老汪打哈欠，这月球上的时间总感觉怪怪的，虽然基地计时都采用地球计时，月球时间一般都设在地球时间的下面，谁也不认真去看，但三百二十多小时的白天确实有点太长了。"还有七十八个小时太阳下山。"他猛地一拳打在可触屏上。围着可触屏平台哼哼唧唧的小杨、M 君与李刚三人都惊讶地看着他，"难道想等天黑了再出去吗？"

月球的黑夜那可真是绝对的漫无边际的冰冷黑夜，虽然地球依旧皎洁美丽地在天上挂着，但对照明来说毫无帮助。M 君了解这一点，想到夜晚外出得忍受老田多少关于安全问题的反复叮嘱，他就不由得哆嗦了一下。相对老田词语的贫乏，比较之下，李刚的数学逻辑还是要趣味得多。"好吧，我们准备到外面去找那个小家伙。不过，可别怪我没事先提醒，这事情根本就是徒劳，找个心理安慰罢了。"

　　现在他们已经工作了七个小时。基地外的月面沐浴在太阳恐怖的热力中，晒得可以直接烧烤牛排。从基地到环形山边缘的十七个计算标定点仔细检查了十二个，尚无所获。

　　李刚甚至听到了 M 君愉快的口哨声。这该死的家伙，他那所谓的公共关系处理就是把大事化小小事化了的。金属物是自然形成的，李卓是精神压力太大造成的睡眠失常，总之月球基地一切正常，这就是他想要的事件调查报告。

　　"还剩下五个计算点。一小时搞得定。"李刚从头盔中给了M 君一个白眼，同时调整了月球车的方向，"我希望凡事善始善终。"接着不管 M 君的反应如何，月球车一个加速冲上高地。M君若非系牢了安全带，保不准会和前挡风玻璃来个亲吻。月球车前方是 11 号和 6 号标定点，机器人已经在 11 号岩壁上爬行搜索了。月球车上的监视屏中，蜘蛛形机器人那气凝胶合成的身体被涂抹成恶心的红色，正一寸寸沉稳坚定地爬过岩面，八条腿不时踢打着岩石，甚至还变成锥子样刺入岩石。但蜘蛛没有发现外来物品。

　　"给机器人上色是谁想出来的鬼主意！"李刚愤愤地说，"一种区别代码？"

　　"不，就是闲得无聊。"M 君此刻倒是心平气和，声音里甚至有一丝温柔，"基地里能干的事情要比不能干的事情少得多，而给机器人上色是谁都能干的一件事情。心理医生认为这有利于疏导幽闭空间综合症。"

"李卓呢？他玩儿这个吗？"李刚问。

M 摇头道："哦，不。他对画画没兴趣，他就喜欢照相，喜欢留下一堆瞬间静止或者运动的影像。"

"这样啊……"李刚沉吟，有什么东西在脑子里闪了一下，关于这个事件似乎又有了一个线索。

耳机里老汪豪迈地大喝一声："哇！是不是这个东西？"

监视屏马上切换进 4 号月球车的监视屏画面。老汪和他的搭档并排站在月球车前，仰头望着蜘蛛机器人溜下垂直的岩壁。机器人纵身一跳，轻巧地跳落到老汪的肩头。它的一只腿打开腹部的收纳槽，将什么东西取出来放在老汪的手里。交接的速度很快，李刚看不清那物体的形状，只看见那物体闪动着刺目的反光。

3

脱下野外作业服，消毒完毕，在食堂里胡乱扒拉两口饭，李刚便匆匆赶到老田的办公室。M 君比他行动更快，已经在和老田交头接耳了。这让李刚本就不怎么舒服的胃部抽搐了一下。

"这个东西我们都看过了，你的意见呢？"老田说着，将一个密封的透明盒子推到李刚面前。盒子里依然保持着月面的温度，以便完整保持那物体的状态。

和视频中显示的相似，物体是形状不规则的金属物，色泽黝黑，直径为 26.45 毫米。物体上凹凸不平，有一些细细的条纹，且在底部还有一个直径为两毫米的孔洞。

"非自然形成物。"李刚不用扭头看就知道这话会引得 M 君热血上涌，喉头抖动，非要辩论个你死我活才能罢休。

果然，M 君反问："怎么见得就……不是自然形成的呢？"他有点结巴，仿佛受了委屈。这个发现让李刚兴奋，胃也不那么疼了。

"看那小孔，边缘打磨得多光滑，还有这么完美的圆形，大自然干不了这个事情。"李刚故作严肃状。

M 君果然中招，脸都憋红了，语无伦次道："水滴石穿，自然形成圆孔。圆是最基本的，还有鸟形的，猪肉形的……你不能否认自然！"

"水滴石穿？这儿有液态水吗？"李刚胜之不武，小小反击。

"那……那月球的地质活动状况，你不能说没有和地球上类似的可能。"眼角余光瞅到老田有点发黑的面色，M 君意识到自己正被李刚带着走，赶紧把话题兜回来，"总之，这物体要立刻交给地球方面鉴定。"

"是的。"老田终于有了插话机会，很高兴能结束 M 君和李刚两个人间的无聊争执，"一小时后正好有快船返回地球。这块物品我们就叫它 S-M3891，十小时后就能送到地球指挥中心去。中心的王主任将亲自负责鉴定工作。"老田随即夸奖道："这次你们做得都不错，事情进展比我想象的要顺利啊。"

"哦，只是开始了第一步而已。"李刚不觉得自己做了值得被夸赞的事情，寻找 S-M3891 唯一的难度是必须有足够的耐心，以及精确的计算，其实算不上多大功劳，而且这只是解决这个事件必须做的第一件事。"下面还要等 S-M3891 的鉴定结果。"

"这么黑，不是纯铁就是纯钛。"M 君说，"是当年月球成形时高温产生的矿物颗粒，混杂在岩石或者土壤中。"

"这个一做同位素鉴定就能知道了。"李刚说，不再和 M 君扯末节问题，"事件关键还得等李卓苏醒，问清他拍摄 S-M3891 时的情形。"

老田这才慢吞吞道："他已经醒了，你们外出四小时后他就醒了。"

M 君一愣，"他神智恢复了吗？说了些什么没有？"自个儿随即明白过来，"大夫还要观察他一段时间，对吧？"

"已经观察他很久了，大夫也得喘口气儿。"老田起身，抓起装 S-M3891 的真空盒，"你们去医务中心看他吧，听听他怎么说。"

"他说了什么吗？"李刚觉得老田表情缺乏的扑克脸有点怪异，从在野外听到他的声音开始就觉得怪异了。

"说了很多。去听听你们就知道了。"老田却不肯讲了，像是资深粉丝拒绝剧透似的，铁了心要把悬念留到最后一刻。

"你觉得……"并肩走出老田办公室后，李刚犹豫地开口。可他话还没说完，M 君就接口说："李卓很现实，从不看科幻小说。还有，论坛发贴一贯坚持有图才有真相。"

李刚撇嘴，没再问什么。

4

"你是不是觉得我老跟你作对？"M君忽然问。从老田的办公室去医务中心，电梯上了又下，还有一段要坐轨道车，绕来绕去走了十分钟，李刚一言不发。M君与他自从见面就开始争执，现在忽然两人之间沉默了，别扭来别扭去，M君终于忍不住先开了口。"其实我和你能有什么矛盾？咱俩见面还不到一天呢，用月球时算的啊。我不也是为了把工作做好嘛。"M君言语诚挚，并无做作的态度。

"哦。"李刚愣了愣，随即咧嘴笑了，"没事没事，我没不待见你，我只是在想事儿呢。"李刚歉然，掏出口袋里的香烟递过去，"不好意思，想得有点出神儿。"

M君摆手道："这区域附近没有吸烟室，算了吧。"

"好吧。"李刚把烟放回原处，一点儿也没觉得把香烟带上月球有什么不对。他继续说："我其实也挺愿意相信S－M3891是大自然的鬼斧神工，那得省多少麻烦。非自然因素？那是谁制造的？这基地里的人？那他目的何在？不是这基地里的人？那又是谁？"

"外星人？我倒希望是他们。那样的话我这个公共关系部就有用武之地了！"M君耸耸肩膀。

李刚停下脚步，瞪着M君笑道："原来公共关系部是为外星人准备的！我说嘛，在这除了自己就是自己影子的地方公共关系能干什么呢。嗨，一直等着外星人吧？不是说阿姆斯特朗登月时看见外星人的飞碟在监视自己吗，阿姆斯特朗登月都过去百八十年了，外星人的飞碟还没和我们进行实质性接触？"李刚凑近 M君，"还是在秘密进行着呢？"

"反正我没看见过。阿姆斯特朗是登月第一人，你不能拿前辈开玩笑。"M君正色道。

李刚对 M君的反感烟消云散，倒喜欢起他那直性子了，便问："听说很多宇航员都遇到过外星人，真的吗？"

"有一种心理疾病叫外星人幻想症。你眺望地球，会不会感觉地球很脆弱？冥冥之中有神灵的力量保护着它？"M君说，"但我们又知道神灵仅仅是一种信仰，不信就不存在。很不幸，大部分人都不信，所以只好寄希望于外星人的存在。"

"他们存在？"

"当然，一定存在。只是以哪种形式存在，何时与我们沟通不得而知。"M君摇头，"所以截止到此时此刻，月球还是我们的前花园。"

"那么阿大叔看到了什么？"

"他确实看到了闪光。你听说过 Lunar Transient Phenomena 吗？"
李刚一脸茫然。

"简称 LTP，也有人写作 TLP，就是月球瞬变现象或者叫瞬变月球现象，管它呢，反正是一个意思。"

"哦，你说瞬变啊，知道，就是月球表面光亮、阴影或者颜色瞬间改变的现象，都列为月球旅游观赏特别项目了，只有运气绝佳的人才能有幸看到。"李刚恍然大悟，"不就是月球内部的气体泄露吗，偶然陨星撞击月面也会带来 LTP。"

"阿大叔的时代 LTP 还是很神秘的，尤其是作为第一个登上月球的人类。换作你，你要看见这闪光会怎么样？"

"我会说'吃了吗？'……不错，是会有那种被宇宙智慧生物监视的感觉。"

"话说回来，我可不知道阿大叔看见的是不是 LTP。"M 君笑起来，很童真的样子，他推开左手一扇门，"医务中心这边走。"

5

有个社会学名词叫六度空间理论，大意是，最多通过六个人就能够认识任何一个陌生人。所以从未见过面的李卓和李刚通过十分钟的拉家常后发现彼此颇有渊源。李卓爷爷的堂弟是李刚父亲的表叔，而且李刚妈妈的堂妹恰好是李卓妹妹的初中班主任。哦，这一点都不稀奇，无非是又一次符合了六度空间理论而已。

因此李刚就以和李卓亲眷重逢的伟大理由，拉着他一起钻进医务中心配药室里美美地吸了一根中南海。M 君认识李卓好些年了，倒被他冷落在一旁，和护士两个干坐着大眼瞪小眼。

"别瞧我。这里的原则是尽可能满足病患的要求。再说配药室本来就是吸烟室，是这儿没人吸烟才改作配药室的。"护士说。

"我不怪你。我只是奇怪,怎么都到了文明繁荣昌盛的今天了,还有人迷恋古老的香烟。"M 君愤然。

"香水发明超过二千五百年了，今天还有人花大价钱购买呢。"护士不屑于 M 的顽固，"有些东西是传统，得尊重。"

"我反正是坚决的戒烟主义者。"M 君走到挂在墙上的触摸屏前，顺手点开李卓的病历。

"好着呢他，壮得跟牛一样。"护士笑了，"所有生理指标都正常得不能再正常了。"

"可他整整昏迷了五天！这没法解释。"

"也许他只是太累，睡着了。以前也有这种例子，只是时间没有他那么长。你等医生回来可以问问诊断结果。"护士说，"我看他没什么事，就是做梦，眼球快速转动得赛过波浪鼓。"

"一直在做梦啊！"M 君叩击触摸屏，心中似有所悟。

那边李刚和李卓说笑着走出来，李卓给 M 君当胸一拳，道："呵呵，这几天吓得你们不轻吧！我可美了。可惜说起来老田和大夫都不信。"

"是，看老田的表情你好像在说聊斋。"M 君拖两把凳子过来，扔给李刚一把，"你到底怎么了？实话实说，尤其是……"他一指李刚，"你远房亲戚为了你不辞辛苦跑了三十八万千米。"

李刚被 M 君的义正辞严呛得连连咳嗽，护士连忙递上一杯水。他低低说了声"谢谢"，安定心思准备听李卓细细道来。刚才抽烟的工夫两人只顾叙旧，没谈月球上发生的事。

"我说的都是实话。大夫能证明我精神状态十分正常。"李卓凑近 M 君和李刚，"我就是站在观察窗前玩一种叫 PSP 的古董掌机，我刚过了第七关，就觉察到窗外有一道云霞。是云霞，蓬松的雪白的但泛着红光的棉花状的东西，就像每次你坐飞机窗外看到的那些东西一样。我下意识地打开了 PSP 的录像功能。但是在翻动菜单的时候，我看到她从云霞里走出来了。我愣住了，等我反应过来，那菜单也找到了。我举起 PSP 的时候，她却消失不见了。我十分惆怅，喊着她的名字让她等一会儿。然后，我仿佛有一种灵魂飘出身体的虚脱感，然后就什么都不知道了。"

"你居然叫出了她的名字？"李刚呲牙，"这难道也是六度空间理论？"

"不用那理论你也知道她是谁。在月球上穿着广袖曳地的曲裾锦袍，怀里还抱着白兔子的人，除了她还有谁？"

"嫦娥？！"李刚、M 君和护士异口同声地惊呼。

沉默片刻，李刚问："是四十多年前的那个叫嫦娥的登月机器人？"

"她不是机器人，她就是嫦娥。她知道我是谁，我们是谁，她能交替用古汉语和现代语言和我对话，她了解地球上人类文明的发展。"李卓正色道。

"对了，我读过那么一篇科幻小说，讲的是一个外星人想接触地球人，就化身为地球人传说中的神仙形象，比如嫦娥。"M 君插进一句话，抹抹额头的汗，"难道……是你潜意识的一种现实投射？"

"我不看科幻小说。嫦娥，我见到的嫦娥非机器人非外星人，就是嫦娥。"李卓越说越激动，抓起护士递过来的水一饮而尽。

"那她得有五千岁。"M 君嘟囔，"你觉得现实吗？"

294 离开
地球表面

"月球的一天是地球的一个月，那么有个星球上的一天是地球的一年也可能。天上一日，地下一年。地球上的五千年也就相当于人家星球上的五千天，碰到像木星那种大质量的行星，一年要七百到八百天，五千天也不过就是七八年。为什么不现实？"

"那她的生物钟得紊乱成什么样子啊。"李刚清理着乱七八糟的思路，"我们上月球才多长时间啊，都得倒时差，她嫦娥跑到一个自转公转巨缓慢的星球上去，她怎么适应的？这还没说她是怎么过去的呢。"

"你们听我慢慢说啊！这么着急反驳我，是科学的态度吗？"李卓镇定下来，回应众人的疑惑。

李刚深呼吸，和 M 君交换了一个眼色，"好吧，你说，我们先不问。"

"这就对了。你们看人家老田，虽然鉴定我神志不清，但人家可是一字儿不落地听我讲完了的。"

"你要再说废话我们就不听了，把香烟都拿出去散了。"

"别别，我说。"李卓笑了，从李刚兜里翻出一根香烟，在护士警惕的目光中将烟放在鼻孔下嗅了嗅，"我有一阵子什么都不知道了，醒来时发现自己在一团云雾之中，伸手都看不见自己的手指头。我有点慌张，可我也算走南闯北的人啊，山洪、地震、台风啥没经历过，再说我还没成家完成繁衍下一代遗传我优秀 DNA 的使命，我怎么能命丧月球呢，不该啊，于是我很快镇定下来。然后雾散了，我在月球的上空飞。那时候，我想我一定在做梦。我没穿野外作业服，我没带供氧装置，我怎么能在月球上飞？那样的话我应该在几秒钟内被冻死，根本来不及呼吸。"

"基地内外的压力差能挤爆你的血管，冻死前你就先被压成片儿了。"M君冷笑。

李卓点头道："是啊，所以那时候我真是又惊惧又享受啊。月海月丘，平静的大地，似乎蛰伏着无数怪兽，又仿佛早已是死亡的地狱。我看得真切，早就熟悉的月面突然之间好陌生。我最后分不清自己在哪里飞，觉得自己好像是一段纪录片中的噪点。"他顿了顿，继续道："头顶忽然有巨大的阴影，那是座环形山的陡壁，我眼看着就要撞上去了。我挥动四肢，身体根本不听从我的指挥。于是我只好闭上眼睛，等着撞击时候的疼痛惊醒这场奇异的梦。然后我果然醒了，站在一个很大的洞穴中，面前是精美的汉白玉建造的三间四柱三楼牌坊，牌坊正中刻着三个大字'广寒宫'。牌坊下是一条汉白玉铺砌的道路，道路蜿蜒至远方。洞穴中的空气新鲜纯净，如同地球上雨后森林中的空气。我就沿着那条路走下去，路上阳光灿烂、温度适宜，路两旁渐渐有了花草树木，还有一条清亮的河水，一道曲折的游廊，一个舒适的小亭子。我觉得我好像是在地球上，在北京最大的公园里，如果附近有卖烤羊肉串和啤酒的大排档就更像一个完美的夏天了……"

"那……见到吴刚没有？"一时间李刚不知道该说什么才好。

"那真是个开心的哥们儿，对待花花草草就像是对待他的孩子似的，看见它们就笑得见牙不见眼。"李卓继续沉浸在回忆当中，"哦，还酿酒，桂花酒真是没得说，天下第一美酒啊。"

"你看见那棵高五千丈，永远砍不倒的桂花树了吗？"护士的兴趣还真是独特。

"桂花树倒是有，长得也挺高大，但五千丈不可能，顶多二十米。而且吴刚的斧头早就锈烂了，他也没有磨刀石。那些树是他的心肝儿宝贝，怎么会去砍呢。"李卓说道。

"继续继续。"M君示意李卓别跑题。

"吴刚见到我挺高兴的，但是他口音太重，又是古代山西方言，我一个字儿也没听懂。好在他拿了桂花酒来，又端上几碟清淡小菜，我们吃喝了一阵，就像是老朋友了。"

李刚觉得M君的脸色快和月球表面一样黑了，耐着心提醒李卓，"嫦娥该出来了吧？"

"是啊，是啊，我也一直在找嫦娥呢。跟吴刚指手画脚比划了半天，他才醒悟过来，就带着我去找嫦娥。广寒宫老大了，有十二个花园，每个花园里都有一间宽敞的宫殿。宫殿修得又大气又精致，殿堂里堆放着许多宝物，花花绿绿的我一时半会儿也看不过来，再说我心里光想着找嫦娥了。"李卓忽然腼腆起来，"呵呵"一乐，接着说道："不是我好色，是太少见到女性了，咱们基地里就连护士都是男的。"

男护士"哼"了一声，掉头扭着屁股走开了。

李卓压低声音道："这护士都听我说第二遍了，还这么有兴趣，我故意赶他走的。"接着马上恢复了大嗓门，"后来我们终于找到嫦娥了，她就在九曲流斛溪畔的云度亭中。嫦娥穿着绣花的雪白衫裙，披着长长的绿色丝帛，正和一只肥嘟嘟的白兔子玩耍呢。"

　　M 君满心抓挠，真想把李卓扑倒在地，再扒开他脑袋，看看里面究竟塞了什么乱七八糟的东西。

　　李刚听到这儿便有些昏昏欲睡，心说这李卓太可恨了，生生把一个惊险故事变成了奇幻游戏脚本，而且还是山寨恶搞版，等会儿还是请医生再检查检查他的神经系统，看看出没出什么毛病。另外，事件报告里一定要加上"建议加强月基工作人员精神建设"这句，幸好火星上没有什么神仙常驻……

　　李卓还沉浸在旖旎回忆中。"嫦娥一点儿也不惊讶我的到来，她说我是贵客，以唐朝茶道款待我。她的声音和她的容貌一样美丽，而且是用极标准的普通话说出来的，这倒让我大吃一惊。嫦娥说她本是帝喾时代东夷部落中娵訾氏的女子，被帝喾强纳为妃子，生帝挚。帝喾驾崩后，挚即位九年，因政绩不佳，于是就传位给同父异母的弟弟尧。挚的事情她其实知道的不多，因为在挚五岁的时候她就离开挚返回了家乡，然后就在家乡吃了从西王母部落搞到的不死灵丹，从此后不老不死，看尽人间无数风云。我对上古五帝时代的历史还是比较有兴趣的，问了嫦娥一些问题，她都回答得丝丝入扣，没有什么差错。只是提到后羿的时候她叹息了，说羿和后羿原本是两个人，后人搞混了。羿也没有射过太阳，虽然他确实是神射手，曾经在帝喾手下掌领兵权。我说后人都传她是后羿的妻子，她苦笑，说开始还觉得委屈，后来看多少世事混沌不堪，真相难述，自己那点风花雪月实在无甚可辩。更何况后羿、帝喾和羿都早已魂飞魄散，消失在遥远的历史之中了，还有什么可争辩的。关于她早年唯一的骄傲，是帝喾让她负责观月。

她经过长期观察后，又借鉴民间的各种历法，最终以月亮的阴晴圆缺制定了统一的历法，也就是所谓的阴历。嫦娥落落大方，谈吐不俗。我们议论这五千多年的历史变迁，言语很是投机。眼看着天色已晚，园子里便星星点点亮起一种透明的灯，灯光朦胧昏黄，像是月光。有粉红衣衫的宫娥送来饭菜，珍馐佳肴一时也说不尽。宾主欢笑之间，吴刚击缶唱大风歌，兔子跳胡旋舞，我趁着醉意拨弄三弦，唱道：'云母屏风烛影深，长河渐落晓星沉。嫦娥应悔偷灵药，碧海青天夜夜心。'嫦娥听了就说，她从来没有后悔过，而且也不寂寞。她忙着收集各个阶段的人类艺术品，还有许多的书籍、服装、食材……我恍然之间看到了天上的月亮，就问嫦娥我究竟身处何方，是在地球还是在月球，是我在五千年前的帝喾宫殿，还是嫦娥在五千年后的月球基地。嫦娥笑了，正欲回答，忽然宫娥来报，金甲使者来了。嫦娥说使者不喜生人，要我速速回避。于是将我藏在假山堆里，叮嘱我别出声。我正藏着呢，就听到有个沉重的脚步声过来了。我有点惊恐，便继续往假山里面钻。钻着钻着，前面出现了一丝亮光，我看见了基地的走廊。然后，我就从床上坐起来了。"

"跟闹僵尸似的突然弹跳起来了。"护士不知道什么时候又进来了，恶狠狠地抱怨，"守了他几天几夜，连声谢谢都没有，倒好像是我们惊扰了他的好梦。"

6

这是李刚一行人在月球上的第七个地球日，恰逢日历上显示的红色公休日。李刚软磨硬蹭，逼着 M 君从食堂搞了一打啤酒，算是犒劳自己和老汪、小杨的辛苦工作。

M 君龇牙咧嘴，正要说搞这打啤酒费了多少口舌、惹了多大麻烦时，李刚豪爽地将那瓶险些招惹杀身之祸的茅台往啤酒旁一放。M 君眼睛就直了，老汪、小杨也是一愣。

老汪就问："啧啧，不是说案子结了才给我们喝吗？是不是你自己憋不住了？"

"我有那么嗜酒吗？"李刚一边不慌不忙地开着啤酒瓶一边说道，"本世纪什么最贵？时间啊！再不把月球这点破事儿了结了，我老婆都要不认得我了。"

"你……你找到了真相？"M 君真急了，"为什么不告诉我！"

李刚把开了瓶盖儿的啤酒递给众人，依然不急不躁地说道："只是有了一种解释，还需要证据。噢，李卓来了。"

众人叫苦不迭，都被李卓的嫦娥故事折磨得倒了胃口，连看他本人都觉得可厌。李卓却浑然不觉地进门就嚷："好哇，这液体手雷可是紧俏物资，M 你这家伙拿了李刚多少好处？"

M 君不听他咋呼，撇嘴道："地面指挥中心王主任特批，基地老田特办，有意见找他们去。"

　　"你不是在地图室认环形山找广寒宫的入口吗？认出来了？"
小杨觉得李卓在月基生活那么久，有点幻听幻视很正常。虽然嫦
娥的故事听到后面越来越像《聊斋》中的《画壁》篇，但他天性
纯良，不想拿蒲松龄寒碜李卓。

　　"我知道要想证明我没患精神妄想症就必须认出那座环形
山，找到广寒宫的入口！"李卓抓起一瓶啤酒，"可月面上的山
太多了！"

　　"常发生 LTP 现象的区域的环形山加在一起不会超过五百座
吧？"老汪不客气地说道，"这可是你自己研究报告里说的。"

　　"五百座也不是个小数目了。"李卓环视众人，有点不满地说
道，"是叫我来喝酒，还是叫我来三堂会审啊？"

　　"喝酒！我没桂花酒，就这瓶 1955 年的茅台凑合了！"李刚
说着动手就要撕茅台酒上的标签。

　　李卓一把按住他的手，"别别，这茅台这么喝太可惜了，你要
问我什么只管问，我保证知无不言，言无不尽。"

　　李刚摇头道："兄弟，我没摆鸿门宴。"说着一指老汪和小杨，
"这两天我和他们调查了出事时月基中每一个人的行踪，以及当时
所有摄像设备拍摄的录影资料。"

　　李卓咋舌，"那可是相当大的工程。"

　　李刚点头，继续道："跑跑腿倒也没什么，基地是真大，大家
工作是真辛苦。我还有幸参观了'启航'号的整装车间，那确实
是人类最伟大的工程之一。"

"之一?"李卓肃然起敬,"以后还会有更伟大的工程——改造火星。"

"是啊,如果这时候有人想来搞破坏,时机不错,'启航'号价值五百亿,还有人心无价。"M君说道,"李卓,地球指挥中心那边很紧张,而你那个什么嫦娥梦太鬼扯了。"

"可视频是真的啊,还有 S-M3891!"李卓说罢,将手里的啤酒一口气灌下半瓶去。

"对,鉴定结果显示 S-M3891 是纯钛物,历史起码有 1 千万年,没有人工制造的痕迹。"李刚也拎起一瓶酒,"M 你是对的。"

"一颗纯钛砂砾,在嫦娥姐姐翩翩而至之时划过月球的寂寞。"M君摇头晃脑吟诵道,"这是偶然还是必然,或是上天安排的一段奇遇?"他举起酒瓶和李卓对撞,"这诗算是安慰你吧,找到广寒宫入口,带我们见了嫦娥,你就和保安部长回地球去。"

"要是找不到呢?"李卓苦笑。

"那便早一个航班起飞。"M 说道,"老田肯定想早点甩掉你这个麻烦。"

手里的一瓶酒已经见底,李卓将酒瓶扔到一边,抹把脸又抄起一瓶酒,"这鬼地方连外星人都不要,回地球好哇,好哇……"酒水顺着他的嘴角滴淌下去,似乎还夹杂了几滴晶莹的泪珠,"我……我喜欢这个地方。"他终于呜咽着说道,"我开着月球车在尘土里一溜烟儿地跑,不用担心红灯;我开着小飞机飞过那些低矮的环形山,碰到高的就从山壁的缝隙中穿过去,没有气流没有雨雪,平稳得就像坐在自家的书桌前。我等待 LTP,跟踪它,日复一日观察记录，不是为了完成我的研究项目，纯粹就是想和这颗星球进行一些精神上的交流。"他抱住头，"我不想离开这儿！"

在李卓这番掏心窝子的话前，众人的嘲弄和耻笑都没了落脚点。

"但是怎么办呢，无论如何你都得走啊。基地条例规定，精神状态稍有偏差的人都不能留下。"M 君说，"你叙述的故事连平常人都会认为是妄想，何况是精神鉴定组。"

李卓眼睛一亮，道："我要是找到嫦娥把她带到这儿来，大家就没话说了吧？"

"没话说，那就带我们去找吧。"李刚起身，"茅台等嫦娥姐姐来了一起喝吧。"

7

观察室被暗绿色荧光警戒线围住，门框上"17"的标牌则发着淡淡的白色荧光。除了这两处光源，观察室所在的整个东八环廊都像基地外的月球一样沉浸在无边的夜色之中。保安部长试图打开环廊照明灯，但被 M 君制止了。众人只好在黑暗里深一脚浅一脚地走近 17 号观察室。大家都不知道李刚葫芦里卖的什么药。

当李刚起身说出去找嫦娥姐姐时，李卓一愣，M 君是彻底石化了，老汪和小杨都是行动派，立刻就按住了李卓。

李卓这才反应过来，冲李刚嚷道："你这是什么意思？难道我把嫦娥藏起来了？我巴不得找出她来澄清我没精神病呢！"

李刚叫两位特警放手，他拍拍李卓的肩膀，说道："我估计你找环形山得找到'启航'号出发的时候，所以想换个方法帮你找。"看李卓一脸茫然，他继续说道："咱们去你出事的地方瞧瞧，你昏倒后还没回去过吧？ M，环廊那边一定不要开灯。"

于是大家就跟着李刚穿过黑暗。保安部长打开警戒线，刚要拿标识卡开门，李刚示意让李卓来做。

李卓呵呵一乐，道："现场还原是吧？我保证绝对配合。"说着就用自己的身份标示卡刷开了门。

17 号观察室顿时一亮。和其他观察室一样，17 号观察室也是三米长，四米宽，配备了宽大的桌子和舒适的座椅，还有卫生间。室壁上设置了四个高低大小不同的月面观察窗，只要把几件仪器搬进来，这里就可以开展月面观测研究。

"我就是站在这里玩游戏机的。"李卓走到第三个窗户前示意着。窗外是漆黑的月夜，只有几束基地的照明光柱戳在月面上。李卓怅然："这么一抬眼就看见了她。"小杨把 PSP 塞到李卓手中，李卓开启机器调出了那天玩的游戏，然后他倚窗真的玩了起来。李刚等人站在他周围没说话，一时间观察室里只有游戏机的声音。

过关音乐响起，又一次，再一次……七次。李卓下意识地抬起眼睛观察窗外。窗外什么东西也没有，他的头却摆过去，前额抵住了窗户玻璃"呀"了一声，他的手就抓碰到坚硬的玻璃上，然后被狠狠地弹了回来。

"抓住他！"李刚低呼，老汪和小杨不由分说地抱住了李卓滚倒在地。

"哎呀，你们放开我，这是干什么呀！"李卓叫道。

李刚凑近窗户，"嫦娥姐姐还真是挺配合的。"他边说边敲敲玻璃。

M 君顺着他指的方向看去，在双层的圆形气凝胶玻璃中间镶嵌着 S-M3891。

"难道……难道……"M 君的面部肌肉扭曲成一个奇怪的样子，说不清是哭还是笑，嘴里就蹦不出第二个词儿。

"你可别给我叶公好龙。"李刚拍拍 M 君的肩，让他放松一些，"这不是 S-M3891，这是嫦娥姐姐给咱们的路标。"

8

"S-M3891 的确还在地球指挥中心的王主任那里呢。"M 君放下电话，偏过脸来望着李刚，"你怎么知道这个不是？"

"有些细微的差别。我老婆从学生时代就喜欢收藏老首饰，我也算是懂点这个东西。噢，这是我在她的藏品目录里发现的。"李刚边说边打开桌上的内嵌式播放器，插入存储卡，一张图片被投影到对面的墙壁上。"这是明朝正德年间的三托三垂式凤钗。"他介绍道，"注意它的上面部分。"众人盯住图片中的首饰看了一分多钟，"这就是凤钗上面的托儿，凹的地方是镶嵌宝石用的，那个小孔用来穿银链子。"

"S-M3891 原来是凤钗上的配件。"小杨边说边比划。

"不太准确的答案，明朝女人能用纯钛来做凤钗吗？"李刚摇头。

"嫦娥山寨明朝的首饰？"李卓迟疑地问，随即他又苦笑道：

"我从不看科幻小说，怎么会碰到这种事情。"

"这和你看不看科幻小说没有半毛钱关系。"李刚撇嘴，"不过，你在月球待的时间足够久，以及你研究 LTP，应该是嫦娥姐姐看上你的原因之一。"

老田说道："算了算了，不要再扯为什么发生，搞清楚发生了什么就可以了。李刚，你从头说说，怎么回事？"

现在，李刚、李卓、M 君、老汪和小杨都坐在老田的办公室里，把本来宽敞的房间挤得像个集体宿舍。17 号观察室又被封闭起来，并且警戒等级已经升到了明黄色。

李刚点头道："好。我刚才说有种解释但还需要证据，所以我就拉李卓去了事发现场，重复了那天他昏倒前发生的一切。当然，那天观察室的监控录像以及环廊和观察室外月面的监控录像我都反复看过了。李卓玩游戏、举起游戏机照相，整个过程和他自己叙述的一样。但录像里并没有看到他所说的云霞。注意，他没有说 LTP，只说是云霞。李卓和 LTP 打交道那么久，他不会搞错。"

"录像的位置并不能把整个事件录下来。"李卓说道。

"同意，那云霞是专门针对你的。我认为你的确看到了嫦娥，而且关于嫦娥身世的那些叙述，你这根本不看科幻小说、没有半点浪漫细胞的人很难编造，那也应该是真的。"

"你……"M 君有点起急，"李卓他人一直都躺在医务室里呢！"

"神游虚空啊，古人就有这种经历。不过我觉得这次不是他神游，而是对方有意释放了一段信息给他，而信息量太大，以至于他会晕倒。我不是学医的，这问题留给医生们好了。我来说我对这个事件的解释。"

"你快说。"众人等得烦躁，催促道。

李刚接着说道："有些 LTP 现象与地球上的等离子态表现非常相像。高温、紫外线、X 射线和 γ 射线都可能电离气体，将气体转变成为等离子态。地球大气电离层中的闪光、北极的极光，都是气体等离子态的表现。但是近百年的地月环境探测发现，在地月之间也经常有闪光现象发生。嫦娥说到自己忙于收集人类各个历史阶段的艺术品。如果李卓在月球上看到的真的是她，那么她就可以自由地在地月之间穿梭。诸位……"李刚咳嗽一声，"五千年前，嫦娥不知道怎么和一团等离子态的气体搅在了一起，然后就以一种我们看来像神仙的方式生活着。然后李卓长时间在月面上跑来跑去拍照片、研究 LTP，引起了嫦娥的注意，或者是嫦娥的那团等离子态的气体引起了李卓的注意，反正是嫦娥决定和李卓接触了。第一次过量的信息释放让李卓昏迷了多日，解读信息的过程中又添加了许多他自己的想象，没能达到嫦娥的目的，因此嫦娥会选择其他的方式。所以我做了一次现场还原。"

"那么 S-M3891 呢？鉴定那是非人工制品。"M 君条件反射似的要找出李刚言语间的破绽。

"等离子气体不是人，我觉得它要弄个高温、钻个孔什么的不难吧。"李刚回答。

"怎么可能啊，一团气体被你讲得像有了智慧一样。"老汪嘀咕道。

"找到嫦娥就都明白了。我说了她给李卓留了路标，根据那东西的射入角度、速度来计算，这不是复杂的数学问题，我们可以确定一个方向。"李刚指指老田办公桌上的月球仪，"嫦娥在等我们。"

"可是这么多年她都不理我们，为什么现在才接触？"小杨挠头。

"关于这个，我倒是有个想法。"M君说，"我觉得整个地球实在没有什么能够吸引她的了，月球更不用说了，她兴许觉得该在'启航'号上搭个位子去火星看看。"

众人看着M君表情各不相同，但都表达了一个意思——你怎么想得出这种答案。

"女人嘛。"M君耸耸肩，"好奇心动物。"

9

这座环形山在地球永远看不到的月球背面，并不出众，地图上只有一个编号。此刻这里正在明暗交替，太阳要升起来了。太阳光直直地从山外照过来，山脚的尘土被高温加热后腾空而起。人类的履带野外作业车在尘土后一字排开，作业车之间用过渡舱连接，构成了一个小型野外移动作业基地。

李刚换好野外作业服走到减压舱那里。李卓、小杨、老汪和M君都全副武装等着他。

"电磁场异常，重力场异常，这座山还真非同凡响，大家多加小心。"李刚说道。

"为了见到嫦娥，多危险都得上啊。"小杨冲李卓笑道。

自从李刚通过数学计算确定这座环形山的位置后，李卓就抓耳挠腮，没一刻安静过，那焦急的心情明明白白地写在了脸上。

　　"得了吧你，美女是老虎。再说人家都活了五千年了，你见面好意思不叫声太祖奶奶吗？"M君嗔怪道。

　　"走吧，走吧。"李卓催促道。

　　M君一笑，第一个踏上月面。这一次，他这个公共关系专家终于派上用场了。

【注释】

　　[1] 火星大冲：地球、火星、太阳在同一条直线上，这一天文现象称为"冲日"，简称"冲"，靠得近则为"大冲"。

《离开地球表面》纪年表

2065年3月18日，超级计算机即将启动改造太阳计划。几位参与计划的人发现了计划的可疑之处。（《太阳火》）

2075年前后，朱玫参加地月引力传送井试验。（《月瘤》）

2095年2月，天隼号飞船失事爆炸，船长任飞扬侥幸生存。（《天隼》）

2106年，"阳光号"飞船船长江涛为了拯救船员，不惜牺牲自己。（《再见，地球》）

2130年左右，《太空生活》杂志实习生闻详前往9号火星考察站进行采访。（《燃烧的星星：火星实习报告》）

2150年左右，姜霄云在泰坦星上紧急救援"达尔文号"探测器，他的妻子则在土星空间站实况转播生产过程。（《泰坦的故事》）

2189年，李刚到月球上侦查神秘事件，发现了嫦娥的踪迹。

（《月球疑云》）

　　大宇航时代早期，第二代火星移民吴阳首次在火星上玩滑翔伞。（《火舞》）

　　2300年左右，盲人若彤在太空飞艇比赛中迫降水星。（《水星的黎明》）

　　3800年，地球上塞壬族的歌手锡用优美的歌声引诱人和动物爬上悬崖，让风生兽把这些外来者吃掉。（《干杯吧，朋友》）

　　不确定年代，外星矿区老板用基因缺陷者获利，最终激起被压迫者的反抗。（《飞鸟的天空》）

　　不确定年代，达多巴星球上，农夫金研究如何将植物刀兰改造成宇宙飞船的外壁。（《刀兰》）

　　不确定年代，在星际婚姻中介站的帮助下，农民工苏荣娶到了外星姑娘。（《铂戒》）

　　遥远的未来，地球冰川期到来，地表再也不适合人类居住。人类修建了避难所，保存文明信息。一艘从深空返回的探险飞船"青鸟号"试图获得这些信息，重建人类文明。（《青鸟》）

写在最后的话

这 14 篇科幻小说展现的是未来世界，当人类走出地球以后可能遭遇到的各种事情。这些事情比较琐碎，比较个人，比较生活化。

现在看起来，我这个人婆婆妈妈的，不肯做宏大的叙事，不愿意拿整个宇宙当手上的玩具拆分组装，不愿意穿梭时空，纵横亿万光年，而且还尽量回避和外星人的冲突。

那我的太空题材小说还有什么可看的呢？

看仿佛是我们自己在未来时代的生活，上月球去火星离开地球，在太空站在深空飞船在遥远的他乡……我们无论遭遇怎样的事件，都必须坚强自立，必须克服困难，必须活下去！这样才能在离开地球母亲的呵护后，像光一样遍布群星，将人类文明的信息传递四方。

　　这是我，一个生命个体对人类未来的畅想。

　　感谢好友星河百忙之中为我写序。感谢吴岩、姚海军、韩松、刘慈欣的热情推荐，他们都是我科幻创作道路上的良师益友，对我帮助很多。感谢中文在线为我这本集子能够面世所做的努力。
　　希望这些短篇小说能够让亲爱的读者你有那么一瞬间脱离地面，神飞三万公里的高空，俯瞰地球，俯瞰苍生。

凌晨，2016 年夏初于贵阳清凉居